Suivre les vagues

Tome 2 : Au gré du vent

Suivre les vagues

Tome 2 : Au gré du vent

Roman d'Anaïs W.

© 2019 Éditions Véridice.
anaisw.com
ISBN broché : 979-10-96215-11-9
ISBN numérique : 979-10-96215-12-6
Dépôt légal : septembre 2019

À ma mère

« *La dernière leçon que nous devons apprendre,
c'est l'amour inconditionnel,
qui inclut non seulement les autres,
mais aussi nous-même.* »

Elizabeth Kübler-Ross

Résumé du Tome 1

Le tome 2 peut être découvert que vous ayez lu ou non le premier tome. Mais bien sûr, je vous recommande de suivre cette histoire depuis le début, pour toujours plus de plaisir littéraire !

« S'affranchir de sa souffrance, de ses peurs, changer de vie… mais surtout, devenir enfin elle-même, Éléa en rêve.

Sur la côte landaise, elle s'isole quelques jours pour trouver la force de décider de son destin, loin des diktats sociaux, de l'avis et du jugement des autres…

Pourtant, sa rencontre avec Farès va mettre à l'épreuve sa détermination et la pousse à nouveau vers la facilité de vivre sous la dépendance de quelqu'un.

Par amour, Éléa nage ainsi à contre-courant de ce qu'elle aspire à être vraiment, au risque de définitivement se perdre.

Avant qu'il ne soit trop tard, Éléa parviendra-t-elle à s'affirmer et à reprendre sa vie en main ? »

~

À la fin du tome 1, sa rupture brutale avec Farès et ses espoirs envolés, Éléa se retrouve face à une réalité à laquelle elle ne peut plus échapper : il est temps pour elle de partir, de prendre son envol, de suivre ses rêves les plus fous, qu'importent ses peurs et les conséquences…

Mention concernant Boardingmania

Boardingmania est une école de surf réelle située à Seignosse et tenue par des amis, Patrick et Mireille. Avec leur accord, Éléa y travaillera dans ce nouveau tome ! Je me suis donc efforcée de coller à la réalité pour vous permettre de vous projeter dans cet univers passionnant.

Néanmoins, ce livre reste une fiction : l'organisation de l'école, les propos des personnages sont romancés, d'après mes propres perceptions et pour les besoins de l'histoire. Ainsi, les paroles et pensées attribuées à Mireille ou Patrick ne peuvent être considérées comme « véridiques ».

Si vous avez trouvé ce lieu et ces personnages captivants, je vous invite à apprendre à les connaître par vous-même ! Vous pouvez vous faire une idée de l'ambiance notamment en visitant leur site internet ou leur compte Instagram, et si vous en avez l'occasion, passez leur dire bonjour à Seignosse Le Penon. Peut-être vous laisserez-vous tenter par un cours de surf. :-)

Prologue

Je cours sur la plage à en perdre haleine. Je lui crie de s'arrêter, mais Farès ne m'écoute pas. À quelques mètres devant moi, il fonce vers l'eau et jamais je n'ai couru aussi vite, au risque de me rompre une cheville. Mon cœur manque de chavirer lorsqu'il entre dans l'écume sans hésitation : à aucun moment il ne regarde derrière lui. Il progresse dans l'océan avec acharnement et lutte contre les vagues qui le repoussent.

– Farès ! Stop, arrête !

Je n'ai pas la force d'en dire plus, j'atteins à mon tour l'eau et avance dans sa direction malgré mes vêtements. Il est si proche et si loin à la fois…

– Stop !

Je hurle, sans savoir s'il m'entend. En a-t-il seulement envie ? Plus habile, je m'enfonce dans la marée montante plus vite que lui. Le sel me brûle les yeux alors que je tente de ne pas le perdre de vue. Je dois le rattraper, le raisonner, il le faut absolument. Sa détermination semble n'avoir aucune limite et j'ai peur qu'il s'éloigne trop et que je ne puisse plus rien faire. Je finis pourtant par me rapprocher et je bois la tasse au moment où j'essaie d'agripper son bras. Je le loupe de peu, mais il doit sentir ma présence, car enfin il me fait face. Je lis dans ses yeux noirs un vide béant, pas une seule seconde de surprise. Je n'ai presque plus pied en fonction de la houle, je lutte contre le poids de mes affaires et tente de garder la tête hors de l'eau pour crier de plus belle :

– Écoute-moi, retourne sur la plage, tout ça ne sert à rien !

– Laisse-moi ! beugle-t-il enfin. Laisse-moi prendre cette décision et en finir !

– Hors de question !

Je n'en reviens pas que nous ayons cette conversation au milieu des rouleaux et de l'écume.

– Tu l'as dit toi-même, ajoute-t-il, implacable. Tu ne contrôles pas les gens et tu ne contrôles pas cet instant !

Il se remet à nager vers le large avec obstination. J'ai connu de grands moments de doute, des envies sourdes de me foutre en l'air, mais je ne comprends pas pourquoi il ne se raisonne pas. On peut en venir à coller un flingue sur sa tempe, mais de là à appuyer sur la gâchette… On finit forcément par réaliser ce que nous sommes en train de faire, encore plus si quelqu'un est là pour assister à notre fin !

Terrifiée, je le regarde s'éloigner, en m'efforçant de ne pas me noyer. Des sanglots montent dans ma gorge, je hurle son prénom, le supplie de revenir vers moi. Je pense avoir échoué, l'avoir perdu, lorsque je les aperçois : d'immenses vagues se dessinent à l'horizon, de trois ou quatre mètres de haut. L'espace d'une fraction de seconde, alors qu'elles s'élèvent, je sais exactement que Farès et moi nous retrouverons dans le creux. Je sens l'eau qui me tire vers elles, je vois Farès nager sans réfléchir. J'espère un instant arriver au pic sans dommage, mais le rouleau se forme, puissant et monstrueux. Farès relève la tête, emporté par le courant qui l'entraîne en bas de la vague. Elle s'enroule sur elle-même et je ferme les yeux et remplis mes poumons d'air, au moment où la crête s'affaisse sur nous.

La nature est impardonnable. Farès l'a mise au défi, nous voilà punis. Les vagues nous broient comme du petit bois et je ne suis concentrée que sur une seule et unique chose : réussir à reprendre mon souffle avant la prochaine. Lorsque la série s'achève, j'ai été déportée dans la baïne, cette zone où les courants, puissants, vous tirent vers le large. Au loin, Farès a rejoint la plage. À genoux dans le sable, il scrute l'horizon à ma recherche. J'essaie de lui faire signe, mais avale une première gorgée d'eau salée. Une nouvelle vague me malmène et la panique me saisit : je ne parviens pas à reprendre mon souffle, je suis entraînée vers le fond par le poids de mes vêtements et il m'est de plus en plus difficile de rester à la surface. Au loin, Farès hurle mon prénom, je n'ai plus la force de tenir, ni pour lui ni pour moi. Je le sais d'avance : c'est terminé.

1

Le cauchemar de cette nuit ne m'a pas quittée de la matinée. Une angoisse poisseuse me noue la gorge et l'estomac depuis mon réveil. En venant m'installer ici, je pensais que mes problèmes se résoudraient d'eux-mêmes. Après tout, c'est ce qu'on attend d'un changement, non ? Que les choses rentrent dans l'ordre et s'améliorent. Mais j'ai vite été confrontée à une réalité cruelle : c'est un mensonge. Une nouvelle vie ne répare pas l'ancienne. Elle ne nous transforme pas du jour au lendemain et elle ne panse pas nos plaies encore à vif... Par contre, elle nous ouvre des opportunités différentes, accompagnées de difficultés qui nous façonnent et nous font grandir. Je le découvre jour après jour depuis mon arrivée à Seignosse.

Je range mes dernières affaires quand la sonnette retentit. Qu'importent mes efforts, je finis toujours par disperser aux quatre coins de la maison des vêtements, des livres et des tasses de thé aussi, que je retrouve à des endroits parfois improbables. Je déteste le boire brûlant, je le balade donc avec moi au gré de mes activités. Cela énervait au plus haut point mon ex-petit ami Louis et, à trente ans, je suis bien heureuse aujourd'hui de n'avoir plus personne pour me faire remarquer mes mauvaises habitudes. La vie en solitaire n'est pas simple, mais elle a ses avantages !

J'ouvre la porte sur Solange, qui arbore son éternel sourire. À ses côtés, je rencontre pour la première fois Éric, son nouveau copain depuis un peu plus d'un mois.

– Pile à l'heure, comme toujours ! dis-je en leur faisant la bise.

Je suis contente de les avoir pour le déjeuner, cela me changera les idées. Je les invite à entrer et Solange laisse dans son sillage une odeur de vanille et de coco, qui m'est devenu familière. Elle dépose sur le bar de la cuisine un cake aux olives qu'elle a préparé, tandis que je fais le tour pour leur servir deux verres d'eau fraîche. Les premiers jours de juin sont chauds et humides : difficile de croire qu'il ne fait que vingt-cinq degrés tellement l'air est étouffant.

— Plutôt sympa ici, remarque Éric en observant autour de lui.

Solange pousse un soupir admirateur.

— Je suis toujours impressionnée par ce que tu as fait de cet endroit ! s'exclame-t-elle.

— C'est assez vieillot, constate Éric, dubitatif devant l'enthousiasme de sa compagne.

— Ma grand-mère a dit la même chose en découvrant les lieux.

Je me suis installée il y a un mois dans cette maison meublée d'une trentaine de mètres carrés. Ma grand-mère maternelle de quatre-vingt-deux ans m'a aidée à déménager. C'était important pour elle de m'accompagner dans ce changement de vie, puisque mes parents ne sont plus là pour le faire. Nous avons donc traversé la France ensemble jusqu'à Seignosse et j'ai été reconnaissante de l'avoir à mes côtés, alors que je venais de faire mes adieux à mes amis et mes collègues.

— Éléa a choisi cet endroit sans le visiter, explique Solange.

— Pour toute la saison ? s'étonne Éric. Ça doit te coûter une blinde.

Je fais signe que « non ».

— C'est vrai, le propriétaire est perdant en acceptant un prix raisonnable tout l'été, comparé à ce qu'il aurait gagné en location courte durée. J'ai donc trouvé un arrangement : pour compenser, je lui ai proposé de faire les entrées et les sorties des locataires des deux maisons mitoyennes à celle-ci qui lui appartiennent, ces quatre prochains mois.

– Bien vu !

– Éléa est pleine de ressources, dit mon amie en passant ses bras autour de mes épaules.

C'était risqué d'aménager sans visiter. Pour l'extérieur, je savais à quoi m'attendre grâce à *Google Street View* : la maison de plain-pied est située au bord de l'avenue Chambrelent et donne sur un grand parking. Pour l'intérieur, malgré les photos, je ne m'étais pas préparée à ce que ça soit autant démodé : la décoration, le mobilier, les tapisseries et les sols datent des années cinquante. C'était étouffant et pas du tout à mon image, j'ai donc rapidement entrepris de trier les babioles en tout genre et de cacher la misère.

– Tu me montres ta dernière trouvaille ? demande Solange.

Je l'entraîne dans ma chambre.

– J'en avais marre de cette tapisserie jaune dégoûtante, alors j'ai tendu un rideau blanc derrière le lit.

J'ai choisi deux voilages avec des fils dorés pour plus d'élégance. Fixés au centre de la tringle, ils retombent de part et d'autre des tables de nuit.

– C'est beaucoup plus cosy comme ça, en effet. On dirait une chambre de princesse !

Je grimace à ce dernier mot qui provoque toujours des crispations dans mon estomac. Solange regagne le salon et complimente une fois de plus le drap de plage bariolé qui recouvre le canapé élimé.

– Je te soupçonne de vouloir me le piquer.

– Je n'oserais pas ! s'exclame Solange, faussement outrée.

Nous rions et je propose au couple de nous installer sur la terrasse pour manger. C'est ce que j'aime le plus ici : l'immense baie vitrée qui court le long du salon et donne sur un petit jardinet de quinze mètres carrés. Il n'y a pas de vis-à-vis grâce à la palissade qui délimite le terrain et aux arbres du fond qui dissimulent la résidence derrière. La terrasse en bois est couverte par une pergola et j'adore y traîner à l'ombre les beaux jours, mais aussi lorsqu'il pleut pour profiter de la fraîcheur.

– C'est une douche ? demande Éric.

Je n'ai pas le temps de lui répondre, il tire sur la cordelette et se fait asperger. Solange et moi éclatons de rire.

– Oui, tu le sais maintenant ! Elle a été installée par un groupe de surfeurs quelques années plus tôt. Après mes sessions de surf, j'emprunte le petit passage entre les deux maisons, puis je retire ma combinaison et me rince ici avant de rentrer. En plus, la cuve est souvent au soleil, donc l'eau est chaude.

– Super idée ! Je dois revoir mon jugement sur les lieux, avoue Éric.

Je lui adresse un sourire crispé. Pour l'instant, mon premier ressenti à son sujet est mitigé. Je n'apprécie pas sa nonchalance, son manque de tact et sa façon de nous regarder faire le service sans nous aider. Même son physique m'est antipathique : c'est un garçon négligé, ses cheveux mal coupés retombent sur son visage blafard et je devine sous son tee-shirt gris une petite bedaine. Sa posture respire le laisser-aller avec ses épaules voûtées et son dos rond. Comme tout le monde, je l'étiquette aux premiers abords, mais j'ai appris à ne pas m'arrêter à ça. Son physique et son attitude reflètent sa personnalité et son histoire. Qui sait ? Peut-être ses parents lui ont enseigné que faire attention à soi est narcissique, que la beauté n'est qu'un critère pour les gens superficiels.

– Il n'y a que la cuisine dont tu ne viendras pas à bout, constate Solange en m'aidant à sortir les boissons du frigo.

J'observe le plan de travail et la faïence beige, ainsi que les meubles en bois sombre. Seul l'électroménager est récent : plaque à induction, réfrigérateur, micro-ondes, four encastré et lave-vaisselle… c'était fondamental !

– Ça serait trop de boulot.

– Franchement, je t'envie, me confie Solange alors que nous regagnons la terrasse pour nous asseoir. Tu vis au bord de l'océan, à cinq minutes de l'école de surf. Le rêve !

– Tu as raison, j'aurais pu être plus mal lotie et finir dans une colocation avec cinq saisonniers fêtards.

Pendant le déjeuner, j'en apprends un peu plus sur sa rencontre avec Éric. Ils se sont vus pour la première fois dans un bar à Hossegor où ils sortaient entre potes. Les amies de Solange se sont abattues sur les garçons, comme des requins sur un banc de sardines et je suis surprise que Solange ait jeté son dévolu sur Éric, jeune informaticien à la mairie de Hossegor. Je l'ai toujours connue avec des surfeurs ou des secouristes, mais je la soupçonne d'avoir ferré un poisson qui allait lui permettre de passer l'été au bord de l'eau. Elle vit en effet à Dax, à quarante minutes de son job saisonnier, alors qu'Éric habite à cinq minutes à peine. Depuis deux semaines, elle squatte donc chez lui et je mettrais ma main à couper que d'ici peu, elle trouvera un nouveau canon de beauté chez qui déménager.

Les bouteilles et les assiettes sont vides, je suis un peu sonnée par nos conversations et la multitude de sujets abordés en très peu de temps. Éric saute en permanence du coq à l'âne : il donne son avis, une anecdote, puis passe à autre chose, sans se préoccuper de ce que les autres ont à partager.

– Solange m'a dit que tu avais quitté ton boulot pour t'installer ici, enchaîne-t-il. Ça n'a pas été trop dur ?

Je ravale quelques pensées désagréables à son encontre : faire preuve de patience, de compréhension… Peut-être est-ce sa façon de se comporter quand il est mal à l'aise avec des inconnus. Je réponds avec détachement, alors que le sujet réveille de mauvais souvenirs :

— Mon patron a essayé de me dissuader de partir. J'ai voulu négocier les termes de mon départ et voyant qu'il ne m'offrirait rien, je l'ai envoyé balader. J'ai posé ma démission avec un mois de préavis, juste à temps pour pouvoir m'installer à Seignosse avant de commencer mon nouveau travail.

— Et tu bosseras dans une école de surf, comme Solange ?

J'acquiesce et mon amie, décomplexée par l'alcool et la chaleur, décide de répondre à ma place. Elle a travaillé à Boardingmania avant moi et elle se lance dans une longue explication sur l'activité de cette école. En attendant, je m'affale un peu plus sur ma chaise. Démissionner n'aura pas été simple, mais ça n'aura pas été le plus difficile : il y a aussi eu Aude, ma colocataire depuis un an que je n'avais pas envie de quitter… et Farès. Notre séparation reste ce qui m'aura fait le plus souffrir. Peut-être parce que je n'ai pas trouvé d'explication valable à ce qui nous est arrivé et qu'en choisissant de traverser la France, je me suis résignée à mettre tout ça derrière moi.

Après quatre semaines passées ensemble à Paris, je pensais sincèrement que nous avions un avenir, malgré les choses que j'avais encore à régler avec moi-même et lui avec son boulot. Toute cette histoire me hante sans relâche : Farès m'annonçant la trahison de son meilleur ami, sa décision d'en parler à la police en dépit des risques pour sa société. Je ne sais toujours pas de quoi il s'agit, je sais juste que ses problèmes l'ont poursuivi, au point de le faire douter de tout : sa capacité à être heureux… y compris avec moi. C'est la raison qu'il m'a donnée au moment de me larguer par SMS : il ne voulait pas m'empêcher de faire ma vie et me rendait ma liberté. Depuis, il a disparu de la circulation. J'ai appelé à son travail où on m'a annoncé que la boîte fermait et que Farès était parti, sans plus de détails. Je n'ai plus jamais eu de ses nouvelles. Aucune, zéro, nada. J'ai même campé devant chez lui, pris dix fois le métro chaque soir en espérant le croiser, en vain. Il pourrait être mort ou à l'autre bout du monde, je n'en saurais rien.

— Tu as l'air tristounet ? s'inquiète Solange.

Je sors de mes pensées. Elle a posé une main sur mon bras. Je réalise qu'Éric s'est éclipsé, aux toilettes très certainement.

— J'ai mal dormi la nuit dernière, je suis un peu fatiguée.

— On ne va pas tarder à partir. On se retrouve demain soir au shop pour une session ?

Je me lève en même temps qu'elle et acquiesce en souriant.

— En pleine forme ? insiste mon amie.

— Oui, au top, comme d'hab' ! dis-je en plaquant une bise sur sa joue.

Ce matin, j'ouvre le shop de Boardingmania avec Patrick, le propriétaire. Il m'accueille avec un immense sourire.

– Salut, Éléa, ça va ? Bien dormi ?

Venant du pays de Galles, il parle avec un accent assez discret, typique des anglophones. Il porte aussi ses origines sur lui, avec ses cheveux roux flamboyant et sa peau claire.

– Oui, et toi ?

– La pêche !

J'apprécie beaucoup Patrick et son enthousiasme débordant. C'est un homme déterminé et un acharné de travail. Il en oublie parfois de prendre un peu de recul, mais on ne peut pas lui retirer l'immense passion avec laquelle il fait les choses : Patrick aime le surf par-dessus tout et il s'avère être un excellent professeur.

– Au boulot ! s'exclame-t-il en ouvrant grand la porte.

Il est neuf heures pétantes, le premier cours de surf commence dans quinze minutes. Le soir, le matériel est entassé dans la boutique et nous devons tout ressortir chaque matin. Je tire les racks qui servent à maintenir les planches et les positionne devant le magasin, tandis que Patrick sort le portique des combinaisons. En musique, nous installons ensuite les planches par taille sur le rack, alors que les premiers élèves arrivent. Je commence donc à distribuer les combinaisons et les tee-shirts en lycra à l'effigie de l'école, puis les planches. Aussitôt Patrick parti, je donne un coup de balai, puis j'attrape l'ardoise posée sur le comptoir et cherche sur le net les infos à y afficher : l'heure des marées, la température de l'eau, la hauteur des vagues, la force du vent… Le temps passe à une vitesse folle. Les élèves du second cours arrivent au compte-gouttes, je papote gaiement avec ceux que je connais bien, tout en accueillant quelques clients qui souhaitent louer du matériel pour la journée.

– Salut miss !

Je souris à Mireille, la femme de Patrick. Une fois ses enfants à l'école, elle vient au shop pour m'aider et faire le travail administratif. Elle s'occupe aussi de la boutique pendant ma pause du midi ou lors de mes congés, quand Patrick est sur la plage.

– Tout se passe bien ? demande-t-elle en se glissant derrière le comptoir.

Je lui fais la bise. Mireille est une femme grande et élancée, aux cheveux auburn. J'admire chez elle sa douceur et sa sérénité : elle ne dit jamais un mot plus haut que l'autre et fait toujours preuve de beaucoup de bienveillance envers les gens.

– Oui, ça roule, dis-je en me laissant tomber sur le tabouret. J'ai l'impression que ça fait une éternité que je bosse ici.

– J'espère que ça ne veut pas dire que tu en as marre ! s'inquiète Mireille.

– Non, ça veut juste dire que j'ai trouvé mes repères, tout devient plus simple.

– Ça va faire deux semaines que tu travailles avec nous, c'est normal.

Elle jette un œil à l'extérieur, puis ajoute :

– Le rythme va s'accélérer le mois prochain. Pour le moment, nous sommes en basse saison, la plus agréable : il n'y a pas trop de monde en ville ni sur la plage, la chaleur est aussi plus clémente et les vacanciers plus détendus !

J'observe le va-et-vient des promeneurs du Penon, la plage où se trouve Boardingmania, alors que les élèves du deuxième cours reviennent. Patrick apparaît et je souris : il porte sa combinaison intégrale noire et surtout, son éternel chapeau de paille. En plus de le protéger du soleil et de le rendre repérable au bord de l'eau, cela lui donne un sacré style. J'aide les élèves à ranger leurs planches, tout en laissant mes oreilles traîner. Une question posée par l'un des ados m'intéresse particulièrement.

– Mais c'est quoi une vague verte, au juste ?

– Ce sont celles qui n'ont pas encore cassé, répond Patrick, à l'inverse de la mousse où tu apprends à surfer pour l'instant. Tu prendras les vagues vertes en augmentant ton niveau.

Je valide dans ma tête mes connaissances. Aujourd'hui, je sais glisser sur la mousse et j'attrape facilement ces fameuses vagues vertes. Elles sont souvent plus au large et c'est un art de repérer le bon timing pour les saisir. Si l'on se positionne trop tôt, on n'a qu'une misérable bosse qui passe et aucune puissance. Si on se lance trop tard, la vague est en train de se briser, la pente devient trop raide et les débutants comme moi n'ont pas le temps de prendre de la vitesse, et finissent le bec dans l'eau.

– D'ailleurs, travaille ton coup de rame avant d'envisager les vagues vertes, dit Patrick. En surf, tu passes le plus clair de ton temps allongé et à ramer, tu dois apprendre à être plus efficace et énergique.

L'ado acquiesce en se massant les épaules. D'autres élèves s'approchent pour voir la démonstration de Patrick. Après trois cours, ce n'est pas encore une priorité pour eux d'améliorer cette technique, mais cela leur permettra de moins s'épuiser.

– Vous n'êtes pas des moulins à vent, explique-t-il. Pas la peine d'envoyer vos bras dans tous les sens. Ramez un bras après l'autre, de manière saccadée, en restant bien gainé au milieu de votre planche, le torse relevé. Ensuite, amenez le bras loin devant et ramenez-le au maximum vers l'arrière aussi, en le gardant légèrement fléchi. Ne vous arrêtez pas en chemin, c'est à partir de l'épaule que vous avez le plus de propulsion !

Tout le monde imite les mouvements de Patrick, y compris moi. Il corrige quelques erreurs, puis se tourne à nouveau vers l'ado auquel il s'adressait au départ.

— J'ai quand même une mauvaise nouvelle pour toi, dit-il en lui tapant dans le dos. Si tu n'as pas mal aux épaules et aux bras, tu n'as pas assez ramé ! *No pain no gain !*

Nous rions de bon cœur, puis les élèves commencent à se disperser. Je retourne dans le magasin pour récupérer mes affaires.

— À tout à l'heure ! me lance Mireille.

Je lui fais un signe de la main en m'éloignant. Bien souvent, Solange fait le trajet depuis Hossegor pour déjeuner avec moi, mais elle n'était pas disponible aujourd'hui. Je me dirige donc seule vers la plage où je m'installe tout en haut pour surplomber l'océan. Je m'assieds sur le sable tiède, sors de mon sac un plat préparé la veille. Pendant quelques minutes, mon esprit vagabonde entre les rencontres de ce matin et les conseils de Patrick, puis lentement, je repense à Solange et à son petit copain. A-t-on besoin d'être deux pour être heureux ?

J'ai mis du temps à m'adapter à la solitude. Ma grand-mère est restée deux jours après mon emménagement, puis j'ai dû affronter le vide. Mes sensations étaient différentes de ma première venue en janvier : il n'y a pas de retour prévu à Paris, auprès de ma colocataire. Je suis ici pour au moins quatre mois, seule face à moi-même. J'ai pris cette décision, j'ai pourtant l'impression de me punir. Bien qu'il y ait Solange, les gens au boulot, je limite volontairement mes relations extérieures : je ne sors pas trop le soir, je ne cours pas à Boardingmania ou au travail de Solange pendant mes jours de congé pour trouver un peu de compagnie… Je m'impose une vie d'ermite et de grandes heures de solitude : parfois, cela se passe bien, parfois non. Certains jours, je vaque à mes occupations sans trop de problèmes : faire les courses, le ménage, les allées et venues des locataires, regarder ou écouter une émission sur mon ordinateur… Mais il m'arrive aussi de m'ennuyer ferme et ces moments-là sont les plus durs. Je tourne comme un fauve en cage, tout me semble vain, même les longues marches pour calmer mon esprit. Je ressens un manque cruel et déroutant. J'aimerais avoir quelqu'un avec qui parler le soir, avec qui je pourrais partager mes pensées, mes émotions. Bien sûr, Aude ou Louis répondent présents en cas de coups de mou, mais je ne souhaite pas toujours les appeler : après tout, ils ont leur vie et je suis censée savoir gérer la mienne. Mais à quel point dois-je apprendre à être seule ? Quand m'autoriserai-je à vivre à nouveau avec quelqu'un sans avoir l'impression de me fuir ? Surtout, une question me tiraille parfois : je suis heureuse ici, mais suis-je en train de subir les conséquences de mes choix ?

3

Lorsque j'ouvre le shop le matin, je finis à seize heures. Comme convenu hier, Solange m'attend devant la boutique pour aller surfer ensemble. J'emprunte le matériel que Patrick et Mireille mettent gentiment à ma disposition et la rejoins.

– Tu as retrouvé la forme ? demande-t-elle.

– Oui ! Et toi, pas trop dur de sauter la pause déjeuner ?

Solange acquiesce en souriant. Elle m'a cédé sa place à Boardingmania et travaille maintenant dans une autre école à Hossegor. Ses journées sont moins physiques, mais je n'envie pas son poste qui consiste à accueillir les clients en jouant de son charme pour les convaincre de consommer. Elle trottine à mes côtés d'un pas souple tandis que nous remontons vers la plage. Sa planche bleu ciel sous le bras, elle arbore une magnifique combinaison assortie, aux motifs floraux. C'est une combi d'été, plus fine, sans protection au niveau des jambes et avec des manches courtes. Solange m'a avoué l'autre jour qu'elle était trop légère pour la température actuelle de l'eau, mais je la soupçonne de préférer porter celle-ci à sa combinaison demi-saison intégrale noire, car elle met mieux ses formes en valeur. Elle aura donc certainement froid pendant sa session, juste pour être belle. Solange et sa superficialité m'exaspèrent souvent !

– J'envie la longueur de tes cheveux ! dit-elle soudain alors que nous atteignons le poste de secours.

Je tire sur une mèche : je ne les ai pas raccourcis depuis longtemps et ils m'arrivent maintenant en bas du dos. J'avais peur qu'ils ne se raidissent sous leur poids, mais ils ondulent toujours joliment, surtout avec l'air iodé. Solange est jalouse de ma « sexy-attitude » capillaire naturelle, car elle se donne beaucoup de mal pour discipliner les siens, qui sont blonds, fins et coupés en un carré plongeant.

– Surtout, pense à les protéger avec le sel et le soleil, conseille-t-elle. Ils vont t'en vouloir si tu ne les rinces pas à chaque session et si tu ne les hydrates pas.

Nous redescendons vers la plage et progressons d'un pas décidé vers le banc de sable, situé à cinq bonnes minutes de marche.

– Merci ! Et merci de ne pas me dire de les couper ! Encore aujourd'hui, une cliente m'a demandé comment je surfais avec des cheveux longs sans les attacher.

Solange éclate de rire.

– C'est stupide ! Et comment tu fais l'amour avec une telle longueur, hein ?

Je ris aussi. Solange me bouscule.

– Ah oui, madame ne couche pas !

Je lui souris, mais l'air de rien, sa réflexion m'irrite. Un beau brun, Arthur, me tourne autour depuis quelque temps au shop. Solange rêve que je sorte avec lui et que j'accepte une relation sexuelle dès le premier rancard. J'ai beau lui répéter que ce n'est pas la façon dont je conçois les choses, que l'acte n'est pas dans mes priorités quand je rencontre quelqu'un, elle s'entête à sous-entendre que je suis une mijaurée et que je ferais mieux de me dévergonder pour apprécier le plaisir des choses simples.

Autant dire que Solange est une source intarissable de défis pour travailler ma patience et mon ouverture d'esprit. Il m'arrive d'être à deux doigts de lui répondre avec agressivité et colère, mais je me souviens à quel point elle manque de confiance en elle. Je commence à bien la connaître et Solange pense souvent qu'elle n'est pas « capable de » ou qu'elle « ne sait pas ». Dans n'importe quelle situation, elle va immédiatement dénigrer ses aptitudes intellectuelles et pour masquer sa gêne, elle va jouer sur son physique. Quand les garçons y sont sensibles, cela lui donne l'impression d'exceller dans un domaine : la séduction. Avec le temps, je la cerne de mieux en mieux et j'essaie de l'encourager à réfléchir autrement en lui posant des questions comme : « Au lieu de faire les chaudières, si tu avais dû répondre un truc à ce type sans avoir peur, tu aurais dit quoi ? ». Bien entendu, mon quota de patience est encore limité et parfois il m'arrive d'avoir des pensées franchement désagréables à son encontre, voire de laisser échapper quelques remarques acerbes.

– Louis a toujours prévu de passer te voir ? demande Solange.

Nous sommes arrivées au banc de sable, une dizaine de surfeurs sont déjà à l'eau. J'observe les vagues, leur taille, la période entre chacune d'elles, puis je lui réponds :

– Oui, comme tous les ans, il viendra le temps d'un week-end prolongé en juin, avant la cohue touristique.

Louis, mon ex-ex avant Farès, avec lequel j'ai passé quatre années qui se sont achevées sans mélodrame. C'est lui qui a rompu : il avait l'impression de trop me chapeauter et il pensait m'aider en me laissant une chance de vivre seule. Nous sommes restés en bons termes et Louis m'a toujours soutenue en cas de besoin. Il me connaît mieux que quiconque, il m'a vue dans tous mes états, les pires et les meilleurs. Aujourd'hui, nous sommes amis, même si son attitude la veille de mon déménagement m'a alertée : il était très tactile et ses regards charmeurs. Sans parler de son sous-entendu de venir s'installer à Pau pour se rapprocher de moi. Nous ne nous sommes pas revus et nous n'en avons pas reparlé depuis, j'avoue donc avoir une petite appréhension sur nos retrouvailles dans deux jours. Était-il triste de mon départ ou était-il en train de me reconquérir ?

– Vous vous êtes donné des nouvelles depuis que tu vis ici ? poursuit Solange.

– On se croisait toutes les deux semaines à Paris, alors forcément, nous nous sommes appelés plusieurs fois ce dernier mois.

J'accroche la corde de ma planche, le *leash,* autour de ma cheville. Les yeux rivés sur le large, Solange reste silencieuse. Cela m'inquiète.

– Pourquoi tu me poses toutes ces questions ?

– Tu penses que vous pourriez vous remettre ensemble ? lance-t-elle sans détour. Tu m'as dit qu'il n'avait personne dans sa vie.

Mon estomac se contracte, je la dévisage.

– Ce n'est pas parce qu'il ne m'en a pas parlé, qu'il n'a…

– Et s'il était libre, tu aurais envie de recommencer ?

– Solange !

Elle m'envoie un petit sourire mutin. Je pince les lèvres : elle n'est pas encore au courant pour Farès. D'ailleurs, pourquoi est-ce que je pense à lui maintenant ? Je soulève ma planche et m'avance vers l'eau en soupirant de dépit. Même si ma relation avec Farès est loin d'avoir été aussi longue et profonde que celle avec Louis, elle a laissé une empreinte indélébile, un sentiment d'inachevé qui m'empêche pour l'instant de me projeter avec un autre homme. Solange court vers l'océan et me jette en me dépassant :

– Je peux donc te trouver un surfeur ténébreux !

Je râle et me lance à sa poursuite avec la ferme intention de l'assommer avec ma planche et de la donner en dîner aux poissons.

Une fois dans l'eau, toutes mes tensions s'apaisent. J'oublie Solange, Farès et Louis, je me recentre sur moi-même en cet instant privilégié avec la nature. Je me suis lentement remise au surf après avoir commencé à travailler à Boardingmania et Patrick m'a encouragée à profiter de ces quatre mois au bord de l'océan pour améliorer mon niveau. Je ne suis pas encore aussi passionnée que lui, alors durant mes trois sessions par semaine, souvent le soir avec Solange, je me contente de faire ce que je connais : me lever, glisser sur la mousse et m'entraîner à prendre des vagues vertes. J'apprends doucement à diriger ma planche et de temps en temps, j'arrive à partir sur la gauche ou la droite, mais j'ai l'impression que cela tient plus du miracle que de la technique. Patrick ne laisse pas tomber pour autant. Lorsque nous n'avons pas trop de monde au shop, il me montre des vidéos sur les mouvements de base et m'incite à venir aux cours pendant mes heures de pause, mais je fais ma timide et reste dans mon coin pour faire un surf approximatif.

Après une heure et demie, je ressors de l'eau, lessivée. J'ai beau pratiquer régulièrement, chaque session me scie les jambes en deux et me détruit les épaules. J'ai appliqué les conseils de Patrick sur la rame : en effet, c'est mieux, mais pas sans douleur ! Solange me rejoint sur la plage et envoie un petit signe de main à l'un des surfeurs. Je pense à ce pauvre Éric et entreprends de remonter jusqu'au poste de secours sans rien dire.

L'univers du surf souffre d'une image surfaite qui ébrèche parfois ma motivation : dans les publicités, les prospectus, les réseaux sociaux, encore et toujours des jolies filles en bikini et des beaux mecs musclés qui courent comme dans *Alerte à Malibu*, une planche de pro sous le bras. Étonnamment, cette vision très artificielle est aussi accompagnée du cliché du surfeur « baba cool » qui vit avec peu de choses, se contente d'un van et d'un pique-nique végétarien au bord de la plage. Tout ceci ne met bien sûr pas en avant la réalité qui se cache derrière, la vie de ces hommes et de ces femmes qui certes, font du surf, mais ont également un boulot, des obligations, des problèmes. Il y a même des surfeurs qui habitent dans des maisons luxueuses, d'autres qui vont dans des hôtels cinq étoiles pour leurs vacances et qui se font déposer leur planche sur le banc de sable. Il y a aussi ceux qui se foutent complètement des stéréotypes du surf et qui apprécient simplement la glisse. Je me reconnais surtout dans ces derniers, mais malheureusement, ce ne sont pas ceux que je rencontre à l'heure actuelle et cela ne m'encourage pas. En effet, si j'ai du mal à me mettre sérieusement à cette pratique, c'est en partie à cause de cette image un petit peu trop cool. J'ai peur de tomber dans ce cliché de la surfeuse qui traîne sur la plage à longueur de journée, sort en boîte et devient écolo dans les paroles, mais pas dans les actes. Je pousse un profond soupir en arrivant à Boardingmania. Finalement, je me préoccupe encore trop de ce que vont penser les autres, plutôt que de ce que j'aimerais faire.

— Tu as entendu parler du *Girls Day Out*, samedi ? demande Solange.

Je viens de déposer mon matériel et de récupérer mes affaires. J'accompagne mon amie jusqu'à sa voiture.

— Non, c'est quoi ?

— Un événement strictement féminin : du surf et du fun ! C'est organisé par une influenceuse sur Insta, Manon Lanza, qui tient le blog *Allons Rider*. Au programme, surf le matin, alimentation équilibrée le midi, compétition de paddle, match de volley, cours de yoga, puis un pot pour clore la journée. L'ambiance s'annonce excellente !

— Tu vas y aller ?

Nous attachons tant bien que mal sa planche sur le minuscule toit de la Punto.

— Je bosse, mais tu devrais le faire, je pense que ça te plairait.

Après avoir retiré sa combi, Solange se débat sous son poncho-serviette pour enlever son maillot de bain et enfiler ses sous-vêtements. Je lui ai dit d'utiliser les cabines de l'école, mais elle préfère avoir une chance de s'exhiber en public.

– Je ne sais pas, dis-je. Je n'arrive pas à m'intégrer dans ce genre d'événement…

– Justement ! Toi qui veux toujours te surpasser, saisis cette occase.

Elle se glisse derrière le volant après avoir enfilé sa robe.

– Tu m'enverras le lien, je verrai, dis-je, résignée.

Solange me sourit, victorieuse.

De retour chez moi, je suis heureuse de retrouver un peu de calme, une douche chaude et une salade composée. Pourtant, installée sur ma terrasse, ma petite angoisse familière pointe son nez. Je la connais bien, je tente de l'apprivoiser depuis bientôt un mois : elle mêle de façon subtile cette fameuse peur d'être ainsi seule face à moi-même et mes appréhensions concernant mon avenir. C'est bien beau, tout ça, mais après ? Que vais-je faire après l'école de surf ? Je n'ai pas de diplôme solide, j'ai des expériences et des compétences variées, sans pour autant être poussées. Qui m'acceptera avec un tel bagage et cette coupure estivale ? Je suis tiraillée. D'un côté, je ne m'imagine pas retourner dans une grande ville pour être à nouveau enfermée dans un bureau huit heures par jour. D'un autre, ça ne m'enchante pas d'enchaîner les boulots saisonniers. Même si j'aime cette bouffée d'air frais à Boardingmania, il me manque quelque chose, mais je ne saurais dire quoi. Je passe donc des heures à chercher un objectif sur le long terme pour me fixer un cap. Je tourne le problème dans tous les sens : qu'est-ce qui me passionne ? Que serais-je prête à faire dix heures par jour sans être payée ? Je n'en ai aucune idée. Comment trouver au milieu des milliers de possibilités qu'offre la vie ? Comment savoir si c'est le bon choix, celui que je veux pour moi-même et non parce que je me sens contrainte par de quelconques croyances sociétales ? Comme je ne parviens pas à me décider, cela nourrit mon malaise et cette impression d'être ici par erreur. Et si je m'étais trompée ? Si je m'étais bercée d'illusions ? Je n'arrive même pas à m'engager dans la pratique du surf… Peut-être Seignosse, la vie à l'océan, ce n'est bien que pour les vacances ?

Je soupire, repose mon assiette, puis regagne la chambre pour attraper mon carnet de notes. Chaque soir, je prends le temps d'écrire quelques mots sur ma journée, les émotions qui m'ont traversée, mes doutes ou mes frustrations, mais aussi les moments positifs. À terme, j'espère que cela m'aidera à trouver ce que je ferai à la fin de cet été. Lorsque tout cela me semble vain, je m'encourage à continuer, car cela me permet de rester centrée sur moi-même. En écoutant mes ressentis, j'appréhende ainsi ce que je pourrais améliorer dans mon attitude pour me rapprocher de la personne que je souhaite devenir. Cela fonctionne, je le sens : je suis plus à l'aise au quotidien, je fais preuve de plus de patience et de recul avec Solange, un client désagréable ou une situation compliquée. Mais pour ce qui est de l'avenir, je n'y vois toujours pas clair et c'est certainement le plus difficile.

4

– Aujourd'hui, j'ai fait des efforts pour ne pas me faire jolie.

Cette phrase a beaucoup fait rire Mireille. Je déjeune avec Louis ce midi et la tentation était grande ce matin avant de partir au travail : soigner ma tenue, ma coiffure, me maquiller légèrement… Devant le miroir, j'ai débattu avec moi-même de longues minutes en bougonnant. D'où me vient cette soudaine pression ? Je n'ai pas particulièrement envie de plaire à Louis ou de le séduire, alors pourquoi vouloir m'apprêter ?

Ma première réponse a été « pour me sentir bien face à lui ». Pourtant, je ne me sens pas mal ni négligée au quotidien quand je m'habille simplement et laisse mes cheveux au naturel. Je suis en phase avec moi-même en portant mes tongs, mes shorts en jean et mes débardeurs basiques, auxquels j'ajoute un collier, un bracelet ou des boucles d'oreilles discrètes. Pourquoi avec Louis ce serait différent ? Pourquoi devrais-je mettre une robe, des ballerines, faire un chignon ou souligner mes yeux avec du mascara ? J'ai alors pensé : « je ne veux pas qu'il soit déçu », comme si mon retour à plus de simplicité pouvait me porter préjudice. Je ne souhaite pas attiser la flamme qui semble renaître chez Louis, mais l'idée inverse de lui déplaire, de provoquer un quelconque sentiment négatif à mon égard, ébranle ma confiance en moi. Agacée, j'ai fait part de mes tergiversations à Mireille en arrivant au shop. Elle m'a regardée de haut en bas.

– Tu m'as un jour dit que tout était dans la tête, qu'importe ta tenue, non ?

– Oui, mais Louis est habitué à mieux que ça.

Nous avons toutes deux grimacé à cette phrase.

– Mieux que quoi ? Mieux qu'une jeune femme qui s'émancipe, apprend à vivre pour elle-même et apprécie de revenir à l'essentiel ?

J'ai haussé les épaules, Mireille s'est penchée vers moi.

– De toute façon, pour bosser à la plage, tu ne peux pas t'habiller comme au bureau à Paris.

Je lui ai souri avant de me mettre au travail. Aujourd'hui, je suis donc comme tous les jours depuis mon arrivée : bien dans mes baskets et c'est tout ce qui doit compter.

– Ça fait tellement drôle de te voir de l'autre côté de ce comptoir ! Mon Dieu, tu es déjà super bronzée !

Je contourne le bureau pour lui faire la bise, il m'attrape dans ses bras et m'étreint avec force. Il a changé de parfum et cette nouvelle fragrance ne me déplaît pas.

– Tu m'as manqué ! dit-il en me relâchant.

Je me recule, rouge comme une pivoine. À l'inverse, Louis a le teint gris des Parisiens, mais ça n'enlève rien à son charme. Il porte un bermuda beige et une chemise blanche cintrée, dont il a retroussé les manches sur ses avant-bras. Il m'observe une seconde, le sang me monte jusqu'aux oreilles, puis il se détourne pour embrasser Mireille et Patrick, qui revient tout juste de son cours.

– Les vagues sont bonnes ? lui demande Louis.

– Elles grossissent, d'ici une heure ou deux tu auras de quoi t'amuser, garantit Patrick.

– Super, j'irai faire une session, mais avant ça, je dois emmener mademoiselle déjeuner ! On va au *Grain de sable* ?

– Oui, parfait !

Nous nous sourions et nous mettons en chemin vers le parc aquatique, face auquel se trouve le restaurant. Ça me fait drôle de le revoir.

– Nos cafés me manquent, lance-t-il comme s'il lisait dans mes pensées.

– À moi aussi, même si je n'ai pas le temps de m'ennuyer.

Je lui parle de ma routine à Boardingmania, puis il me questionne sur le surf et mes progrès. Nous nous installons à la terrasse du restaurant, à l'ombre d'un parasol, je me confie sur Solange, l'effet négatif qu'elle a sur ma vision de ce sport.

– Ça ne fait que quelques semaines que tu vis ici, tu as tout l'été pour te faire une idée plus personnelle. Et rien n'est obligatoire : tu peux aussi surfer ponctuellement et rester moyenne.

Il n'a pas tort, mais je ne suis pas convaincue. Je détaille la carte quelques minutes et me décide pour une pizza. Les secondes passent, je l'observe à la dérobée. Louis est égal à lui-même, confiant et serein. Il traverse la vie comme un 4x4 sur une route défoncée, sans que les nids de poule n'affectent sa stabilité. Il m'impressionne encore parfois, j'envie son calme. Il est sûrement la meilleure chose qui me soit arrivée jusque-là : si je ne l'avais pas eu à mes côtés ces dernières années, je serais peut-être devenue folle, droguée ou SDF, voire les trois, rongée par des démons que je n'aurais pas eu le courage d'affronter. Alors qu'il lève les yeux du menu pour me sourire, je me demande si ce serait bien de nous remettre ensemble un an après notre séparation. Suis-je réellement tentée ou est-ce ma peur de la solitude qui s'exprime ? Je secoue la tête pour chasser toutes ces pensées, et avant que Louis n'ait le temps de parler de son travail et sa mutation possible à Pau, j'aborde son séjour ici.

– Tu loges chez tes parents ?

– Oui, toujours. Ma mère a enfin décidé de refaire ma chambre, je n'ai plus l'impression d'être l'ado qui revient au bercail !

Je ris. Les parents de Louis vivent dans une maison cossue de Soustons, à quinze minutes de Seignosse. Si Louis n'avait pas eu de famille dans la région, peut-être n'aurais-je jamais découvert les Landes et le surf. Durant nos quatre années ensemble, nous sommes venus tous les étés, plusieurs week-ends. Je n'ai jamais eu de liens forts avec ses parents et nous ne sommes plus en contact aujourd'hui, mais cela ne m'empêche pas de prendre quelques nouvelles de temps en temps. J'écoute tant bien que mal les réponses de Louis, distraite par la scène qui se joue à la table proche de la nôtre. Un couple y est installé avec ses deux enfants : dans une chaise haute, le plus jeune doit avoir deux ans, alors que le second est âgé d'environ dix ans. La mère est assise entre son mari et le petit garçon, qu'elle s'efforce de faire manger, mais ce dernier n'en fait qu'à sa tête. Dépassée et à bout de nerfs, elle lui parle avec agressivité et mépris.

– Qu'est-ce qu'il peut me gonfler, celui-là ! crache-t-elle. Il se prend pour un roi en plus. Allez, arrête de jouer et avale ça !

Je frémis. Le pauvre gamin n'a que deux ans, comment peut-il comprendre l'agacement de sa mère ? Et après tout, s'il se comporte ainsi, c'est la faute des parents, non ? Le père, à côté, se tient courbé sur lui-même et tente tant bien que mal de garder l'espace ordonné : il y a un peu partout des éclats de sauce, des morceaux de pizza sur la table ou par terre. Face à lui, l'aîné essaie d'éviter la crise qui approche en encourageant son petit frère à manger. Louis finit aussi par être interpellé par le vacarme alors que la mère se lève en disant qu'elle en a ras le bol. Elle attrape son sac et s'éloigne à grandes enjambées. Je garde les yeux baissés sur ma pizza qui vient d'arriver.

– Tout va bien ? s'inquiète Louis qui doit ressentir mon malaise.

J'acquiesce en lui souriant. Il sait que je lui mens, il a un sixième sens pour ces choses-là, mais je lui suis reconnaissante de ne pas insister. Après quelques secondes où il découpe sa pizza, il me demande :

– Comment ça se passe, tu te sens bien à Seignosse ?

Je pousse un soupir malgré moi, il lève un sourcil.

– Tu as oublié tes lunettes roses en partant ? plaisante-t-il.

– Peut-être !

Tant pis, il est impossible d'échapper à une discussion profonde avec lui, alors je me lance sur mes doutes et mes questionnements.

– Je dis toujours que je suis contente de vivre ici… mais est-ce sincère ? Et si j'avais fait le mauvais choix ?

Louis a fini son assiette et m'observe avec attention, reculé sur sa chaise.

– Je me suis mise dans une situation parfois inconfortable. Je suis seule alors que je déteste l'être, même après un mois d'essai… J'ai plaqué un boulot stable pour quelque chose de transitoire et je n'ai aucune idée de ce que je ferai ensuite…

– Tu as du temps devant toi, assure Louis.

– Oui, mais je ne dois pas me laisser embarquer par la facilité de vivre au jour le jour d'amour et d'eau fraîche, pour finalement me rendre compte que je ne suis pas heureuse !

Ma voix est montée dans les aigus. Je souffle et me frotte le visage. Louis se penche sur la table et attrape mes mains entre les siennes.

– Parfois je te demande de réfléchir beaucoup, avoue-t-il d'un air désolé. Mais ça ne t'interdit en rien de profiter de la vie, telle qu'elle se présente. On est vivants, on ne sait pas pour combien de temps…

Je le regarde sans comprendre.

– Tu paniques pour des décisions à prendre dans quatre mois. D'ici là, tu auras changé, ta perception et tes attentes auront évolué.

J'affiche une moue contrariée.

– Alors je me laisse dériver et advienne que pourra ?

Le serveur dépose les cafés entre nous, Louis libère mes mains.

– Pas forcément. Tu m'as dit que tu observais tes émotions et tes réactions, que tu travaillais sur ta façon d'être tous les jours avec les gens pour te sentir plus en phase. En faisant ça, tu ne dérives pas, car tu restes connectée à ce qui compte pour toi, maintenant.

Il a insisté sur ce dernier mot. Il touille son café, avale une gorgée avant d'ajouter :

– Tu décides de subir ta solitude, ta situation au boulot, alors que tu as aussi le choix d'en tirer le maximum, d'apprendre à te découvrir encore plus… Lentement mais sûrement, tu trouveras le sens de cette expérience et ce que tu souhaites construire après.

Je repose ma tasse vide et bougonne :

– Donc je profite, c'est tout ?

Louis hausse les épaules. La brise fraîche chahute ses cheveux, je suis frustrée de ne pas capter son regard derrière ses lunettes de soleil.

– Tu fais ce pour quoi tu es venue ici et tu prends du plaisir.

J'hésite une seconde, puis lui adresse un sourire lumineux. En effet, vu sous cet angle, tout devient plus simple. Pendant deux mois à Paris, je me suis projetée dans ce changement de vie et maintenant je voudrais encore anticiper la suite. Je réalise à quel point il est difficile de vivre au moment présent, avec les différentes pressions exercées par la société, à propos de l'avenir et du travail. Pourtant, je peux aussi accepter de faire une pause dans ces réflexions et apprécier cette nouvelle tranche de vie pour en tirer le meilleur. On a tendance à trop analyser les choses ; Louis m'y a certainement encouragée, mais il ne faut pas oublier le plus important : passer à l'action et savourer.

Louis me raccompagne à Boardingmania où il emprunte du matériel pour l'après-midi. C'est étrange de revoir les mêmes scènes qu'un an plus tôt, nous deux dans cette boutique, lui en combinaison, une planche sous le bras. L'année dernière, nous étions en week-end, je sortais d'un long tunnel sombre et rien ne présageait que Louis allait me quitter. Je réalise à quel point l'océan m'a toujours aidée : il y a trois ans, après le décès de mon père, j'y ai retrouvé une vraie quiétude, puis cet hiver, il a été un refuge au milieu de la cacophonie. Et maintenant ? Beaucoup de choses se sont passées et cette vie à Seignosse est une chance de recharger les batteries et, une nouvelle fois, de dépasser les douleurs encore enfouies, celles lointaines du passé ou celles plus proches, comme Farès…

Je m'assieds aux côtés de Mireille, qui parcourt les actualités sur l'ordinateur le temps d'une accalmie au shop. Elle ferme le navigateur et se tourne vers moi.

– Tu m'as dit l'autre jour que tu t'imaginais devenir nomade dans tes rêves les plus fous. Tu as entendu parler du *Workaway* ?

– Non, pas du tout.

Je noue mes cheveux en une queue de cheval haute, alors qu'elle explique :

– C'est un réseau qui permet de voyager en étant hébergé chez des hôtes, pour qui tu travailles en contrepartie. Nous l'utilisons parfois pour le shop quand nous avons besoin d'un coup de main lors de la basse saison.

Je fais une moue perplexe.

– N'importe qui peut faire ça ?

– J'ai une amie qui est partie le mois dernier au Portugal, répond Mireille. Elle était dans l'Éducation nationale et aujourd'hui, cinq heures par jour, elle aide à l'entretien de la maison et de la ferme. C'est très rustique, elle dort dans une tente, la douche se trouve dehors et l'eau est chauffée à l'énergie solaire, sans parler des toilettes sèches !

Je grimace. Je ne pourrais pas tenir trois jours dans ces conditions : je l'ai fait étant étudiante, mais maintenant, j'aime mon confort !

– Tous les *Workaway* ne se passent pas comme ça, ajoute Mireille en souriant, mais elle cherchait une vraie expérience. Même si le dépaysement et l'adaptation sont difficiles, elle ne pouvait pas espérer mieux : elle est en pleine nature, elle mange des produits du jardin et des personnes calmes et sereines l'entourent.

– Et tu veux que je la rejoigne ? dis-je, moqueuse.

– Pas forcément dans ces conditions, mais tu iras voir le site, il y en a partout dans le monde, en tout genre. Tu pourrais aller surfer au Sri Lanka, tout en aidant une association à former des jeunes en informatique ou encore aller en Roumanie pour soutenir la gestion d'une colonie de vacances.

J'éclate de rire, touchée par son enthousiasme. Mireille se lève et attrape son sac.

– Tu dois penser que c'est pour les babas cool, ce qui n'est pas complètement faux, mais pas que ! Par exemple, il y a des parents suédois qui cherchent des natifs anglais pour partir avec eux à la montagne pour apprendre une nouvelle langue à leurs enfants… Tu devrais regarder, je suis sûre que tu trouverais ton bonheur.

J'avoue que cela m'intrigue et je lui promets de le faire, en la raccompagnant devant le magasin. Je reste pensive un moment. Je n'avais jamais entendu parler de ce réseau mondial d'entraide. C'est vraiment une belle manière de remettre l'échange culturel à l'honneur, tout en enlevant le rapport à l'argent. L'espace d'un instant, je m'imagine prendre un billet d'avion pour l'Australie, rejoindre une famille avec des enfants et un jardin, où j'aiderais à faire les devoirs, les plantations ou les récoltes, l'entretien de leur maison. Ça ne me semble pas si terrible que ça ! Je frissonne... mais c'est tellement différent de ce que j'ai l'habitude de faire !

Je repense alors à la proposition de Solange et à cette fameuse journée prévue demain, *Girls Day Out*. Mon amie n'a pas tort, ça serait un excellent exercice... Je salue les élèves qui arrivent pour le prochain cours, leur donne le matériel et attends que Patrick parte avec le groupe sur la plage. Dès le calme revenu, je ne réfléchis pas une seconde de plus et rejoins le blog *Allons Rider*. Je me plains d'être seule, mais je deviens asociale aussi par facilité : c'est plus simple de rester dans mon coin à pleurnicher plutôt que d'aller me confronter aux autres et de devoir faire preuve de recul pour ne pas jouer au caméléon. Alors j'ignore mes appréhensions et m'inscris à l'événement. C'est décidé, je lâche prise : cet été sera dédié à plus de liberté et de bonheurs simples. Comme le dit Louis, il ne faut pas se laisser complètement dériver, mais on ne peut pas aller à l'encontre du courant. Ce n'est qu'une fois dans le flot de la vie que je trouverai ce qu'elle attend de moi.

5

Sur la plage des Bourdaines, de grandes tonnelles jaunes et des bannières flottant au nom du sponsor, la marque de matériel de surf Hurricane, indiquent le lieu de l'événement. Louis, qui voulait qu'on passe du temps ensemble, attendra demain : aujourd'hui, c'est un moment pour moi, il peut tout à fait le comprendre.

Je signale mon arrivée et récupère une bouteille d'eau avant de rejoindre des filles déjà installées dans le sable sous un parasol. Nous faisons les présentations et la première question concerne souvent notre provenance. Quand je dis habiter à une dizaine de minutes à pied, je fais des envieuses et je me sens obligée de préciser les concessions que j'ai dû faire pour avoir cette chance. Le groupe grossit de minute en minute, les premières affinités se créent. Je suis plus âgée que la plupart des filles qui ont entre dix-neuf et vingt-cinq ans. Je peine à trouver ma place, d'autant plus qu'une grande partie d'entre elles ont apporté au moins leur propre combinaison et parfois leur planche. Personnellement, je suis venue les mains vides, n'ayant pas osé emprunter du matériel à Boardingmania, qui en fait déjà beaucoup pour moi. Je me sens donc particulièrement démunie et amatrice.

– Vous avez quel niveau en surf ? demande la plus jeune, qui doit avoir seize ans.

Sur le petit groupe de dix, une n'a jamais surfé, deux sont très à l'aise et sept sont comme moi, d'un niveau intermédiaire.

– Vous allez participer au cours ? s'informe une brune de Bordeaux.

On m'a annoncé en arrivant que des places s'étaient libérées si je souhaitais faire une session encadrée : j'ai accepté avec plaisir de m'inscrire au coaching.

– Super ! s'enthousiasme une fille à ma droite. Il y aura un photographe à l'eau, tu auras sûrement un portrait de toi en train de surfer.

– Comme les pros ! renchérit la Bordelaise.

Je n'étais même pas au courant. Un sifflement de micro nous fait sursauter, le cofondateur d'*Allons Rider* interpelle les participantes et nous informe du déroulement de la journée. Rapidement, nous devons rejoindre l'école de surf pour nous équiper. En marchant en retrait derrière les autres, mes petites angoisses se réveillent. Ai-je bien fait de prendre le coaching ? Et si je n'étais pas à la hauteur ? J'observe les filles qui trottinent devant moi, sûres d'elles, jeunes et insouciantes. Suis-je la seule à me poser autant de questions ? Me reviennent en tête les paroles de l'organisateur : « ne soyez pas timides, c'est une journée cool, pas une compétition ! », puis celles de Louis : « fais ce pour quoi tu es venue ici ». Je pousse un profond soupir accompagné d'un sourire : tout ira bien !

L'école est un bungalow installé sur la plage, entouré de racks de planches, avec à l'intérieur les combinaisons et deux cabines. Pas vraiment de comptoir, d'accueil… d'ambiance. Ce n'est pas aussi chaleureux que Boardingmania et je suis un peu désorientée. On m'a un jour dit que ces écoles ont l'avantage de se trouver directement sur la plage et donc plus proche des spots. Alors que nous marchons dix minutes jusqu'au banc de sable, sous un soleil de plomb, je constate que ça ne fait aucune différence : ce n'est pas moins pénible que lorsque je pars du Penon !

Pour faire passer le temps plus vite et ne pas penser à l'effort, je me rapproche du prof. Je suis gênée de prendre des conseils auprès de quelqu'un d'autre que Patrick, mais c'est aussi une opportunité à saisir pour avoir un nouveau point de vue. Je partage avec le moniteur mes inquiétudes par rapport au coaching, en essayant de ne pas minauder, comme je le fais si bien quand je suis mal à l'aise.

— Dis-moi ce que tu sais faire, m'encourage-t-il.

— Je maîtrise le *take-off* et la glisse dans la mousse et sur les vagues vertes, c'est à peu près tout.

— Tu sais te diriger ?

— J'arrive à partir en diagonale après le *take-off*, mais je ne parviens pas à me repositionner, je perds donc en vitesse et retombe.

— OK, super ! Tu as bien fait de prendre le coaching, tu te serais sérieusement ennuyée avec les débutants. Je jetterai un œil à ce que tu fais et on verra pour tes lacunes.

— Ça marche, merci !

Nous nous arrêtons enfin, les filles attachent leurs *leashes*. J'avise l'océan, dubitative, tandis que le moniteur motive les troupes. Le groupe fonce à l'eau sans se préoccuper de moi, je reste paralysée. Le coach s'approche.

— Tu sais faire un *bottom-turn* ?

Je lui souris, penaude. Tous ces termes sont encore du charabia. Il me tape sur le dos pour me détendre.

— OK, tu as besoin d'apprendre pour te repositionner sur la vague.

Il pointe le doigt vers l'une des filles qui s'élancent.

— Regarde. Juste après le *take-off*, une fois debout, elle prend un virage en bas de la vague : ça lui permet de remonter sur l'épaule, de redescendre, remonter… en zigzag dans le sens du déferlement.

J'acquiesce. Tout ça me semble très logique après avoir passé des heures à observer des surfeurs de bon niveau. Je visualise très bien ce mouvement de base, mais pour moi, ça ressemble déjà à du surf acrobatique.

– Va dans l'eau et attrape quelques vagues pour te mettre à l'aise, ressens la puissance, les courants et reviens me voir.

Je m'exécute avec un enthousiasme limité. Même si le coach a d'autres filles à gérer, j'ai la sensation que ses yeux sont rivés dans mon dos. Avec appréhension, je m'applique en ramant vers le large. Je loupe mon premier *take-off*, le nez de la planche s'enfonce dans l'eau et je fais un magnifique soleil, accompagné d'un lavage de sinus. Cette planche est un peu plus petite que celle que j'utilise à Boardingmania : elle glisse donc plus vite, flotte moins et surtout, je dois trouver la bonne position et les bons appuis. Je recommence en me mettant plus à l'arrière et une fois debout, je surfe en diagonale dans le sens du déferlement, laissant derrière moi la vague qui se brise, comme d'habitude. Je pars trop loin du rouleau, de la mousse, et je finis par m'arrêter de glisser. Au loin, le coach me fait signe de revenir.

– OK, super ! Tu as du groove sur ta planche.

Je ne sais pas s'il se fout de moi.

– Bon, maintenant tu vas saisir une vague verte et ramer tout droit vers la plage. Quand tu accroches la vague, tu prends le maximum de vitesse en appuyant sur le devant de ta planche. Une fois debout, tu dois pousser à la fois sur l'arrière et le côté intérieur pour orienter ta planche et faire ton virage.

J'opine et retourne à l'eau avec une nouvelle détermination. Au fil de l'heure qui suit, il agrémente son discours de conseils : penser à regarder vers où je souhaite aller, compresser davantage le bas de mon corps en pliant les genoux au moment de tourner pour avoir plus de contrôle. Je m'y efforce et finis quelques fois plantée net dans l'eau, mais l'excitation me gagne et je me prends au jeu.

Épuisée, je persévère quand même. Quelques filles m'observent aussi et l'ultime encouragement donné par l'une d'elles me permet de réussir mon premier virage serré. J'y mets tellement d'énergie que je remonte la vague à pic et m'envole de l'autre côté de l'épaule. Je vois l'espace d'un instant ma planche passer au-dessus de moi et j'ai le bon réflexe de protéger ma tête en plongeant dans l'eau. Lorsque je refais surface, les filles autour de moi sont hilares. Je lève un poing victorieux et lâche un cri de joie. Je n'avais pas ressenti une telle exaltation depuis des semaines.

Agrippée à ma planche le temps de reprendre mes esprits, un large sourire fend mon visage. Je regarde l'horizon, le scintillement du soleil sur l'eau, les nuances de vert et de bleu que j'aime tant. Soudain, tout devient clair et je pousse un profond soupir en fermant les yeux : ma place est ici. Je renoue enfin avec les sensations qui me sont chères, la glisse, l'adrénaline et surtout, le dépassement de soi. J'oublie totalement le reste, le style, les a priori, mes idées faussées par Solange… Qu'importe ce qu'il se passe sur la plage, l'avis des autres, je ne m'imagine pas une seconde arrêter de surfer. J'ai même maintenant envie d'aller plus loin. À quoi bon, sinon ?

– C'est dans la boîte !

Je tourne la tête vers le photographe qui se marre. Je ne suis pas certaine de vouloir me découvrir sur le compte Instagram de Manon Lanza en train de faire des loopings !

– Spectaculaire ! s'exclame une fille sur sa planche à quelques mètres.

Mon sourire s'élargit, je grimpe sur la mienne et m'y assieds.

– J'imagine que ça valait le détour, oui !

– Allez ! Il nous reste encore quelques belles vagues avant la pause !

Nous surfons ensemble, je poursuis mon entraînement acharné, teste les différentes variantes du *bottom-turn* pour voir si l'une d'elles est plus naturelle pour moi. Au moment de revenir sur la plage, je pense à Patrick. Il me tarde de lui montrer mes dernières aptitudes et de lui annoncer que j'ai décidé d'améliorer mon surf. Il se fera certainement un plaisir de m'aider à aller plus loin et j'éprouve maintenant de l'impatience, comme si la petite flamme timide qui sommeillait en moi depuis longtemps venait de se transformer en grand brasier.

– Franchement, tu cartonnes ! insiste la Bordelaise. On sent que c'est vraiment intuitif chez toi et tu apprends super vite !

Je reste cachée derrière mon wrap végétarien offert par l'organisation pour le déjeuner.

– Je fais beaucoup de mimétisme, dis-je. J'ai passé trop de temps à regarder des vidéos et les autres surfer.

– Mouais, dit la plus jeune à ma gauche, j'ai pris des cours tous les étés et je peux te dire que je ne suis pas aussi à l'aise que toi.

Je hausse les épaules et change de sujet pour ne plus me retrouver au centre de l'attention. Nous discutons donc gaiement d'études, de boulots saisonniers et d'avenirs incertains. Mon esprit s'ouvre sur une nouvelle facette du surf. Pendant des années, j'ai très peu fréquenté d'autres passionnés en dehors de Boardingmania et Solange. Même si Patrick est un exemple, c'est un homme d'âge mûr et je ne pouvais pas m'identifier à lui. Mes seuls modèles étaient les filles sur les réseaux, qui ne montrent que le bon côté des choses et posent devant des objectifs en se mettant en valeur, sans parler de Solange. Rien qui m'encourageait à vouloir leur ressembler et à rejoindre cette communauté. Aujourd'hui, je suis entourée de filles lambda, qui aiment la glisse et mènent une vie tranquille. Rares sont celles qui sont bien foutues et qui se pavanent comme des princesses sur la plage. Je me demande comment j'ai pu en arriver à avoir une vision aussi biaisée, au point de me bloquer complètement. On ne se rend pas compte du mal que l'on se fait à force de se comparer aux autres. Si j'avais eu un tant soit peu confiance en moi-même, je me serais concentrée sur Mireille ou Patrick, j'aurais trouvé des surfeuses plus naturelles avec des valeurs qui me ressemblent. Manon Lanza, que j'ai rencontrée aujourd'hui, m'a surprise. J'ai regardé son profil Instagram hier soir : sur ses photos, même si elle pose, elle semble moins superficielle que d'autres. Elle n'a pas besoin de se mettre à poil et montrer ses fesses pour engager sa communauté, comme le font certaines. J'ai cru qu'elle était inaccessible et loin de ma réalité puisqu'elle est sponsorisée et peut ainsi voyager beaucoup. Pourtant, j'ai discuté avec elle au moment des matchs de volley et c'est une grande timide. Manon était terriblement gênée quand je lui ai dit avoir réalisé à quel point j'aimais le surf grâce à son événement. Elle a vite compris que j'étais la fille « à la pirouette » et je l'ai suppliée de ne pas poster la photo, ce qui nous a fait rire.

En buvant une bière au citron avec le groupe à la fin de la journée, je suis emplie de soleil et de bonheur. Ça peut donc être aussi simple : aimer les choses à sa manière, laisser les autres nous juger et rester soi-même. Manon et toutes celles avec qui j'ai partagé ces quelques heures ont été une source d'inspiration. Il me tarde maintenant de découvrir les sacrifices que je suis prête à faire. Je me souviens des paroles de Mireille à mon arrivée ici : c'est en surfant plus souvent que je saurai ce qui me plaît vraiment. Est-ce que je veux pratiquer pour le loisir, sans pression, ou développer un esprit plus sportif demandant plus d'efforts, de temps et d'investissement ? Assise seule sur la plage en contrebas de l'école, je regarde l'océan alors que le soleil chauffe ma peau. Je caresse le sable du bout de mes orteils en pensant au *Workaway* et à ce monde qu'il me reste à découvrir. Une émotion grimpe dans ma gorge, cette même énergie qui me submergeait lorsque je me tenais debout sur mon rocher quelques mois plus tôt, cette impression que tout est possible, si je m'en donne les moyens. Je ferme les yeux et souris : tout est parfait, aligné et en harmonie. J'enregistre ce moment au fond de mon cœur pour toutes les fois où j'en aurai besoin.

– Tu as pris des coups de soleil.

Je sursaute. Solange et Éric sont plantés devant moi.

– Rester huit heures sur la plage, ça ne pardonne pas, dis-je en me levant pour leur faire la bise. Qu'est-ce que vous faites là ?

– On passait simplement, répond Éric. Tu as bien profité de ton jour de congé ?

J'ouvre la bouche et une nouvelle fois, Solange prend les devants pour lui expliquer l'événement auquel j'ai participé. Devant Éric, elle se montre soudain moins enthousiaste et presque méprisante, contrairement à ce qu'elle était avec moi. À peu de choses près, elle lui dit que cette journée était pour les féministes véganes et célibataires. Qu'est-ce qui lui arrive ? Je me retiens de lui rappeler qu'elle serait venue si elle n'avait pas travaillé et réponds poliment aux questions d'Éric. Je parle ainsi du match de volley que mon équipe a remporté haut la main, grâce à l'une des filles qui avait un service d'enfer, du concours de paddle qui a fini de me tuer les bras et aborde rapidement le cours de yoga où j'ai failli m'endormir lors des minutes de relaxation. Contrariée par Solange, je m'abstiens de mentionner mon super *bottom-turn*, puis n'ayant aucune envie de m'attarder, j'annonce que je dois rentrer.

– Déjà ? s'inquiète Solange.

– J'ai besoin d'une douche et d'ombre. Je vous laisse en amoureux, on se croise bientôt.

Après un petit signe de la main, je remonte une dernière fois la plage, les jambes en feu. Je vérifie mon téléphone sur le chemin : aucune nouvelle de Louis, pas d'invitation à sortir, ce que je trouve étonnant, mais une soirée en solitaire me va très bien après toutes ces émotions !

6

Je cherche mes clés au fond de mon sac en gravissant les escaliers qui mènent chez moi. Une fois trouvées, je relève la tête et m'immobilise aussitôt. Je n'en crois pas mes yeux : Aude se tient sur le perron, en compagnie de Jules ! Dans une effusion typiquement féminine, nous nous jetons dans les bras l'une de l'autre.

— Mais qu'est-ce que vous faites ici ? Je n'en reviens pas !

— Nous allons visiter de la famille à Pampelune et nous avons eu envie de faire un détour pour te voir ! explique mon amie.

Aude et moi nous appelons presque toutes les semaines, parfois quelques minutes pour partager une info… et à d'autres moments, nous parlons pendant des heures. Elle m'avait bien dit qu'elle viendrait cet été, mais je ne pensais pas que ça serait si tôt. Je suis au comble du bonheur et je ne m'attendais pas à une telle surprise.

— Vous restez combien de temps ?

— On repart demain soir, répond Aude.

Je l'embrasse encore une fois en riant et déverrouille la porte. Alors que nous pénétrons dans le salon, je constate qu'Aude porte une robe bleu marine élégante, sur des sandales ouvertes dorées. Même si ses manches courtes dévoilent les tatouages sur ses bras, c'est très loin du style gothique que je lui connais et cela m'interpelle. Pourtant, je mets de côté les petits détails qui me sautent aux yeux pour me concentrer sur l'essentiel : mes amis sont là !

— Vous ne pouviez pas me faire un plus beau cadeau en passant par ici ! Ça me fait beaucoup de bien de revoir des visages familiers.

Je nous sers à boire et nous nous installons dans le salon. Je pense alors à Louis, ce qui provoque un déclic.

– Vous vous êtes concertés avec Louis pour venir le même week-end ?

Le couple confirme d'un mouvement de tête en riant.

– Je trouvais ça étonnant qu'il soit là si tôt dans la saison. Ça explique tout !

Mon estomac se crispe soudainement. Mortifiée, je dis :

– Oh, je n'avais pas prévu d'aller à cet événement aujourd'hui et nous aurions dû passer la journée ensemble !

Aude, assise à côté de moi, pose une main sur la mienne pour me réconforter.

– C'est vrai, nous sommes arrivés ce matin, mais ne t'inquiète pas, nous t'avons observée de loin en profitant du soleil.

Nous rions de bon cœur. Mes amis rayonnent de bonheur. Jules aussi a changé, il a l'air plus « responsable », quelque chose dans son attitude… Son style vestimentaire est plus banal, il a troqué ses tee-shirts déformés et délavés, aux inscriptions de *heavy metal*, pour un polo mal taillé, mais plus discret. Sa barbe et ses cheveux sont plus courts… Je commence à tergiverser sur les raisons de ces changements, quand soudain, un souvenir me remonte en tête.

– Mais alors, vous m'avez vue surfer !

– Oui, avec tes acrobaties ! s'exclame Aude.

– Oh non, j'ai honte !

– Pas du tout, m'assure Jules. J'ai trouvé ça impressionnant, moi qui n'ai jamais fait de surf.

Je me lève pour rapporter la carafe d'eau et prendre quelques gâteaux apéro.

– J'espère que vous avez vos maillots de bain, dis-je en revenant m'asseoir près d'eux.

Ils acquiescent, puis Jules s'éclipse aux toilettes. J'attendais cette occasion pour discuter avec Aude : je m'inquiète pour elle. J'ai vu dès nos retrouvailles qu'elle avait perdu du poids, ses hanches et son ventre se sont affinés, sa poitrine a fondu. Aude devait peser dans les quatre-vingt-dix kilos il y a encore un mois et, à vue d'œil, elle doit en faire au moins cinq de moins. Elle ne m'a pas parlé d'un régime ni de changements vestimentaires lors de nos appels. Une fois seule avec elle, je me rapproche pour lui demander si tout va bien. Elle me sourit, attendrie :

– Ça ne pourrait pas aller mieux.

J'insiste, dubitative devant son attitude très douce.

– Tu fais un régime miracle ?

Aude rit. Elle sait que je me moque d'elle : elle n'a jamais voulu faire d'effort sur son alimentation, se trouvant belle avec ses rondeurs. J'ai toujours été d'accord sur ce point, même si je pensais également à sa santé, aux conséquences sur le long terme du surpoids. Jules revient s'asseoir près d'elle les yeux pétillants, je leur lance un regard interrogateur.

– Je suis enceinte, annonce-t-elle en rougissant.

Je reste bouche bée un instant, puis je la serre dans mes bras. Transportée par la joie, j'enlace aussi Jules.

– Je suis vraiment heureuse de l'apprendre de vive voix ! Voilà une double surprise !

J'observe mes deux amis et derrière le bonheur que je ressens pour eux, deux émotions nouent ma gorge : l'envie et la peur. Je secoue la tête et demande à Aude en souriant :

– Pas de surf pour toi, alors ?

Elle fait signe que « non ».

– Par contre, Jules se laissera tenter, précise-t-elle. Pendant que je vous attends à l'ombre d'un parasol.

– Ça marche !

J'avise l'heure.

– Je vous emmène dîner dehors ?

Les deux tourtereaux opinent avec enthousiasme.

Jules et Aude ont loué un appartement près de la plage des Bourdaines. Impatiente de les revoir, j'ai sauté du lit aux aurores pour les retrouver avec des viennoiseries et du pain frais. Louis s'est aussi joint à nous. Tous les quatre installés autour de la table généreusement servie, je me sens sur un petit nuage. La clarté pénètre par le Velux au-dessus de la cuisine et le soleil illumine les dunes que l'on peut apercevoir par la baie vitrée. Le ciel est bleu, immense, et il me tarde déjà d'aller à l'océan avec eux, de discuter avec Aude de ses nouveaux projets. Au restaurant hier, elle m'a confié être à la moitié de son deuxième mois de grossesse et avoir perdu quelques kilos à cause des nausées des premières semaines. Aujourd'hui, pour sa santé et celle du bébé, elle fait de sérieux efforts sur son alimentation. Je lui ai demandé quel était le lien avec l'évolution de son style vestimentaire et sa réponse m'a intriguée :

– Je ne souhaite pas que mon enfant soit mal vu, car il aura été élevé par des parents gothiques ou métalleux. Et puis, je ne sais pas… on se sent mûrir d'un coup avec les responsabilités à venir, on doit rentrer un peu plus dans le moule.

Je n'ai rien dit sur le moment, car je ne voulais pas contester leurs décisions récentes, qui semblent les rassurer. De plus, l'annonce de la grossesse de mon amie m'a chamboulée. Alors que je ne m'étais pas posé cette question avant, la veille, j'ai mis plusieurs heures à m'endormir, tourmentée : aurais-je aussi envie d'être mère ? Serais-je prête pour ça ?

Ce matin, j'observe Louis avec qui j'ai passé de belles années. Ce projet aurait pu se manifester si nous n'avions pas été si jeunes, et moi si *borderline*. Et aujourd'hui ? Louis serait un bon père. Il est à l'écoute, fait preuve de beaucoup de douceur et il a du recul sur les choses. Cela n'empêchera sûrement pas son enfant de ne pas être pleinement satisfait, mais au moins, il aura toutes les chances pour partir dans la vie du bon pied.

– Tout va bien ?

Je sursaute. Je me suis isolée un moment sur le balcon pour me recentrer. Ce petit déjeuner idyllique, mêlé à cette angoisse mal cernée, réveille mon envie d'en faire trop, de parler de tout et de n'importe quoi, pour cacher mon malaise. Je ne parviens pas à me sentir sereine et je m'en veux de ne pas profiter de l'instant.

– Oui, j'avais besoin de prendre l'air.

Louis s'accoude à la rambarde près de moi. En quelques heures à peine, son nouveau parfum m'est devenu familier.

– Parfois, j'aimerais avoir ton courage pour m'installer ici, dit-il. J'ai grandi à Soustons et je dois avouer que l'océan me manque de plus en plus.

Il fixe les dunes quelques instants.

– À Pau, je ne vivrais qu'à une heure, poursuit-il. Je pourrais voir mes parents plus souvent…

Ses yeux anthracite se posent sur moi, me sondent. J'y devine ses attentes et bafouille :

– Si ça peut te rendre plus heureux, alors peut-être que tu devrais le faire.

Ma réponse peut être interprétée de différentes façons, mais je ne peux pas lui dire de ne pas déménager à Pau simplement, car je ne suis pas certaine de vouloir me remettre avec lui, si c'est bien ce qu'il essaie de faire.

– Tu as vraiment changé, murmure-t-il en posant sa main chaude sur la mienne.

Il se rapproche, je pense avoir la confirmation de ses intentions. Mon cœur s'emballe et prise de panique, je lâche brusquement :

– On devrait aider Jules et Aude à débarrasser.

Je romps le contact de nos mains et me précipite dans le séjour, avec un tel empressement que mon pied bute sur le bord de la fenêtre. Je me rattrape à une chaise, mais celle-ci glisse sous mon poids. Dans un grand vacarme, je finis étalée sur le sol.

– Toujours aussi maladroite ! constate Aude après s'être assurée que je n'avais rien de cassé.

En remettant mon chemisier en place, je lance un coup d'œil à Louis qui semble mal à l'aise, puis croise le regard d'Aude qui nous observe en fronçant les sourcils.

– Je vous aide à ranger, dis-je, et je retourne chez moi pour préparer le déjeuner.

L'incident est clos et tous ensemble, nous nettoyons la table. Nous avons prévu de faire un barbecue dans mon jardin ce midi, alors, pendant que nous faisons la vaisselle, je m'assure que Louis ira bien acheter la viande et les légumes.

– Je ne prends rien pour toi, sûre ? insiste ce dernier. Tu n'es pas enceinte au moins ?

Il me sourit, avec un petit air confus, comme s'il essayait de s'excuser de m'avoir ébranlée sur le balcon. Je fais un signe négatif de la tête, Jules s'empare aussitôt du sujet :

– Tu es végétarienne ?

– Non… enfin, je ne mange plus de viande, mais ça n'a rien à voir avec le végétarisme.

Comme Aude tente d'en savoir plus, je m'explique :

– J'ai lu un livre avant de partir de Paris, écrit par Viktor Frankl qui a été déporté à Auschwitz. Son objectif était de présenter la vie des prisonniers, leur psychologie, et pourquoi certains ont survécu mieux que d'autres. Bref… je n'étais pas complètement ignorante sur le sujet, mais je n'avais jamais lu un témoignage aussi détaillé sur le quotidien dans les camps. J'ai été très touchée et j'en ai parlé avec Cathy. Vous vous souvenez de Cathy ?

Mes trois interlocuteurs acquiescent, tout en essuyant la vaisselle et en passant le balai. J'ai rencontré Cathy dans ma salle de sport à Paris et j'ai noué des liens d'amitié avec elle avant mon départ. Elle était d'ailleurs présente la veille de mon déménagement et je pensais secrètement que Louis finirait par se rapprocher d'elle. Ils iraient très bien ensemble… mais il faut croire que Louis n'a pas complètement tiré un trait sur moi. Sentant le regard insistant d'Aude, je reprends mon récit :

– J'ai expliqué à Cathy que je ne comprenais pas comment on pouvait détester à ce point un être humain, au point de lui faire vivre un tel enfer, de l'exploiter jusqu'à ce que mort s'ensuive et d'exterminer des millions d'innocents sans aucun scrupule. Nous avons longuement parlé, notamment de l'esclavage qui n'est qu'une autre façon de haïr une « race » et de la mettre à notre service, tout en la tuant lorsque nous n'en avons plus besoin…

Je soupire, jette un œil à mes amis qui m'écoutent avec attention.

– Cathy m'a alors dit : « Ce n'est pas très éloigné de ce que nous faisons avec les animaux aujourd'hui. Sous prétexte qu'ils sont différents de nous, nous les élevons dans des conditions parfois ignobles pour ensuite les consommer. » Elle n'a pas formulé cette phrase dans le but de me convertir au végétarisme, mais j'avoue avoir pris un coup. C'est… simplement un déclic. Bien entendu, avant je faisais attention à acheter de la viande élevée gentiment dans ma région, des œufs venus de poules élevées en liberté… Mais, depuis ce jour, je ne peux plus voir une tranche de jambon sans imaginer que l'on pèle le muscle d'un humain au rasoir.

Tout le monde fait soudain la grimace.

— Après tout, les vaches, les cochons… ce sont des mammifères, doués d'intelligence et de sentiments, comme nous… Enfin, je suis désolée, je ne veux pas vous dégoûter et vous empêcher de manger des grillades !

Il y a comme un froid dans la cuisine. Louis lance un regard à Jules, puis hausse les épaules.

— On peut se faire un barbecue végi, hein ? Tu en penses quoi, Jules ?

— Ça ne me dérange pas !

Je vais pour protester, ce n'était pas du tout mon intention. Aude pose une main sur mon bras.

— Ne t'inquiète pas. Je comprends ton raisonnement et ce que tu viens de dire me touche beaucoup. Je ne sais pas si je deviendrai végétarienne, mais cela m'ouvre les yeux sur une autre réalité.

Je souffle, gênée.

— Très bien… on se retrouve chez moi dans une heure ?

Nouvel accord groupé, j'attrape mon sac et me sauve comme une voleuse, loin de me douter que je ne suis pas au bout de mes surprises ce week-end.

7

Les deux garçons traînent autour du BBQ, à l'ombre de l'unique arbre de mon jardin, en partageant une bière. Nos assiettes sont vides, le soleil est haut et une brise tiède nous rafraîchit. Je suis affalée sur une chaise à côté d'Aude qui a surélevé ses jambes. Je peine encore à la reconnaître : mon amie ronde et gothique est maintenant une jeune femme élégante et bientôt mince.

– Je peux te poser une question ? demande-t-elle après un silence.

Je suis son regard en direction de Louis, un frisson me parcourt les bras.

– Euh… oui, vas-y.

– Tu as eu des nouvelles de Farès depuis que tu es arrivée ici ?

Je prends une seconde pour encaisser. Je m'attendais à ce qu'elle veuille savoir, comme Solange, si j'envisageais de me remettre avec Louis, mais Aude est la seule à être au courant pour Farès, notre histoire et ses conséquences. J'avale une gorgée d'eau, puis je fais signe que « non ».

– Et tu n'en as toujours pas parlé à Louis ?

– Pourquoi est-ce que je le ferais ?

Mon ton s'est fait mordant.

– Pour cette raison-là, répond Aude avec douceur. S'il savait que tu digères encore une rupture, peut-être n'essaierait-il pas de se rapprocher de toi.

Je fixe la palissade, le gazon, les arbres, un oiseau qui passe et soudain, je me lève en attrapant les restes de légumes grillés.

– Je n'ai pas envie d'en discuter.

Aude me suit pourtant dans la cuisine.

– Je me fais du souci pour toi. Nous avons très peu parlé de la disparition de Farès. Tu t'es entêtée à le retrouver et encore aujourd'hui, tu ne parviens pas à aller de l'avant. Tu repousses Louis et les hommes en général.

– Qu'est-ce qui te fait croire ça ?

Aude pose une fesse sur l'un des tabourets du bar, tandis que je remplis le lave-vaisselle pour dissimuler la souffrance que cette conversation provoque.

– Eh bien, si on exclut totalement cette ambiguïté avec Louis, tu m'as parlé de quelques garçons, avec lesquels tu refuses de boire un verre… Tu n'as jamais pensé que tu pouvais avoir des relations simples d'un soir ?

– Je ne suis pas une pute, dis-je en lui faisant face.

C'est sorti tout seul, Aude reste impassible. Elle sait très bien ce qu'elle est en train de faire : elle met les pieds dans le plat pour crever l'abcès et je lui en veux de faire sa « Louise ».

– Ça n'a rien à voir avec le fait de se prostituer, poursuit Aude avec détachement. Tu pourrais juste ouvrir ton cœur de manière passagère, pour y faire un peu de ménage. Tu y verrais ensuite plus clair sur Farès, Louis et ton avenir sentimental.

– Je suis venue ici pour vivre seule, pas pour me trouver un mec.

– Tu déformes ce que je dis, Éléa…

Je referme le lave-vaisselle, reste face à l'évier en lui tournant le dos : elle ne me lâchera pas tant que je ne lui aurai pas dit le fond de ma pensée. Peut-être que ça pourrait me faire du bien… Peut-être pas… J'ai peur de m'effondrer au milieu de ma cuisine en ouvrant ma « boîte à monstres », alors que je n'y suis pas préparée.

– Je ne sais pas quoi faire, c'est tout.

Aude ne dit rien. Elle adorait faire ça les soirs où nous faisions de la psychologie de comptoir autour d'une Margarita, lorsque nous vivions ensemble. Elle me provoquait jusqu'à ce que ma langue se délie, puis restait muette.

– Quand je pense à Farès, je me sens comme après le décès de mon père : un mélange de colère, d'injustice, suivi d'un vide immense.

Chaque mot prononcé réveille l'émotion associée : rancœur, amertume, détresse… deuil, et ma voix s'étrangle à la fin de ma phrase. Aude se lève pour venir à mes côtés et passe un bras autour de mes épaules.

– Je ne comprends pas… Je ne comprends pas pourquoi j'éprouve des sentiments aussi forts pour un homme que j'ai finalement très peu connu.

Je perds mon calme et hoquette :

– Avec Farès, j'imaginais construire une vie différente, moins ordinaire, mais c'étaient mes fantasmes. À aucun moment, il ne m'a dit souhaiter vivre autrement, c'était même plutôt le contraire.

Aude me tend une feuille de Sopalin.

– C'est normal d'avoir pensé à ce que vous auriez pu faire ensemble, c'est ce que font les jeunes couples : se projeter. Et ça ne sert à rien de réfléchir à si tu as eu tort ou raison, c'était ton intuition à ce moment-là…

– Et si je l'avais idéalisé ? Aveuglée par mes sentiments, j'aurais pu l'entraîner de force sur des chemins qu'il n'était pas prêt à emprunter…

– Il t'a quittée pour cette raison, car il ne voulait pas te suivre ni te retenir.

Je renifle en faisant la moue, puis ajoute :

– Si Farès n'avait pas eu ses soucis de boulot, il se serait certainement émancipé.

– Cette décision lui appartient…

J'observe Aude et repense à mon cauchemar quelques jours plus tôt. Je secoue la tête de dépit, en disant que tout ça n'a aucun sens.

– Peut-être que si, lâche mon amie, aussi douloureux soit-il. Tu vis à Seignosse par toi-même aujourd'hui. Si Farès n'avait pas disparu, tu serais peut-être encore à Paris à lui courir après, plutôt que de voler de tes propres ailes.

Je pousse un profond soupir.

– Tu as sans doute raison.

– Ose t'accorder un peu de bonheur, découvrir d'autres horizons. C'est en explorant les limites de ta souffrance que tu finiras par les franchir.

Un petit rire m'échappe.

– Mon Dieu, tu deviens philosophe en plus !

– Les livres sur *Comment devenir une mère parfaite en dix étapes* m'ont rincé le cerveau !

Nous nous sourions. Aude dépose une bise sur ma joue, puis rejoint la terrasse. Je reste seule un instant et observe Louis : ai-je envie de me remettre avec lui ? Je n'en suis pas certaine et après cette discussion avec mon amie, je comprends mieux pourquoi. Louis représente tout ce que j'essaie de fuir aujourd'hui, la routine, une vie de salariée posée… Je connais ses projets, à l'instar de ceux d'Aude et Jules : avoir des revenus suffisamment élevés pour se payer une maison dans un endroit tranquille et des vacances dans un lieu paradisiaque une fois dans l'année. Alors que jusqu'à présent je n'arrivais pas à mettre de mots sur ce que je voulais, il surgit soudainement : l'indépendance. C'est ce qui m'attire et ce qui me manque à Boardingmania. Même si le cadre est mieux en comparaison avec Paris, je ne suis pas totalement libre de mes faits et gestes, je suis encore tenue par un planning, un patron. Finalement, ma rupture avec

Farès est si difficile, car je suis convaincue qu'avec lui, cela aurait été possible. Sauf qu'il n'est plus là. Alors quoi ? Je soupire en laissant échapper un petit sourire. Peut-être Aude a-t-elle raison, un peu d'intermittence sentimentale ne me ferait pas de mal, sans compromettre mon apprentissage de la vie en solitaire.

Nous attendions ce moment avec impatience. À l'abri d'un grand parasol, à quelques mètres de l'eau, Aude et moi lézardons sur nos serviettes, tandis que Louis initie Jules au surf. Aude ne souhaite pas se baigner, je n'insiste pas, mais je fais quelques allers-retours pour me rafraîchir.

— Toi aussi, tu as minci ! s'exclame Aude alors que je m'allonge à nouveau.

— Oui, depuis que je vis ici.

— Tu t'es mise à la diète ?

— Non, ce n'était pas volontaire !

J'ai en effet perdu le petit surplus de graisse que j'avais sur les hanches et sur les abdos. Pour autant, je ne cherche pas à avoir la ligne d'une mannequin et j'assume mes rondeurs, ma cellulite, mon « cul de black », comme aime le dire Aude, rebondi et plutôt ferme selon les saisons, ainsi que ma poitrine moyenne. Je laisse mon corps être tel qu'il est, tout en surveillant ce que je mange. Comme disait Juvénal : « un esprit sain dans un corps sain ».

— J'ai juste changé mes routines alimentaires, naturellement. J'ai énormément réduit le sucre, les laitages, je prends des petits déjeuners salés et les trois quarts de mes repas sont à base de crudités.

— Ça me semble ennuyant… C'est ennuyant ! se corrige-t-elle en riant.

— Je trouve ça plus simple en réalité. J'ai même l'impression de mieux sentir les saveurs.

– Mais tu ne cuisines plus du tout ?

– À part quand j'ai des invités, non. Ça m'évite de trop manger et ça ne m'empêche pas d'avoir des plats diversifiés. J'ai déniché une liste de recettes pour faire des vinaigrettes originales, donc avec un type de salade sur plusieurs jours, je peux m'éclater.

– Tu peux venir me dire que je suis méconnaissable !

Nous rions. En m'installant ici, faire la cuisine pour moi seule ne m'intéressait pas. Aude et son appétit me manquaient, alors la première semaine, je mangeais peu et grignotais en boudant face à ma solitude. Puis mon organisme s'est habitué, je n'avais plus de fringales et j'avais plus d'énergie pendant mes footings. Je m'en suis surtout rendu compte après une soirée avec Solange et d'autres amis où j'ai dévoré un hamburger avec des frites : j'ai très mal dormi et le lendemain j'étais épuisée et de mauvaise humeur. J'avais déjà entendu parler des effets d'une alimentation trop riche sur notre vitalité et notre moral, mais je n'avais jamais fait attention. Je me demande même si mes coups de mou ces dernières années pouvaient être corrélés aux périodes où je négligeais le contenu de mon assiette. Aujourd'hui, c'est devenu tellement clair que je ne ressens plus aucune frustration devant un plat de pâtes bolognaise. Bien sûr, je fais quelques écarts, mais je ne prends plus de plaisir à manger beaucoup.

– Tu réussis à faire du sport ? questionne Aude. J'essaie un peu, en vain !

– Je cours une ou deux fois par semaine, mais ce n'est pas obligatoire, car je fais tout à pied ou à vélo, en plus du travail assez physique à Boardingmania.

– Et du surf ! s'exclame mon amie. Tu vas devenir une pro, alors ?

Derrière ses lunettes de soleil, je devine qu'Aude a les yeux qui brillent. Elle est resplendissante, elle respire le bien-être. Quand nous vivions ensemble, elle n'était pas du genre à se morfondre, mais aujourd'hui je la trouve plus épanouie.

– Je dois t'avouer que j'ai pris du temps pour m'y mettre, mais j'ai eu une vraie révélation hier, pendant l'événement.

Avec enthousiasme, je lui raconte mes doutes en arrivant ici, lui parle de Solange et me confie sur mes sensations de la veille. À la fin, j'annonce :

– Je vais investir dans mon propre matériel. Je n'aurai plus besoin d'embêter Patrick et Mireille, et cela sera une forme d'engagement.

– Tu m'enverras des photos !

– Oui, si tu veux !

Les garçons reviennent sur la plage après plus d'une heure et demie de session. Aude et moi rions en découvrant l'exaltation sur le visage de Jules.

– Nous avons un nouveau converti, assure Louis.

Ils se débarrassent de leurs combinaisons et s'installent avec nous. Ce moment de détente me fait le plus grand bien, mais la situation avec Louis continue de parasiter mes pensées. Il a vu sur le balcon qu'il m'avait troublée, pourtant il n'a pas interprété ma réaction comme un signe négatif, au contraire. À son attitude sur la plage, il doit croire que mon cœur reste à prendre. Il étend ainsi sa serviette près de la mienne et, alors que je m'apprête à demander à Aude de me mettre de la crème dans le dos, il s'empare du tube et me l'applique avec délicatesse. Je ne peux pas dire que ses mains sur ma peau ne provoquent aucune sensation agréable… mais ça va trop loin.

– Et si on allait marcher ?

Louis me jette un drôle de regard, puis hoche la tête, sûrement plein d'espoir. J'attends que nous ayons atteint le bord de l'eau pour me lancer, sans introduction :

– Si tu t'installes à Pau, ça ne doit pas être pour moi.

J'observe sa réaction, Louis reste égal à lui-même : calme et souriant, pourtant je lis dans ses yeux clairs un peu d'appréhension. Un frisson me parcourt. Comment lui dire sans heurter ses sentiments ?

– Nos projets sont trop différents, dis-je, confuse. Et je ne peux pas envisager une nouvelle relation avec toi.

Louis scrute l'horizon, puis hausse les épaules, apparemment désenchanté.

– Je comprends. En effet, je ne peux pas te promettre l'indépendance et la liberté que tu recherches.

Il fait une petite moue boudeuse, passe une main sur sa barbe.

– J'espérais secrètement te reconquérir, avoue-t-il. Depuis des semaines, j'essaie de me raisonner, mais plus tu changeais, plus tu m'attirais.

Je rougis face à ces confidences, il me bouscule en riant.

– C'est comme les enfants : on a envie d'avoir ce qui nous est interdit, conclut-il.

Nous décidons de faire demi-tour pour revenir sur nos pas, Louis m'arrête. Il prend soudain mon visage entre ses mains et plaque ses lèvres sur les miennes.

– Voilà mon baiser d'adieu, murmure-t-il.

Je me recule, honteuse d'avoir trouvé ça agréable. J'ai alors une pensée pour Solange et Aude : finalement, un peu d'affection ne me ferait peut-être pas de mal.

– Le seul et le dernier, dis-je avec douceur.

– Promis, affirme Louis dans un soupir frustré.

8

Le début de la semaine est compliqué. Aude, Jules et bien sûr Louis me manquent, je m'accroche donc à mes derniers objectifs : m'acheter une planche et une combinaison, m'octroyer plus de liberté sentimentale, tout en réfléchissant aux interrogations qui me traversent sans cesse. Après mes décisions concernant le surf et Louis, j'espérais avoir un peu de tranquillité, mais peine perdue : chaque soir, je trouve toujours de nouvelles choses qui me turlupinent à écrire dans mon carnet. Parmi celles-ci, il y a la question de la maternité, depuis la scène du couple pendant mon déjeuner avec Louis et l'annonce de la grossesse d'Aude. C'est loin d'être une priorité, mais un nœud s'est formé dans ma poitrine et je ne parviens pas à passer à autre chose. Alors, plutôt que de l'ignorer comme je le ferais d'habitude, jusqu'à ce que l'élastique me claque au visage, j'ai choisi de m'emparer du problème.

Le lundi midi, Solange me rejoint pour le déjeuner et nous nous installons en haut de la plage, avec nos casse-croûtes. Une fois assise, mon amie ne manque pas de me signaler qu'elle n'a pas eu de mes nouvelles depuis samedi. Solange aime faire des reproches de façon détournée, sans dire directement ce qu'elle pense et ce qui la dérange. Là encore, je mets ça sur le compte de sa faible confiance en elle et m'efforce de ne pas répondre sur le même ton. Avec compassion, je lui rappelle qu'il n'est pas rare que nous restions sans nous parler plusieurs jours et lui explique que j'ai eu de la visite. Mon calme et ma sincérité la surprennent, je le vois au petit air renfrogné qu'elle affiche.

77

Je souris et décide de lui en dire plus sur mon week-end et me livre sur ce qui me tourmente. Solange n'est pas captivée par le développement personnel, pour autant elle apprécie les moments où je partage avec elle mes réflexions. Bien souvent, elle répond peu, prétend ne pas être intéressée, mais elle évoque toujours à nouveau les sujets plus tard. Je pense qu'elle ne veut pas débattre ou exposer ses idées sur le moment, de peur de dire des bêtises : elle préfère ainsi prendre le temps d'assimiler les informations pour préparer ses arguments, avant de donner son avis.

— Qu'est-ce que tu ressens quand tu vois des parents être injustes, voire cruels avec leur enfant ?

Je m'étends sur ma serviette, Solange range son Tupperware et m'imite.

— J'ai envie de leur mettre des baffes, répond-elle. Pourquoi ?

Je lui raconte rapidement mon déjeuner avec Louis, la manière dont cette mère parlait à son petit de deux ans, la souffrance qui émanait d'elle, mais aussi de son mari et de son autre fils.

— J'aurais tellement aimé me lever et secouer cette femme pour qu'elle comprenne à quel point elle se faisait du mal à elle-même et à ses gamins ! Je ne peux imaginer les dommages sur leur confiance en eux.

En prononçant ces mots, je réalise que je touche peut-être des cordes sensibles chez mon amie. Solange n'a pas eu une enfance emplie d'amour : son père était toujours absent et sa mère déversait sa frustration sur sa fille à coup de reproches, d'indifférence et d'injustices. C'est la seule chose qu'elle ait accepté de me confier et elle dit souvent qu'elle a commencé à vivre à dix-huit ans, quand elle est partie de chez elle avec trois euros en poche. Je crois qu'aujourd'hui, elle n'a plus aucun lien avec sa famille et cette conversation risque de réveiller des douleurs enfouies. Cependant, j'assume d'avoir lancé cette discussion. Après tout, ce moment ensemble n'est peut-être pas un hasard.

– Je comprends, dit-elle après une longue minute. Certains parents n'ont pas conscience des mots qu'ils utilisent ni de leur impact sur le développement de leur enfant. Ça me met aussi en rogne. Certes, cette mère souffre, mais elle est adulte, elle devrait travailler sur elle-même, plutôt que de faire payer ses névroses à ses gamins. Ces parents n'ont aucun recul sur eux-mêmes et sur ce qu'ils font, je me demande même pourquoi ils ont des gosses s'ils ne peuvent pas les élever et les aimer !

Elle a parlé de plus en plus vite, je pose ma main sur son bras pour l'apaiser. Elle pousse un soupir agacé et je décide de changer l'angle de cette conversation pour m'éloigner des zones sensibles.

– L'amie qui est venue me voir ce week-end m'a annoncé qu'elle était enceinte et ça a réveillé beaucoup de questions. Tu y penses, toi ?

– Pas vraiment. J'ai plein de trucs à faire avant de m'encombrer d'un gamin.

Je hausse les épaules. Ça n'augure rien de bon si elle croit déjà que son petit sera « encombrant ». J'espère qu'elle évitera de faire ce qu'elle reproche aux autres et arrivera à prendre du recul et soigner ses propres blessures d'enfance pour ne pas les reproduire.

– Ça t'a donné envie d'en avoir un ? demande Solange dont l'intérêt est piqué.

– J'ai toujours rêvé d'avoir un enfant, mais je souhaitais attendre le moment propice, que ce soit les études, les finances ou le couple. Surtout, je voulais être plus stable, ne plus avoir ces tsunamis émotionnels et cette colère encore latente depuis l'adolescence.

– Tu m'as dit que ça allait mieux depuis que tu vis ici, remarque Solange.

Je souris. Elle s'en souvient, cela me fait chaud au cœur.

– C'est vrai. Sauf qu'aujourd'hui, je ne crois plus que ce soit une bonne idée. Quand je regarde le monde dans lequel nous évoluons, ces histoires de pédophilie, de harcèlement à l'école, les addictions aux sucres, aux technologies, toutes ces guerres, l'environnement qui se dégrade… ça me fait peur de vivre dans ce monde et d'y ajouter un nouvel être humain !

Solange me donne un coup de coude.

– Quel pessimisme ! s'exclame-t-elle en riant. Je pensais que tu avais plus foi en la vie !

– Ce n'est pas une question de confiance, mais de réalité !

– Tout n'est pas si noir, insiste-t-elle.

– Facile à dire quand tu portes des lunettes roses !

À mon tour d'être agressive. Solange ignore ma remarque et réplique :

– Alors quoi, tu ne feras pas de gosse, juste parce que notre monde est pourri ? Il pourrait tout aussi bien s'adapter et être heureux.

Je suis étonnée qu'elle poursuive cette conversation, elle qui d'ordinaire botte en touche. Je réfléchis une minute, avant de répondre avec une certaine émotion :

– Je ne pense pas pouvoir apporter le bonheur à un enfant.

Mon amie me jette un coup d'œil par-dessus ses lunettes de soleil. Je fixe le ciel gris avec obstination et ajoute :

– Comme cette mère au restaurant, même si j'ai fait du chemin, j'ai peur de ne pas aider ce gamin et de lui causer plus de troubles que nécessaire.

Solange se redresse sur un coude pour me regarder bien en face.

– D'où tu sors des choses pareilles ?

J'hésite, sentant que la suite va la braquer, puis décide de me lancer.

– J'ai lu un livre qui explique qu'un enfant vient sur cette terre pour guérir les blessures de ses vies antérieures. Par exemple, avoir été abandonné, avoir subi une grande injustice, le rejet ou l'humiliation. Comme il n'a pas résolu les souffrances provoquées dans le passé, il arrive dans une famille dont les parents ont des problèmes similaires.

Solange a relevé ses lunettes sur sa tête et m'observe avec scepticisme. Je m'efforce de clarifier mon propos :

– Tu as déjà dû remarquer ça, non ? Quand on nous fait du mal, le premier réflexe est de blesser l'autre de la même manière. Ce n'est pas anodin, chaque moment où on est atteint par quelque chose est une occasion de travailler sur soi et d'aller mieux.

Je parle de plus en plus vite. Je devrais m'arrêter, mais j'ai besoin de me justifier pour ne pas avoir l'air ridicule :

– Pour revenir à cette histoire de gamin, tu mets ainsi sur cette terre un petit qui a des choses à résoudre. Quoi que tu fasses, tu seras amenée à le faire souffrir pour lui permettre d'évoluer et je peine à concevoir que je ne peux pas épargner ça à mon enfant.

Solange secoue la tête, apparemment dépassée. Je pense à sa mère qui se sentait certainement abandonnée par son mari, ce qui nourrissait son manque d'estime, et à la manière dont elle a peut-être reproduit cela chez sa fille, en la rabaissant. J'ouvre la bouche pour prendre cet exemple, mais Solange me coupe :

– Tu devrais arrêter de lire des livres aussi tordus, tu te poserais moins de questions, lâche-t-elle avec impatience.

Je me redresse à mon tour. Elle me prend encore pour une illuminée.

– C'est justement parce que l'on réfléchit à sa vie et aux sentiments qui nous traversent que l'on peut grandir et s'épanouir, dis-je sèchement, plutôt que de faire l'autruche à longueur de journée pour se réveiller blasé et déprimé à l'âge de soixante ans !

Solange pince les lèvres en me dévisageant. Nous parvenons à notre point de discorde, là où toutes nos conversations prennent fin. Même si j'ai bien conscience que mon discours est un peu spécial pour quelqu'un de très terre à terre comme mon amie, je suis frustrée qu'elle ne saisisse pas ces occasions pour ouvrir son esprit et éventuellement trouver des ressources pour apaiser ce qui la ronge.

— Je pense qu'il faut toucher les deux extrêmes pour atteindre le juste milieu, annonce soudain Solange. Tu voulais des enfants, maintenant tu n'en veux plus. Quand tu sortiras avec un mec et que tu auras digéré tous tes trucs de dev' perso, ça ira mieux.

Elle se lève et me tend une main pour que j'en fasse autant.

— On y va ?

Elle m'adresse un petit sourire timide, je lui souris en retour, comme pour m'excuser. En effet, je me sens coupable : même si j'aimerais l'aider, je dois aussi l'accepter telle qu'elle est. J'espère simplement qu'elle retiendra quelque chose de nos discussions.

— Ça tient encore notre soirée de samedi ? demande-t-elle alors que nous nous mettons en chemin.

J'acquiesce et passe un bras autour du sien. Solange et moi ne restons jamais longtemps fâchées.

De retour à Boardingmania, je n'ai toujours pas de réponses à mes préoccupations : est-ce une bonne chose de devenir mère dans ce monde sans pitié ? Et, alors que je pensais que la douleur était nécessaire à toute évolution, comme elle l'a été pour moi, est-ce vraiment le cas ? Y a-t-il un moyen de l'éviter et de grandir autrement ? Qu'en est-il de l'amour ?

Je retrouve Mireille derrière le comptoir. Si une personne peut me tenir un discours constructif et positif à ce sujet, c'est bien elle. Ses enfants passent souvent au shop les week-ends et j'ai pu voir la bienveillance avec laquelle elle s'occupe d'eux : elle n'a jamais un mot plus haut que l'autre et prend toujours le temps de les écouter, de les comprendre. Je me demande d'où lui viennent ce calme et ce recul, alors je partage avec elle mes réflexions. Malheureusement, la boutique n'est pas l'endroit le plus approprié pour avoir ce genre de discussion et nous sommes en permanence interrompues. Mireille doit sentir à quel point j'ai besoin de son avis, car en partant récupérer ses enfants à l'école, elle me promet de m'envoyer un message plus tard dans la soirée.

Je reçois ce dernier, quelques minutes après m'être glissée sous les draps. Dans l'obscurité, je lis ses mots avec beaucoup d'émotion :

« Coucou Éléa. Tu sais, la souffrance existe, il faut l'accepter. Bien sûr, si elle peut être évitée, c'est notre devoir de le faire, sinon ça s'appelle du masochisme ou du sadisme. Quand les conditions ne permettent pas d'y échapper, la meilleure façon de la surpasser reste de lui donner un sens. Si tu apprends à ton enfant que tout ce qui se passe autour de lui, même les événements les plus dramatiques, a une raison d'être et que c'est à lui de la trouver, alors tu l'aideras vraiment à affronter ce monde et à s'y épanouir. On le dit toujours : il n'y a pas de recette pour être parent et pas de baguette magique pour réparer cette planète. Tout ce que nous pouvons faire, c'est transmettre à nos enfants tout notre amour et tous les outils qui leur permettront de devenir conscients et responsables de la vie qu'ils construiront. Je suis sûre que tu y parviendras. Belle nuit, à demain ! »

Je la remercie simplement et repose mon téléphone sur la table de chevet. Pendant de longues minutes, je fixe le plafond dans le noir. En silence, les larmes roulent le long de mes joues, alors que ces paroles font écho tout au fond de moi. Des années durant, j'ai fui la douleur. Celle de la perte de ma mère, celle causée par l'attitude de mon père. Je ne l'ai jamais acceptée et je n'ai jamais cherché à lui donner un sens.

Mais j'ai fait du chemin et je réalise aujourd'hui que le décès de mon père il y a trois ans et la souffrance provoquée par son rejet ne me font plus autant de mal. Pourquoi ? Car j'y ai justement découvert un sens : sans cette épreuve, cette double peine de l'exclusion et de la perte, j'aurais continué à laisser mes démons dormir sous le tapis, j'aurais traîné avec moi le boulet de mon mal-être encore longtemps, subissant les aléas de mes émotions. En mourant, mon père a fait céder les barrières qui m'empêchaient d'évoluer et j'ai pu prendre mon envol. Le jour où j'ai compris et accepté cela, les événements précédant son départ ne m'ont plus semblé aussi douloureux. J'ai trouvé des raisons à ce que j'avais traversé et fait la paix avec mon passé.

Je souris en sanglotant, comme libérée d'un poids, et je me sens à nouveau prête à ouvrir mes bras à cet avenir qui m'effraie tant. Alors que j'ai cette pensée, ma respiration marque une pause. Je me redresse brusquement et attrape mon carnet de notes. Je retrouve la page où il est écrit tout en haut « trouver mon sommet ». Après une brève hésitation, je sors mon stylo de la table de chevet et inscris dans la marge : *« je ne dois pas chercher un sommet, mais une raison de l'atteindre, en trouvant un sens à chaque situation rencontrée au quotidien »*. Je me frotte les yeux : ai-je moi-même compris ce que je viens d'écrire ? Pourtant, cela est limpide. Quoi que je décide pour le futur, cela sera amené à changer et à évoluer au fur et à mesure de mon apprentissage de la vie. La seule chose que je maîtrise est la manière dont j'interprète les événements sur mon chemin. Je saisis enfin le sens des paroles de Louis : « tu pourras surmonter tous les *comment*, si tu sais *pourquoi* ».

9

Je suis assise sur le sable, au pied de la dune, et surplombe les premiers touristes amoncelés sous leurs parasols. Arthur vient dans ma direction en souriant : c'est un surfeur qui prend des cours particuliers avec Patrick depuis trois semaines et qui passe nous saluer tous les jours, même quand il n'a pas rendez-vous. Je commence à bien le connaître. À quelques occasions, il est venu me rejoindre sur la plage pendant ma pause déjeuner, dont une fois en présence de Solange. Depuis ce jour, celle-ci rêve que je cède aux avances d'Arthur, dont l'attitude est parfois ambiguë à mon sujet.

– Salut ! Je savais que je te trouverais ici, dit-il en s'asseyant près de moi.

– Je suis une fille tellement prévisible !

Il enroule ses bras autour de ses jambes. Un peu plus jeune que moi, Arthur a le look du surfeur presque surfait, avec ses cheveux bruns bouclés, sa peau dorée sur ses muscles bien définis. Plus que son physique, j'apprécie nos discussions passionnées sur le développement personnel, l'accomplissement par le sport et les religions. Pour autant, il n'a pas encore suffisamment été mis à l'épreuve par cette vie et manque parfois de recul sur les choses. Il fait donc de nombreux raccourcis et peine à prendre en considération l'avis des autres pour remettre ses croyances en question.

– Hier, je t'ai entendue dire à Patrick que tu allais investir dans du matériel de surf. Tu as fait ton choix ? demande-t-il.

– Non, je pensais y aller demain comme je finis tôt.

– Tu veux que je t'accompagne ?

Je l'observe un instant. Avec les conseils de Patrick, je me sentais capable de me décider seule, mais j'avoue avoir quelques appréhensions à l'idée de me faire berner par un vendeur. Arthur s'y connaît très bien et je peux aussi lui faire confiance pour me guider.

– Oui, pourquoi pas !

Arthur me sourit et contemple les vagues. L'idée de passer quelques heures avec lui ne m'effraie pas, même si je le sais sensible à mon charme. Son manège ne passe en effet pas inaperçu, ni à mes yeux ni à ceux qui nous entourent. Cela fait bien rire Patrick et Mireille qui ne cessent de relever les petits détails qui le trahissent, comme la fois où il a apporté des viennoiseries au shop, ainsi qu'un sachet de meringues spécialement pour moi. Je suis aussi la seule à qui il fait la bise en posant une main sur l'épaule ou en bas du dos, sans parler de ses regards un peu appuyés et de ses sourires affectueux. Jusqu'à présent, j'ai accepté ce petit jeu de séduction comme il n'était pas intrusif, mais je ne l'ai pour autant pas encouragé.

– Je dois retourner bosser, dis-je en me levant. On se retrouve demain à seize heures devant le shop ?

– OK !

Il me lance un clin d'œil et je file en direction du poste de secours en trottinant.

Je chasse toutes mes arrière-pensées concernant Solange et Aude : je vais simplement passer une fin de journée avec un ami, qui va me conseiller pour mon matériel de surf. Je le retrouve donc devant le shop, où il flâne depuis quinze minutes en parlant avec un client. J'observe rapidement sa tenue, un short de bain noir, un tee-shirt blanc et des tongs, et constate avec soulagement qu'il n'a pas fait d'effort particulier pour notre « rendez-vous ». Ça tombe bien, moi non plus :

je porte un débardeur bleu ciel à l'effigie de Boardingmania, un bermuda en jean et des baskets grises.

— C'est parti ? demande-t-il après avoir plaqué deux bises sur mes joues.

J'acquiesce et le suis jusqu'au parking où est garée sa Laguna. Alors que nous prenons la route, j'essaie d'en savoir un peu plus sur lui. J'apprends ainsi qu'Arthur a vingt-cinq ans et qu'il enchaîne les petits boulots sur la côte pendant le mois d'août. Il est passionné par le surf depuis l'âge de cinq ans et son frère aîné se classe dans les meilleurs aux compétitions nationales. Ils ont tous les deux appris en Afrique où Arthur est né et a grandi jusqu'à ses dix ans. Ses parents, qui travaillent dans l'ingénierie marine, ont toujours vécu près de l'eau. Après l'Afrique, ils se sont installés en Andalousie, puis à Bayonne, où ils vivent encore aujourd'hui. Je suis surprise qu'Arthur n'ait pas tiré de ces déménagements successifs et de ces différentes vies plus de calme et de sagesse : il est encore comme un chien fou, d'un enthousiasme à toute épreuve, fonçant parfois sans réfléchir aux conséquences. Pour autant, cette insouciance me plaît chez lui, car sa fraîcheur et son énergie sont à l'opposé de mes tergiversations perpétuelles.

— Pourquoi tu es venue t'installer à Seignosse ? interroge Arthur alors que nous arrivons à Soorts-Hossegor.

— Je ne supportais plus Paris…

— Et pourquoi si loin ? Tu aurais pu choisir La Rochelle !

— Je suis tombée amoureuse de cet endroit le premier jour où j'y ai mis les pieds, il y a cinq ans. Je faisais des études à Bordeaux où j'ai rencontré Louis. Il a de la famille à Soustons, des amis à Seignosse… Alors on venait souvent ici, même après nous être installés en région parisienne.

– Je te comprends. Il y a quelque chose de particulier dans les Landes, d'un peu sauvage. Je ne retrouve pas cette sensation dans le Pays basque quand je vais voir mes parents ni dans d'autres pays. Tu sais combien de temps tu vas rester ?

– Je ne sais pas, je verrai à la fin de la saison.

Nous entrons dans le parc d'activité Pédebert au nord de Soorts-Hossegor où se trouvent tous les magasins d'usine de matériel de surf et de sport. Il me tarde de faire mon choix, mais j'appréhende aussi les longues heures de discussions, de tests, d'essayages, moi qui n'apprécie pas particulièrement le shopping.

– On peut faire efficace ?

Arthur rit en sortant de la voiture et je souris instantanément. Il a un petit rire atypique, qui commence comme les criquets.

– Promis.

Nous entrons dans la première boutique et Arthur m'entraîne dans les rayons. Il sait exactement où aller et ce qu'il me faut.

– Une idée des coloris ? demande-t-il en s'arrêtant devant une lignée de planches.

Je reconnais les modèles en mousse, de la taille recommandée par Patrick : ce sont des *Mini-Malibu,* dont la forme est adaptée aux surfeurs en pleine progression. Ces planches associent une bonne maniabilité pour permettre d'apprendre les mouvements de base, avec une bonne flottabilité, ce qui assure plus de stabilité.

– Je veux quelque chose d'assez neutre et pas trop voyant. Pas besoin de motifs ou quoi que ce soit de ce genre.

Je reste sceptique face aux prix affichés devant moi : les planches coûtent entre deux cents cinquante et sept cents euros. Je finis par poser une question qui me brûle les lèvres :

– Si je progresse rapidement, combien de temps vais-je garder ma *Mini-Malibu* ?

Arthur semble hésiter.

– Après une quarantaine d'heures de pratique, tu pourras passer à un autre modèle, plus petit et plus léger.

– Vraiment ? Mais ça fait…

Je calcule rapidement.

– Si je fais trois sessions de deux heures par semaine, ce qui ne me semble pas difficile, ça fait entre six et sept semaines… donc à la fin de l'été ?

Arthur hausse les épaules en me souriant.

– C'est une possibilité.

Je regarde les planches, confuse. Arthur me suit alors que j'arpente le rayon. Patrick a insisté pour que je reste sur une *Mini-Malibu* et ne cède pas à la tentation de prendre une planche plus légère au risque qu'elle ne soit pas adaptée à mon niveau, mais je n'avais pas pensé à ma vitesse de progression ni aux changements que cela entraîne…

– Les *Mini-Malibu* se trouvent très facilement d'occasion, dit Arthur dans mon dos comme s'il lisait dans mes pensées. Ça te permettra d'économiser et de mettre un peu plus dans les combis.

Nous échangeons un regard complice. Je suis frustrée à l'idée de repartir les mains vides et je demande, avec espoir :

– Je peux trouver une planche d'occase aujourd'hui ?

Il passe un bras autour de mes épaules et m'entraîne à l'extérieur.

– Oui, allons voir à Alltroc, on y trouvera ton bonheur.

Une heure plus tard, j'ai jeté mon dévolu sur une *Mini-Malibu* de la marque Roxy, blanche avec un trait tout autour se dégradant sur les couleurs de l'arc-en-ciel. Féminine, mais pas trop, elle a été utilisée à peine six mois et est en parfait état. J'ai posé pour une photo devant le magasin pour le vendeur avec un immense sourire. Arthur n'a pas pu se retenir de rire et je finis par le bousculer en lui disant de ne pas se moquer.

– Tu me fais juste penser à moi, quand mes parents m'ont acheté ma première planche, explique-t-il. J'ai encore la photo sur mon bureau : je me tiens devant notre maison en Afrique, tellement fier qu'on dirait un riche propriétaire devant son immense villa comme dans les magazines de luxe.

Je ris de bon cœur. Arthur attache la planche sur le toit de la Laguna et je me glisse dans l'habitacle surchauffé par le soleil.

– Je t'emmène manger un Açaï Bowl, annonce-t-il. Tu dois être en hypo avec toutes ces émotions !

Il n'a pas tort, je meurs de faim. L'essayage des combinaisons m'a épuisée. J'ai préféré les prendre neuves et investir dans deux modèles : une shorty d'été et une intégrale demi-saison, qui me permettront de surfer à différents moments de l'année et à différents endroits. En effet, comme l'a souligné Arthur, une shorty peut très bien suffire l'été dans le sud-ouest, alors qu'une intégrale sera nécessaire en Bretagne. Pour cet hiver, il m'en faudra une plus épaisse, mais je verrai où j'en suis de ma pratique. Finalement, me voilà délestée de cinq cents euros : cela me fait drôle de sortir autant d'argent, moi qui vis avec très peu. Pour autant, je ne ressens aucune culpabilité et je n'ai aucune inquiétude concernant cet investissement grâce aux conseils de Patrick et d'Arthur. Surtout, j'ai confiance en ma motivation : cette flamme ravivée depuis le *Girls Day Out* ne s'est pas étouffée, elle s'est même attisée un peu plus lundi soir, lorsque je suis allée surfer seule.

Toujours dans la zone d'activité, nous nous garons sur un parking face à *Jack's Burger* au bout duquel se trouve un petit food truck *Le Mango Tree*. Arthur glisse sa main dans la mienne innocemment, alors que nous nous approchons d'une vieille caravane aux couleurs pastel. Elle est ouverte sur toute la longueur et deux filles à l'intérieur préparent des bols généreusement remplis, d'où dépassent des fruits frais.

– C'est quoi, un Açaï Bowl ?

– Un plat brésilien composé de baies d'açaï congelées et écrasées. Tu connais ?

Je fais signe que « non ».

– Elles poussent sur les palmiers d'Amérique du Sud, ça ressemble à une myrtille. On sert l'açaï comme un smoothie dans un bol. Généralement, on y ajoute aussi du granola et des fruits.

– Ça m'a l'air excellent !

– Je savais que ça te plairait !

Arthur me sourit, sa soudaine proximité me bouscule. Je me rapproche de la pancarte pour faire mon choix et en profite pour lâcher sa main. Une fois notre commande passée, nous devons patienter longuement, je l'interroge donc sur ses études et ses futurs projets. J'apprends qu'il vient de valider un Master en biologie à Toulouse, après un an passé à Bangkok en Thaïlande où il a fait sa seconde année et son stage de six mois. Il ne souhaite pas se lancer dans la recherche fondamentale et postule actuellement pour des postes à l'étranger dans des agences publiques de santé où il pourrait faire des surveillances épidémiologiques. Il rêve de ce parcours depuis ses quinze ans et il est à deux doigts d'atteindre son objectif. Je suis admirative, moi qui n'ai jamais réussi à faire plus de deux ans dans le même cursus et qui n'ai finalement aucun diplôme.

– Je n'ai pourtant pas de facilités, avoue-t-il. J'ai vraiment bossé comme un dingue et j'ai eu envie d'abandonner des millions de fois ! Heureusement, mes parents m'ont encouragé à aller jusqu'au bout.

Il me tend le bol donné par la vendeuse et paie nos consommations. Je le remercie et nous allons nous asseoir sur le bord d'un trottoir un peu plus loin sur le parking, au calme et à l'abri du soleil. Je déguste mon Açaï Bowl, apprécie les fruits frais et cette pause gustative alors que la température dépasse les vingt-huit degrés et ne cesse d'augmenter. Je repense à cette histoire de sommet, de sens. Arthur est un bon exemple : depuis le début, il sait exactement ce qu'il souhaite accomplir, et pourquoi c'est important pour lui. Cela lui a donné les ressources de surpasser toutes les difficultés, année après année.

– J'ai vraiment envie d'avoir un boulot qui me permettra de bouger, explique Arthur. Je ne veux surtout pas rester enfermé dans un bureau.

Il se tait. Je l'observe, alors qu'il se perd dans ses pensées. Je le trouve touchant et attirant. J'avoue apprécier sa présence, sa détermination farouche, mêlée à la naïveté de sa jeunesse. J'aime aussi ses traits fins, son corps élancé…

– Tu m'as dit que tu pensais aussi voyager après Boardingmania ? me demande-t-il.

Je croise son regard alors que je le détaillais. Prise en flagrant délit, je rougis et me lève pour jeter nos bols vides.

– Oui, j'aimerais barouder en France ou à l'étranger. Je dois juste voir comment mêler tout ça avec quelques revenus.

Je lui parle du *Workaway*, qu'il connaît. Nous rejoignons la voiture et sur le trajet qui nous ramène à Seignosse, nous échangeons sur les possibilités qu'offre ce genre de système. Arthur me raconte les expériences, bonnes et mauvaises dont il a entendu parler et, de plus en plus, j'aimerais me faire la mienne.

– Tu n'as rien oublié ?

Il s'est garé en bas de chez moi et m'a aidée à rapporter ma planche dans le jardin. J'ai déposé mes sacs à côté avant de le raccompagner devant la maison.

– J'ai tout, merci beaucoup.

Nous nous sourions et une idée me passe par la tête. Avant de trop la rationaliser, je la lui présente :

– Ça te dit de venir boire un verre demain soir ?

Je commence tôt, la maison est sens dessus dessous et je préfère ne pas l'inviter maintenant. Son sourire s'élargit.

– Oui, avec plaisir ! Tu finis aussi à seize heures ?

J'acquiesce.

– On pourrait donc surfer ensemble avant ? Toi, moi et ta nouvelle planche ?

Cette idée m'enthousiasme au plus haut point. Je n'ai encore jamais eu l'occasion de faire une session avec lui et il aura certainement la patience de m'enseigner quelques techniques.

– Super idée ! On se retrouve chez moi ?

– Ça marche.

Il hésite, puis se penche pour déposer une bise sur ma joue. Je croise son regard alors qu'il se recule, j'y lis qu'il n'a pas osé m'embrasser. Ne me sentant pas prête non plus, je fais un pas en arrière pour indiquer que nous en resterons là. Arthur se détourne et rejoint sa voiture, dans laquelle il s'engouffre après m'avoir envoyé un petit signe de la main.

10

Je me sens sur un petit nuage. Le prénom d'Arthur a littéralement envahi les pages de mon carnet la veille, mais je n'en ai pas touché un mot à Aude au moment de lui envoyer les photos de ma planche et de mes combinaisons, ni à Solange en la retrouvant pour notre déjeuner quotidien. J'attends de voir ce que donnera cette soirée avec lui, tout en essayant de ne rien anticiper. Les choses semblent pourtant claires sur ses attentes et même si les miennes restent floues, je suis surprise de me laisser aller à de nouvelles émotions.

– Tu as la banane ! s'exclame Solange alors que nous ramassons nos affaires pour retourner à Boardingmania.

– Je dois t'avouer un truc.

Elle s'immobilise et me fixe avec appréhension. Je lui souris et lui annonce que je me suis acheté mon propre matériel de surf. Je m'attendais à sa réaction et j'encaisse les reproches :

– Tu aurais dû me prévenir ! Moi aussi, je suis de bon conseil. Et on aurait pu se faire une journée entre filles, choisir ensemble tes combis et je t'aurais aidée à ne pas faire d'erreurs de mauvais goût !

Alors qu'elle finit par se taire et que je pense être tranquille, elle soulève une question à laquelle je ne m'étais pas préparée à répondre :

– Mais tu n'as pas de voiture pour rapporter ta planche de Soorts-Hossegor, avec qui y es-tu allée ?

Elle doit voir mon trouble et elle se met à rire en sautant sur place, comme une enfant.

– Tu ne vas pas me faire croire que tu as pris le bus. Dis-moi de qui il s'agit !

– Jamais de la vie !

Elle tente de m'attraper par les bras, je lui échappe. Elle commence à me pourchasser sur la plage en hurlant tous les prénoms des garçons de son répertoire. Je dois cesser de courir, écroulée de rire. Solange s'arrête à côté de moi, à bout de souffle.

– Promis, je ferais comme si je ne savais rien, supplie-t-elle.

– Tu en es incapable !

Elle me bouscule. Si je veux éviter de longues heures de harcèlement, je dois lâcher le morceau :

– J'y suis allée avec Arthur.

Elle ouvre grand les yeux et la bouche, à deux doigts de crier, puis soudain elle se ravise en s'éclaircissant la voix.

– OK, très bien.

Mon amie se tient bien droite et époussette le sable sur son tee-shirt. J'éclate de rire, Solange m'imite.

– Oh allez, raconte-moi ! réclame-t-elle.

– D'accord, d'accord, mais retournons à Boardingmania, je vais être en retard.

Alors que nous revenons auprès de nos affaires, je partage avec elle mon après-midi, triant au maximum les détails. Je fais de mon mieux pour qu'elle n'attribue aucune suite à cette journée et me garde bien de lui parler de ma soirée. J'attrape mon sac de plage où j'entends la sonnerie étouffée de mon téléphone. C'est Aude : je décroche de justesse.

– Coucou, toi ! dis-je, enjouée.

Solange marche devant moi vers le poste de secours.

– Salut ! s'exclame Aude.

D'ordinaire, elle ajoute un « bichette » et cela déclenche une première appréhension. Déjà, la veille, dans ses réponses à mes SMS, je ne la « sentais » pas. Un petit quelque chose dans sa ponctuation, la tournure de ses phrases… Je demande, inquiète :

– Tout va bien ?

– Oui, ça va.

– Le bébé… Jules ?

– Oui…

Un silence s'installe. Je m'arrête de marcher.

– Aude, pourquoi tu m'appelles ?

Malgré le vent et le bruit des vagues, je capte un soupir.

– Est-ce que tu accepterais de revoir Farès si tu en avais l'occasion ?

Mes jambes flageolent aussitôt. Un peu plus loin, Solange m'observe.

– Je… pourquoi tu me poses une question pareille ?

Aude semble chercher ses mots. J'essaie de formuler des hypothèses dans ma tête, mais mes pensées m'échappent. Je décide de m'asseoir alors que ma poitrine se serre.

– Je repensais juste à notre discussion la semaine dernière, au fait que tu aies du mal à… enfin, tu vois, à passer à autre chose. Et… je ne sais pas, imaginons que tu puisses lui parler ou le revoir… tu le ferais ?

J'hésite alors que l'angoisse m'étreint. L'espace d'une seconde, j'imagine Farès devant moi et cette idée ne m'enchante pas tant que ça… Pour autant, j'aimerais bien enfin savoir pourquoi il a disparu, où il est parti. Cela m'enlèverait peut-être un poids et les questions arrêteraient de tourbillonner dans ma tête comme à certains moments. Peut-être, une fois ces réponses obtenues, je pourrais me rapprocher d'Arthur sans plus avoir peur de le regretter.

Je sors de mes pensées au moment où Solange s'agenouille à mes côtés en m'interrogeant du regard. Aude attend toujours ma réponse. Je bafouille :

– Je crois, oui… je crois que j'aimerais entendre ce qu'il a à me dire. Ça m'aiderait à avancer.

Je n'ai plus de souffle et plus le courage de lui demander d'où lui vient une telle idée. Alors, je mens pour abréger cette conversation et cette séance de torture :

– Je dois raccrocher, je suis au travail.

– D'accord… pardon, bichette, si je t'ai bousculée… j'avais besoin de savoir, au cas où je pourrais t'aider.

J'ai peur de ce qu'elle pourrait ajouter, des faux espoirs qu'elle pourrait me faire miroiter, je l'expédie.

– Pas de soucis… on se reparle bientôt, je dois y aller.

– Oui… bisous.

Je raccroche et lâche mon téléphone dans mon sac, sonnée. Solange pose une main sur mon épaule, attend que je daigne lui dire ce qu'il se passe. Je ferme les yeux, prends trois longues inspirations pour calmer ma respiration, puis je me relève en soufflant.

– OK… C'est bon.

– Sûre ? demande mon amie.

– Oui.

Puis je lance une bouée à mon propre secours et je colle un sourire sur mes lèvres en annonçant :

– Je vais surfer avec Arthur ce soir.

Mais ça ne fonctionne pas, Solange me scrute, perplexe, puis semble se résigner à ce que je ne lui dise rien. Devant Boardingmania, elle pose une bise sur ma joue en me disant qu'elle garde son portable sur elle. Je la remercie et enferme à double tour l'appel d'Aude dans ma boîte à démons, avant de me replonger dans ma journée.

Arthur m'attend devant chez moi lorsque je rentre du boulot. En short et torse nu, il tient sa combinaison dans une main. Nous nous faisons la bise timidement, échangeons quelques mots sur le travail, puis je l'invite à l'intérieur. Je m'enferme dans ma chambre pour enfiler rapidement mon maillot et ma combi d'été. L'eau est à vingt-sept degrés, elle devrait suffire amplement. Devant le miroir, j'hésite une seconde. L'appel d'Aude m'a chamboulée, mais il m'a d'autant plus convaincue de me rapprocher d'Arthur. Si la mention du prénom de Farès provoque encore de tels remous, il est définitivement temps que je fasse un « ménage sentimental » et m'octroie le droit d'éprouver des émotions pour quelqu'un d'autre.

— C'est parti ! dis-je en regagnant le salon.

Il me tarde de voir l'océan, de m'y plonger, d'oublier les petites pensées parasites qui grésillent dans ma tête depuis ce midi. J'enfile mes tongs, attrape ma planche dans le jardin que je rapporte devant la maison.

— Il y a un peu de marche jusqu'à la plage, ça ira ?

— Oui, ne t'inquiète pas, assure Arthur.

Il sort de sa voiture sa planche, qui tient à l'intérieur en baissant simplement l'un des sièges arrière. Elle est splendide : en bois, elle est bicolore avec l'avant de couleur brute et l'arrière bleu foncé. Je vois le logo du réalisateur, une petite maison avec écrit « Little Shed » en dessous. Arthur m'explique que c'est une *Jelly Fish*, réalisée sur mesure pour son vingtième anniversaire : elle peut être adaptée en disposant les ailerons différemment pour améliorer sa maniabilité en fonction des vagues. Je suis ébahie par la beauté de cette planche et ma *Mini-Malibu* ressemble à un mastodonte à côté de la sienne.

Nous nous mettons en route. Entre mon appartement et la plage, il y a un peu plus de cinq minutes de marche, en montée. Quand j'emprunte le matériel de Boardingmania, je me contente de la plage du Penon, mais maintenant je vais devoir m'habituer à faire ce trajet plus long avec le poids de ma planche.

— Comment tu vas faire si tu veux aller sur une autre plage ? me demande Arthur alors que nous atteignons le poste de secours des Bourdaines.

Une bourrasque de vent ramène mes cheveux détachés dans mon visage, je les chasse et hausse les épaules.

— Il me faudra un pilote avec une barre de toit ! Solange et sa Punto me dépanneront avec plaisir.

Nous descendons au bord de l'eau et progressons d'un bon pas vers le banc de sable. L'excitation grimpe dans mes veines.

— Maintenant que tu as ton matos, ça sera encore plus frustrant de dépendre des autres pour pouvoir aller à un spot.

— On ne peut pas tout avoir.

Je lui souris, il semble réfléchir.

— Tu m'as dit que tu avais un vélo, tu pourrais y installer un système de transport.

J'ai déjà vu des vélos équipés de ces deux immenses crochets sur le côté, qui permettent de poser une planche.

— Je ne sais pas, je crois que ça coûte un bras !

Nous nous arrêtons face au banc de sable, je m'étire rapidement. Arthur observe et commente les vagues une longue minute, puis s'exclame :

— Voyons ce que tu as dans le ventre !

Il se baisse pour accrocher son *leash* et fonce soudain à l'eau. Je l'imite et cours vers l'océan.

Jamais je n'ai fait une session comme celle-ci. Même mes sensations éprouvées lors du *Girls Day Out* ont été largement surpassées. Après un temps d'adaptation, je prends les vagues avec une facilité déconcertante et je parviens à faire mes *bottom-turns* alors qu'aujourd'hui le sens du déferlement est différent, je dois ainsi manœuvrer dans un sens qui m'est moins naturel. Grâce aux conseils d'Arthur, je teste différents enchaînements et j'ai l'impression de passer un temps infini sur chaque vague. Bien sûr, je prends aussi quelques gamelles, loupe certains *canards* qui permettent de passer sous l'écume et les vagues. Parfois, je prends aussi le temps de regarder Arthur surfer, filer comme une fusée sur l'eau bleue et transparente. Il s'amuse avec les vagues, tente quelques acrobaties, dont une lui vaut une magnifique chute. J'ai vu sa planche lui retomber dessus, je demande, inquiète :

– Tu n'es pas blessé ?

Il rame pour venir près de moi, s'assied sur sa planche.

– Non, j'ai de bons réflexes. Patrick m'a bien sermonné là-dessus. J'avais pris un peu trop de confiance avec le temps et je ne me protégeais plus en tombant, voire je plongeais !

C'est l'une des habitudes les plus dangereuses : certains surfeurs, lorsqu'ils sont déséquilibrés, plongent devant leur planche, au risque de heurter le sable. On ne peut en effet pas connaître le niveau de l'eau au moment de tomber à cause de la houle.

– On rentre ? propose Arthur.

J'acquiesce. Cela fait bientôt deux heures que nous surfons, je suis épuisée.

Chez moi, nous profitons de la terrasse et de ma douche extérieure. Arthur saisit chaque occasion pour laisser traîner ses mains, qui effleurent mon dos en dézippant ma combi, parcourent mes mollets et mes pieds sous prétexte d'y retirer le sable. Je ne proteste pas, mais je pensais que ça serait plus facile de me laisser aller. Quelque chose coince, comme un grain de sable dans les rouages de mon cœur. J'ai peur de ce que je pourrais faire miroiter à Arthur alors que je n'ai aucune idée de ce que je veux : ai-je envie d'aller plus loin avec lui ?

Suis-je capable de lui dire « non » ? Et si j'acceptais de franchir certaines limites, où cela me mènerait-il ? Est-ce qu'Arthur aime les relations « non suivies », comme Solange et Aude, ou préfère-t-il s'engager sur la durée ? Durant la soirée, ces questions tournent en boucle et je ne me sens pas à l'aise, tiraillée entre l'envie de partager ce moment avec lui, de le laisser s'approcher… et ma tête qui me hurle que je ne suis pas ce genre de fille, pas faite pour ça… que je ne suis pas prête.

Je me déconnecte de plus en plus et entre dans le jeu du caméléon. Je ris lorsqu'Arthur rit, le touche s'il m'effleure, bois autant que lui pour combler le vide qui se creuse en moi. Il est bientôt minuit, un morceau de jazz-folk passe sur la petite enceinte posée sur la table basse, à côté de nos assiettes et de nos verres vides. Nous sommes sur le canapé lorsqu'il fait enfin le premier pas : il se penche avec précaution, repousse les longues mèches de mes cheveux et ses lèvres trouvent les miennes. Je ne peux ignorer le désir qui naît de ce contact et glisse une main sur sa nuque en guise d'accord. Son baiser se renforce, alors qu'il me fait basculer en arrière. Mes doigts s'aventurent dans ses cheveux, sur la peau brûlante en haut de son dos, tandis que les siens remontent sous mon débardeur jusqu'à ma poitrine. Mes sens entrent en alerte, je soupire. Arthur m'embrasse alors avec plus d'avidité, puis sa bouche descend le long de ma gorge. Il tire sur mon col et mon soutien-gorge pour découvrir un sein, je frémis, laisse mes mains parcourir ses bras, son torse sans jamais oser aller plus bas. Mon esprit s'emballe quand Arthur se colle contre moi, repousse mes cheveux et dévore mes lèvres. Je pense à Aude, qui m'encourage à prendre ce genre de liberté. Jamais je n'ai couché avec un homme que je connais à peine… Mon cœur se serre, le grain de sable fait dérailler la machine, j'attrape de justesse sa main qui glisse vers mon bas-ventre. Arthur se recule, m'interroge du regard.

– Je ne suis pas sûre que ça soit une bonne idée.

Cette phrase, très cliché, me fait grimacer. Je me sens mal d'en être arrivée là, de lui dire « non » au dernier moment et j'ose espérer qu'il comprendra. Arthur ébouriffe ses cheveux en retrouvant sa place un peu plus loin et pousse un soupir de frustration.

– Je suis désolée, je… je ne sais pas.

– Ce n'est pas grave, dit-il.

Il me sourit, mais ses yeux n'y sont pas. A-t-il fait tout ça ces derniers jours dans le but d'atteindre cet objectif ? Cela me fait de la peine de me poser cette question. Je me redresse, remets mes affaires correctement, la gorge nouée, et commence à débarrasser la table.

– Je t'aide ? propose-t-il.

J'acquiesce. Il va pour se lever et se ravise :

– Solange a parfois sous-entendu que tu n'avais pas connu que des périodes faciles et j'ai aussi cru comprendre dans quelques-unes de tes phrases que… enfin qu'avec les hommes ça ne s'était pas toujours bien fini.

Je le dévisage, ne sachant pas trop où il veut en venir.

– Comme tout le monde, non ? dis-je, méfiante.

Arthur hausse les épaules.

– Je ne suis pas parfait, et encore moins avec les femmes… mais toi, Éléa, comment peut-on avoir envie de te faire du mal ?

Une chape de plomb me tombe sur l'estomac. Le souffle court, je lui réponds :

– Le problème, c'est que les gens font du mal en pensant faire du bien. Les deux derniers hommes qui m'ont quittée l'ont fait sous prétexte de me rendre ma liberté alors qu'ils cherchaient la leur.

Arthur attrape ma main, une étrange clarté danse dans ses pupilles.

– Alors peut-être que tu devrais la saisir à bras-le-corps, cette liberté, et la chérir, puisqu'elle t'a été donnée.

11

Nous avons rangé le salon et nous sommes séparés sur le perron sans nous embrasser, mais Arthur m'a enlacée comme s'il voulait me donner du courage. Son attitude, très différente de son habituelle frivolité m'a bouleversée. Incapable de m'endormir après toutes ces émotions, je me suis assise sur la terrasse et au fil des heures, enveloppée dans mon plaid sous le ciel étoilé, je réfléchis à cette phrase, lâchée avec tellement de simplicité et de bienveillance. Je ne pense pas au sens qu'il voulait lui donner, à si lui aussi me libère en disant cela. Une autre question plus importante se forme : comment en suis-je arrivée là, à ce moment bien précis et à ce tournant ? Ai-je seulement conscience de jouir d'une quelconque liberté, avant d'imaginer la chérir ?

La vie est encore bien faite : si je n'avais pas suivi les avis de Solange et Aude, si je n'avais pas laissé un peu d'espace dans mon cœur pour Arthur, alors je ne serais peut-être pas revenue à la source de ce qui m'a amenée à Seignosse. Les erreurs, les petites dérives, les expériences nous apportent toujours quelque chose. Oui, j'ai voulu prouver à mes amies que je n'étais pas une mijaurée coincée, même si mes sentiments pour Arthur étaient aussi bien réels. Pour autant, je ne souhaite pas me lancer dans une relation. Est-ce dû à mes plaies mal cicatrisées, à l'appel d'Aude à propos de Farès ? Je n'en sais rien. Une chose est certaine : je vais suivre le conseil d'Arthur et apprécier la liberté qui m'est accordée. Je me sens maintenant prête à passer cet été seule, non pas pour me forcer ou me punir, simplement parce que j'en ai besoin. Il me reste encore tellement de choses à découvrir sur moi-même, à imaginer pour l'avenir. Je n'ai pas de place pour un homme et je souhaite me concentrer sur mon épanouissement. Courir à droite et à gauche au boulot, manger avec Solange quasiment tous les midis, foncer surfer de longues heures… je ne dois pas oublier de trouver du temps pour moi, au risque de me voiler la face. Louis a raison : je ne peux pas décider maintenant de ce que je ferai dans cinq mois, mais je peux poursuivre mes efforts pour y réfléchir, écouter mes émotions, mes sentiments, me laisser guider par le positif comme le négatif et apprivoiser celle que je suis.

Lors de ma pause déjeuner le lendemain, je demande à Arthur de me rejoindre sur la plage. Solange étant coincée à Hossegor à cause d'un événement dans son école, ça tombe très bien. Nous nous faisons la bise en échangeant un regard complice, puis nous marchons au bord de l'eau. Je partage avec lui mes réflexions et mes décisions pour la suite et je vois que je ne m'étais pas trompée : hier déjà, Arthur savait qu'il devait tirer un trait sur moi, du moins en tant que petite amie.

– J'ai toujours le droit d'être sympa avec toi ? me demande-t-il au moment de retourner vers le shop.

Je ris de bon cœur.

– Oui, bien sûr ! Et tu es encore convié à la soirée demain.

– Ouf !

Arthur passe son bras autour de mes épaules et je sens un nouveau sentiment naître à son égard : la fraternité. Il y a des personnes comme ça, qui entrent dans votre vie et s'y imbriquent parfaitement, comme une pièce manquante d'un puzzle. Elles viennent combler un vide, apporter leur contribution à un tableau plus grand, sans menacer son équilibre. Au fond de moi, je pense que cela correspond à Arthur et j'ose espérer que, quoi qu'il arrive, où qu'il aille, nous resterons en contact. D'un autre côté, je dois aussi accepter que ça ne sera peut-être pas le cas et qu'un jour nous nous perdrons de vue. Arthur aura rempli son rôle dans le cours de mon existence et même si nos chemins se séparent, sa rencontre aura influencé le cours de mon destin.

Il y a donc des personnes qui ajoutent de la solidité à vos fondations… et il y en a d'autres qui viennent tout détruire, sans crier gare.

Ce matin, je tombe du lit et me réveille aux aurores dans une forme olympique. Je n'ai pas pu surfer hier, car j'ai dû gérer l'entrée des locataires de l'une des maisons, puis le ménage de l'autre. D'après le site *Surf Report*, les vagues sont mauvaises, je décide alors d'aller faire un footing. Il est neuf heures et je ne commence qu'à onze heures, cela me laisse le temps. Je prends un petit déjeuner léger en rangeant quelques affaires : une soirée est organisée chez moi avec Solange, Éric, Arthur et deux amis. Je ferme le shop à vingt heures trente, Solange se chargera donc de faire les courses et de tout préparer ici. Nous avons prévu de nous croiser dans la journée à Boardingmania pour fixer la liste des choses à acheter ensemble. Tout en me déhanchant sur les derniers tubes de l'été qui passent à la radio, j'enfile ensuite mon jogging, une brassière et un débardeur, puis noue mes cheveux. Après avoir mis mes baskets, j'enfonce mes écouteurs en ouvrant la porte. Je la referme à double tour, prends une profonde inspiration, prête à entamer mon footing, quand soudain je m'arrête net.

Le choc est frontal, en l'espace d'une seconde, mon monde s'effondre. Je reste bouche bée, poignardée en plein cœur, et serre les clés dans ma paume jusqu'à ce que le métal me fasse mal. Non, je ne rêve pas : Farès se tient devant moi. J'ai une pensée pour Aude et ma seule façon d'affronter cette mauvaise surprise est la colère.

– Qu'est-ce que tu fais là ?

Le ton de ma voix n'est pas avenant, il cherche ses mots et je m'efforce d'occulter les détails qui me parviennent en masse : sa maigreur, sa posture affaissée, son malaise grandissant…

— Tu es l'unique personne que je me sentais capable de voir, finit-il par dire dans un souffle.

Mes mâchoires se verrouillent. J'ai l'impression d'avoir loupé une marche et de dégringoler un escalier en me heurtant sur les arêtes tranchantes. Je refuse d'affronter ça, pas après les événements de cette semaine, après les décisions prises la veille, ma liberté que je m'apprêtais à couver comme mon bien le plus précieux, aujourd'hui menacée d'être piétinée par ce fantôme venu me hanter. Non, non et non. Je commence à me détourner.

— Éléa, je t'en supplie…

Je m'immobilise, le toise. Farès m'implore d'un regard noyé de larmes. Si je fais un pas de plus dans la direction opposée, il va s'écrouler sur le trottoir, mais si je reviens vers lui, c'est moi qui vais craquer, au risque de lui sauter à la gorge ou de tomber dans un puits sans fond. Comment est-ce possible ? J'allais justement guérir, l'oublier, aller de l'avant… Merde ! Aude, elle est responsable, j'en suis certaine après son appel, il y a deux jours. C'est elle qui m'impose ça aujourd'hui… mais j'ai aussi donné mon accord. Je secoue la tête en signe négatif, le visage de Farès se décompose un peu plus.

— Laisse-moi t'ex…, essaie-t-il.

— Où est-ce que tu étais ?

Si j'ai autorisé sa venue ici sans le vouloir, alors autant qu'elle soit justifiée : je veux savoir où Farès a passé ces deux derniers mois et je n'ai aucune envie de prendre des gants.

— Réponds.

Il me regarde, incrédule, je me tiens droite comme un i face à lui.

– Est-ce qu'on peut en parler à l'intérieur ? demande-t-il d'une voix défaite.

J'hésite. Hors de question qu'il entre chez moi, mais le mal est fait, mes plaies se remettent à saigner. Farès…

– S'il te plaît, Éléa. Au moins…

– D'accord.

Ma révolte est vaine, il m'est trop pénible de voir quelqu'un ressentir un tel désespoir, Farès ou qui que ce soit d'autre. Je lâche un soupir pour exprimer mon mécontentement et ouvre la maison. Je lui indique le canapé et me plante près de la table basse. Il observe autour de lui, croise mon regard, qu'il fuit instantanément. L'agitation me gagne : qu'attend-il ? J'ai peur qu'il ne prépare un nouveau mensonge. Cette idée m'est insupportable. J'annonce froidement :

– Je te mets au défi de me mentir. J'ai appelé à ton travail, ils m'ont dit que tu étais parti et je sais que ton appartement a été vidé… Qu'est-ce que tu as foutu pendant tout ce temps ?

Farès se tasse sur lui-même et, les coudes posés sur ses cuisses, il croise les mains sur sa nuque, la tête baissée. Il est l'ombre de l'homme que j'ai connu. Sa peau est grise, ses cheveux trop longs sont raides et ternes, la chemise qu'il porte, d'une couleur douteuse, est trop grande et usée, tout comme son jean. Mon cœur bat la chamade et l'incertitude s'immisce en moi : ai-je vraiment envie d'avoir une réponse à ma question ? Oui, il me doit bien ça, après tout le mal qu'il m'a fait. Il relève enfin la tête, ses lèvres se mettent à trembler, comme si les prochains mots qu'il allait prononcer pouvaient le tuer. Mes peurs s'amplifient, je n'ose plus bouger, plus respirer.

– J'étais en prison…, avoue-t-il dans un souffle.

Ma poitrine se serre et des centaines de pensées se déversent dans mon esprit : je me souviens de l'ultimatum laissé à son meilleur ami, avec qui il avait monté une boîte dans le bâtiment, puis de sa décision de rapporter à la police ces fameux « petits dans le dos », les conséquences avec ses collègues qui l'ont tabassé, car Farès menaçait l'intégrité de la société, sa garde à vue plus tard quand l'enquête a été ouverte, comment il a dû tenir la barre de l'entreprise quand son meilleur ami a été mis hors circuit. Je ne connais pas les détails ni la suite, puisque Farès m'a quittée à ce moment-là. Il paraissait confiant : il n'avait rien fait de mal, il ne courait aucun risque d'être « mouillé » dans ces affaires, comme il le soutenait. Alors, comment en est-il venu à finir en prison ? Qu'a-t-il fait ? A-t-il tué son meilleur ami après sa trahison ? Pire encore : peut-il m'avoir menti et être complice des faits reprochés à ce dernier ? En regardant Farès, brisé sur ce canapé, cela me semble impossible. J'ose demander :

– Qu'est-ce qui s'est passé ?

Une longue et interminable minute s'écoule. Je devrais le mettre dehors tout de suite, revenir en arrière, refermer ma porte, l'oublier comme je m'apprêtais à le faire… Il faut que je me protège avant qu'il ne soit trop tard. Car, j'ai beau le nier, le retour de Farès ne peut pas être passager. Comme un incendie, bref et destructeur, il laissera des traces indélébiles, marquant le cours de ma vie au fer rouge, une fois encore. Je frissonne, alors qu'il prend une inspiration pour me répondre.

– En janvier, lâche-t-il, je t'ai rejointe sur un coup de tête à Seignosse après avoir découvert qu'Alain, mon meilleur ami, détournait l'argent de la boîte. Le problème, ce n'était pas qu'il ne partageait pas le pécule qu'il me cachait, mais plutôt la menace que ça représentait pour moi, en tant qu'associé…

Il fait une pause, regarde à travers la baie vitrée.

– Je l'ai dénoncé, malgré tout.

Farès suffoque, cherche son calme en se frottant le visage. Je suis incapable de bouger, de faire un geste vers lui. J'ai besoin de savoir.

– Ça a commencé à me retomber dessus, Alain avait falsifié des documents, imité ma signature… J'ai cru que je m'en sortirais quand même, mais les choses se sont enlisées…

Le temps semble se suspendre, puis Farès se met à sangloter. Je fais un pas vers lui, et finalement me ravise. Les émotions s'acharnent dans ma poitrine : je devrais me rapprocher de lui, le soutenir, mais je refuse de m'apitoyer sur son sort. Une fois que j'aurai mes réponses, je lui demanderai de partir. Il est hors de question qu'il s'attarde ici, dans ma vie.

– Je suis tellement désolé, Éléa, murmure Farès en me dévisageant. J'ai préféré couper les ponts avec toi, quand j'ai commencé à me retrouver dans la merde au tribunal…

Farès renifle, je saisis la boîte de mouchoirs posée sur le bar pour la mettre devant lui. Sa lâcheté m'agace au plus haut point, j'essaie de comprendre :

– Pourquoi tu ne m'as pas parlé de tout ça ?

Sa détresse m'ébranle, mais cela n'enlève rien aux promesses qu'il m'a faites en sachant qu'il ne pourrait pas les tenir. Il m'a menée en bateau, me faisant miroiter des jours meilleurs jusqu'au dernier moment, pour ensuite rompre avec moi de manière brutale et inattendue.

– Je ne pouvais pas… c'était trop dur.

Je me crispe. *Trop dur*. Et moi, alors ? A-t-il seulement conscience de ce qu'il m'a fait endurer ? De ce qu'il m'inflige encore aujourd'hui ?

– Pourquoi es-tu allé en prison si tu étais innocent ?

J'enchaîne mes questions sur le même ton implacable. Farès semble déboussolé, mais à quoi s'attendait-il de toute manière ? Que je lui saute dans les bras, l'embrasse, lui ouvre ma maison et mon cœur, sans rien demander ?

– J'ai fait deux mois en détention provisoire, le temps de l'instruction et...

– Et maintenant, quoi ?

Je perds soudain mon calme, m'emporte :

– Qu'est-ce que tu viens faire ici, Farès ? Pourquoi tu débarques comme ça sans prévenir ? C'est Aude qui t'a indiqué où je vivais ?

Il se tasse un peu plus sur lui-même et acquiesce.

– Je... je suis sorti il y a une semaine, je suis passé chez vous... enfin chez elle, aujourd'hui. Elle n'a pas accepté de me transmettre ton adresse tout de suite, elle voulait ton accord.

J'ouvre la bouche pour me remettre à crier, lui dire que non, je ne lui ai pas donné l'autorisation de venir bousiller mes efforts, qu'il aurait aussi pu m'écrire un courrier et rester loin de moi, mais il se lève pour se poster devant moi. Je recule instantanément.

– Je suis désolé de débarquer comme ça. Je sais à quel point je dois te faire souffrir, pourtant...

Il avance encore d'un pas. Je ne veux pas qu'il me touche, je conserve la distance entre nous et lâche, acerbe :

– Pourtant quoi ?

– Tu es la seule personne en qui j'ai confiance.

Ce mot m'interpelle. Que vient faire la confiance ici ? Ce n'est pas moi qui l'ai trahi, après tout. J'étais prête à rester pour lui, à le soutenir, c'est lui qui a mis un terme à notre relation. Je n'y comprends plus rien et je suis épuisée. Je le dévisage, les mâchoires serrées, puis me détourne vers la cuisine. Je nous verse de l'eau en demandant :

– Où as-tu vécu en attendant la réponse d'Aude ? Chez ta mère ?

Farès s'empare du verre que je dépose sur le bar, je remarque ses ongles rongés et le petit tremblement de ses mains. Il fait signe que « non » en baissant les yeux, comme s'il redoutait cette question. L'espace d'un instant, je pense à une autre femme : oserait-il débarquer chez moi dans ce cas ? Son silence m'agace, j'insiste avec impatience :

— Chez des amis ?

— Je suis resté dans ma voiture, avoue-t-il.

Des cailloux me tombent dans l'estomac.

— Tu as dormi dans ta voiture toute la semaine ?

Farès secoue la tête avec un petit sourire triste.

— Dormir est un grand mot… Tu sais, le sommeil et moi, ça ne va pas en s'arrangeant.

Je pince les lèvres, n'ayant pas du tout envie de penser à ce que je connais de lui, ce que nous avons vécu ensemble… J'en ai assez de ressasser le passé et les sentiments que j'avais. La colère remonte, comme une lame de fond. Je jette presque mon verre dans l'évier, le faisant sursauter.

— Depuis combien de temps es-tu ici ?

— Je squatte le parking des dunes depuis deux jours et…

— Tu comptes t'éterniser ?

Il me dévisage, statufié. Je bous de l'intérieur, je ne tiens plus. Avant d'exploser, j'avise l'heure et annonce :

— Je dois partir travailler.

En à peine une minute, nous sommes à nouveau à l'extérieur. Je referme la porte et lui lance un regard, avant de lâcher :

— Merci d'être venu me dire la vérité.

Puis, sans attendre sa réponse, je grimpe sur mon vélo.

12

J'arrive à Boardingmania avec quarante-cinq minutes d'avance. J'invente une excuse stupide, mais mon comportement, très différent de la veille, interpelle Mireille. Elle n'a pourtant pas le temps de me tirer les vers du nez, elle doit quitter le shop et vaquer à ses activités. Patrick est parti en cours, je m'occupe des clients et nettoie la boutique avec frénésie. Les questions m'assaillent : si Farès a été innocenté, pourquoi est-il dans cet état ? Pourquoi une telle détresse ? Est-ce ce qu'il a vécu là-bas ou les regrets de ne pas m'avoir prévenue ? Des vagues d'angoisse me submergent par instants. Que va-t-il se passer maintenant ? Farès va-t-il rester ici ou repartir à Paris ? Que veut-il de moi ? S'il a fait toute cette route, il doit bien avoir des attentes… Je reçois soudain une tape sur les fesses, alors que j'astique les cabines d'essayage. Je sursaute et dévisage Solange.

– Tu es bête ou quoi ? Tu m'as foutu une de ces trouilles !

J'ai hurlé. Mon amie recule en levant les mains.

– Chaton s'est transformé en lion ce matin ?

Avant même de m'en apercevoir, j'éclate en sanglots. Solange m'attrape par les épaules et me fait asseoir derrière le comptoir.

– Ma petite poule, qu'est-ce qui ne va pas ? C'est Arthur, c'est ça ? Tu veux que je l'émascule ?

Je ris malgré moi, puis me remets à pleurer, lâchant le trop-plein. Entre deux Kleenex, je lui explique l'appel sur la plage lors de notre déjeuner, je lui parle enfin de Farès, lui raconte, dans les grandes lignes, notre rencontre, notre rupture, ma souffrance et l'espoir d'aller

115

mieux avec Arthur. Solange ne peut s'empêcher de me demander où j'en suis avec ce dernier et je lui confie que l'on sera amis, rien de plus, avant que mes sanglots reprennent.

– J'étais tellement heureuse hier, j'avais tout… Et le revoilà… Il va tout détruire…

– Non, il ne va pas tout détruire, murmure Solange en me frottant le dos. Tu es forte. Combien de temps reste-t-il ?

Je repars dans un monologue douloureux : Farès, son retour, la prison, son désespoir qui me bouscule et ses attentes dont je ne sais rien. Solange devient très curieuse sur le sort de mon tortionnaire, puis voyant qu'elle m'agace à se préoccuper plus de lui que de moi, elle me demande :

– Qu'est-ce que tu vas faire ?

Je prends une minute pour réfléchir.

– Je ne vais pas reproduire les erreurs faites à Paris, subir les aléas de Farès et mettre ma vie entre parenthèses en patientant. Donc, s'il veut quelque chose, il doit se manifester. Je ne ferai aucun geste vers lui.

Solange hausse les épaules.

– D'accord… ça me semble plus sage.

Elle me laisse un peu d'air, ramasse les produits ménagers abandonnés au milieu de la boutique, va à la rencontre d'un client qui regarde la pancarte à l'extérieur, puis revient vers moi.

– Notre soirée tient toujours ? J'achète quoi pour les courses ?

J'acquiesce et dis, penaude :

– J'aime bien tes cheveux.

Solange me scrute un instant, puis me sourit. J'ai enfin remarqué qu'elle était allée chez le coiffeur : elle a raccourci son carré plongeant et ajouté des nuances caramel à son blond platine.

– Oui, je suis remontée à Dax hier pour prendre des affaires chez moi et gérer quelques trucs administratifs. On la fait cette liste ?

Elle sort son téléphone de sa poche, je lui indique ce que j'ai dans mon frigo et elle me fait quelques suggestions pour agrémenter. J'en profite pour mettre des produits dont j'aurai besoin dans la semaine : comme je n'ai pas de voiture, Solange me dépanne quand elle va au supermarché et je peux ainsi me contenter d'aller au marché la plupart du temps.

– Tu rentreras chez toi à vingt heures trente ? s'assure-t-elle.

Je confirme en déposant mon trousseau de clés dans sa main. Elle m'a promis de tout préparer et d'accueillir nos invités en m'attendant. Nous faisons toujours les soirées chez moi, car je suis la seule à disposer d'une terrasse et d'un salon assez grand : Éric vit dans un petit appartement étriqué, Arthur loge dans un studio avec son frère, et Emma et Joan sont dans une colocation saisonnière. Nous les avons rencontrés au restaurant où ils font le service, deux semaines plus tôt, et nous nous sommes tout de suite bien entendus. Depuis, nous les invitons à chaque fois et ils nous rejoignent en fonction de leur planning.

Solange dépose une bise sur ma joue, alors que Patrick et les élèves reviennent du cours. Je lance un œil morne à l'heure sur l'écran d'ordinateur devant moi : seize heures. Cette journée s'annonce interminable et je me mets au travail pour la faire passer plus vite. Après avoir rangé les planches, les combinaisons, m'être assurée que tous les élèves avaient bien réglé leur stage de la semaine, géré quelques locations, je me retrouve à nouveau seule, comme Patrick ne s'est pas attardé à la boutique. Je vais donc m'asseoir à la table de pique-nique devant le shop avec mon portable : il est temps d'écrire un message à Aude. J'ai en effet repoussé ce moment pour ne pas parler sous le coup de la colère.

Je me sens trahie par mon amie, jamais elle n'aurait dû donner mon adresse à Farès. Tout au plus, elle aurait pu lui rappeler mon numéro de téléphone. Sachant à quel point je souffrais, elle a pris de gros risques. Pour quoi, finalement ? Farès est là, comme un petit caillou qui se glisse dans ma chaussure pendant une randonnée. Toute cette histoire de maison d'arrêt ne m'apporte aucun réconfort, bien au contraire. Au fond, j'aurais préféré apprendre qu'il avait été lâche jusqu'au bout et qu'il s'était enfui avec sa mère en Tunisie. J'aurais eu une bonne raison de le détester. Au lieu de quoi, je découvre qu'il a été pris à son propre piège, que ses ennuis avec la justice l'ont poussé à s'éloigner de moi. Dans le fond, je le comprends… Je peux concevoir à quel point son avenir était devenu incertain et pourquoi il a souhaité me rendre ma foutue liberté, mais il aurait au moins pu m'expliquer la situation, me laisser le choix. Je ne suis pas plus bête que la moyenne et j'aurais pu le soutenir dans cette épreuve. J'ai eu beau l'encourager à se livrer, il ne m'a pas fait confiance. Voilà que moi aussi, j'utilise ce terme. « Tu es la seule personne en qui j'ai confiance », m'a-t-il dit. Qu'est-ce que ça signifie ? Qu'il a encore des ennuis ? Qu'il me cache toujours quelque chose ? Si c'est le cas, je ne répondrai plus de moi-même.

Je secoue la tête pour chasser la rancœur qui m'étreint, ouvre ma messagerie pour annoncer à Aude que Farès a débarqué ce matin. Je n'y mets pas les formes, pas de bonjour, pas de bisous. Je reçois son SMS une minute plus tard : « Patience. Écoute tes émotions et les siennes. » Je reste stupéfaite et une violente envie de jeter mon téléphone par terre me traverse. Je n'aurai le droit à aucune compassion ? Je serre les dents en regagnant mon siège derrière le comptoir. Après avoir répondu aux questions d'un client, avec un magnifique sourire surfait, je me masse les tempes. Aude peut-elle en savoir plus que moi ? Elle était en vacances cinq jours, elle est donc revenue à Paris mercredi. Farès devait déjà camper devant notre ancienne colocation, inquiet de ne voir aucun passage. Pourquoi a-t-il attendu aussi longtemps ? Pourquoi n'est-il pas reparti en se disant que l'on ne vivait peut-être plus ici ? Était-il en contact avec Aude, est-ce possible qu'elle ait su qu'il était en prison et qu'elle ne m'ait rien avoué ? Ça expliquerait qu'elle veuille que je sois plus sensible au sort de Farès. Mais je n'en ai aucune envie ! Je suffoque et me lève soudain pour reprendre mon ménage méticuleux, dans l'espoir d'y noyer mes pensées jusqu'à la fermeture.

Je rentre à la maison, éreintée. Mes yeux parcourent la rue, le parking en bas de chez moi, à l'affût. Où est-il ? Encore ici ou sur la route pour Paris ? Plantée sur le perron, j'entends à l'intérieur la musique et le rire de mes amis. J'inspire profondément : cette soirée va me permettre de me recentrer et de revenir au positif, c'est exactement ce dont j'ai besoin. J'ouvre la porte et tombe nez à nez avec Arthur.

– Il me semblait bien t'avoir vue arriver, dit-il avec un immense sourire.

Il plaque deux bises sur ma joue et m'entraîne dans le salon. Je salue tout le monde : Jo et Emma sont affalés sur des poufs autour de la table basse, Éric et Solange squattent le canapé. J'attrape une bière dans le frigo et m'apprête à m'installer avec eux, mais Arthur prend ma main et me tire vers la terrasse.

– Tout va bien ? demande-t-il.

Il me sonde, je lui souris.

– Journée compliquée, mais ça va aller. Je suis contente que vous soyez là.

Il hésite à insister, puis semble se résigner.

– J'ai quelque chose pour toi, annonce-t-il.

Il saisit un objet caché dans un coin et me le présente : c'est un porte-planche de surf pour vélo, agrémenté d'un petit nœud rouge.

— Oh, Arthur, ne me dis pas que tu…

Il pose un doigt sur mes lèvres.

— Je ne l'ai pas acheté, si ça peut te rassurer. Mon frère en avait un vieux, mais comme nous avons maintenant des planches qui rentrent dans nos voitures, nous ne nous en servons plus. Il te sera plus utile qu'aux araignées.

— Merci, ça me touche ! Tu sais, je n'ai encore aucune idée d'où je vais aller surfer avec mon vélo.

— Je te donnerai de bons spots pas trop loin d'ici. Tu verras, c'est épuisant de pédaler en plus de la session, mais ça ajoute quelque chose de magique.

Je lui souris, émue.

— Je peux venir te l'installer demain ?

— Oui, d'accord, quand tu voudras.

Je dépose une bise sur sa joue, puis avale une gorgée de bière. Je commence enfin à me détendre. Nous rejoignons le salon, où Solange monopolise l'attention. Elle nous raconte son passage chez le coiffeur la veille :

— Pendant une heure, j'ai dû écouter ma voisine ultra-égocentrique parler de sa « magnifique life » ! Tout le quartier l'a entendue dire qu'elle était au fin fond de l'Espagne cette semaine, alors que ses clients australiens pinaillaient sur des broutilles, que mardi prochain, elle a rendez-vous au consulat américain à Paris près des Champs-Élysées pour discuter d'un projet, et qu'il fallait, en plus de tout ça, qu'elle programme des vacances en Grèce.

Dans l'assistance, on rit par politesse.

– C'est compliqué de trouver un créneau, vous comprenez ? ajoute Solange en imitant la voix très désagréable de cette pauvre femme. Tout le monde n'a pas la chance d'avoir cette vie !

Elle avale une gorgée de rosé et sourit à Éric dans l'attente d'un assentiment. Emma et Joan en profitent pour s'éclipser sur la terrasse, accompagnés par Arthur. Je m'apprête à discuter avec Éric, assis près de moi, mais Solange me devance :

– Ton ami n'est pas là, ce soir ?

Je fais un signe négatif de la tête. Solange me lance un drôle de regard. Éric, qui doit sentir le vent tourner, se lève pour remplir les bols de chips. Solange se penche vers moi.

– Tu es en train de me dire que ton copain est venu de Paris pour te retrouver, qu'il est désespéré… et tu le laisses seul ? Tu sais où il dort, au moins ?

Je hausse les épaules, confuse. J'aime moyennement qu'elle me prenne ainsi à rebrousse-poil sans prévenir, d'autant plus qu'elle a vu l'état dans lequel toute cette histoire me mettait.

– Vraiment, tu me surprends.

Solange pousse un soupir en dégageant les mèches qui balaient son front d'un geste ample. J'essaie de me défendre :

– Je ne sais pas ce qu'il me veut et…

– Comment peut-il le savoir ? Tu m'as dit qu'il était au fond du trou, tu crois qu'il a les idées claires ? Il cherche peut-être une main tendue et toi, tu le fous dehors sans aucune pitié.

Solange et sa grande diplomatie ont encore frappé. Est-ce qu'elle a trop bu pour me parler ainsi ? Je ravale ma fierté : elle n'a pas tout à fait tort.

– Tu viens me faire des morales sur l'ego, poursuit-elle, mais quand il s'agit de mettre le tien de côté, tu ne fais pas mieux.

– Mais je dois me protéger. Cette situation…

– Imagine un petit Africain devant toi qui te supplie d'avoir à manger, alors que tu tiens un bol de riz dans tes mains. Toi, tu es en surpoids et lui est malnutri.

Je la dévisage, prise de court.

– Tu te vois lui dire : « désolée, je dois faire des stocks de graisse en prévision du froid cet hiver » ?

Je secoue la tête, complètement dépassée.

– Mais, Solange, qu'est-ce que tu racontes ? Tu n'as aucune idée de ce que je traverse…

– Et lui, Éléa ? Tu sais ce qu'il traverse ?

Ça me fait l'effet d'un pieu dans le cœur, je monte le ton :

– Pourquoi tu le défends de cette manière ? Tu ne connais rien de lui…

– Tes mots étaient clairs quand tu me l'as décrit, coupe-t-elle froidement. Tu veux savoir à quoi ça me fait penser ? À quand je dormais dans la rue. J'avais dix-neuf ans, je n'osais rien demander à personne, car je croyais n'être qu'une bonne à rien. J'étais là, sur le trottoir, à crever la gueule ouverte. Je ne pouvais pas prendre une seule décision tellement j'étais anéantie et anesthésiée par toute cette merde. Je m'en suis sortie, car on a fini par me tendre la main.

Solange me dévisage, les larmes perlant dans ses cils.

– Ton ami, il a eu les couilles de venir jusqu'ici, de se planter devant toi, de te dire la vérité. C'est dégueulasse de l'ignorer ainsi.

Nous nous toisons, je n'en reviens pas de la hargne avec laquelle elle a prononcé ces derniers mots. Un bref coup d'œil à l'extérieur m'indique que les autres n'ont pas loupé une miette de notre conversation. La honte m'enflamme les joues, puis je pense à Solange, à ce qu'elle a annoncé devant tout le monde, son séjour dans la rue, sa déchéance. Je baisse la tête.

– Éléa, tu fais une énorme bourde, dit Solange avec plus de douceur. Tu t'en voudras toute ta vie.

Je plante mes yeux dans les siens, la gorge nouée. Jamais elle ne m'avait parlé ainsi et, dans d'autres circonstances, je l'aurais certainement envoyée paître. Je comprends que ses émotions l'aient déstabilisée et surtout, je sais qu'elle a raison. Pour cela, je lui suis reconnaissante. Je pose mes mains sur les siennes, je les serre et lui murmure un « merci » timide. Solange me sourit et se lève pour sortir dans le jardin. Je m'efforce de reprendre mes esprits et lance une nouvelle playlist sur mon ordinateur. Lorsque je me retourne, mes amis reviennent dans le salon. Solange s'approche de moi :

– On va finir la soirée à Hossegor.

– Mais… on a prévu ça depuis longtemps.

– On s'en fout, Emma et Jo sont cools, Éric me suit et Arthur comprend que tu as mieux à faire.

J'affiche une moue renfrognée.

– Allez, cocotte, courage.

– Je ne sais même pas s'il est encore là…

– Je suis sûre que oui, répond Solange avec assurance.

L'air de rien, ils m'embrassent tour à tour. Arthur m'enlace sans gêne, comme s'il me disait adieu. En une minute à peine, je me retrouve plantée au milieu du séjour. Confuse, j'entreprends de tout ranger puis, après une ultime hésitation, je saisis mes clés et quitte la maison.

13

Je me dirige vers le parking de la plage des Bourdaines, là où il m'a annoncé avoir passé ces deux dernières nuits. À cette heure-ci à part quelques vans, les véhicules des locataires aux alentours, il n'y a pas grand monde. Il ne me faut donc pas longtemps pour repérer la Mégane blanche cabossée. Les portières sont grandes ouvertes et un air de musique s'échappe des enceintes, Farès est assis sur le siège passager, plongé dans ses pensées. Je distingue le bout incandescent d'une cigarette entre ses doigts en m'approchant.

– C'est nouveau ?

Il sursaute violemment, lâche son mégot sur le tapis. Il le récupère et s'empresse de l'écraser sur le bitume.

– Euh… Non. Enfin, oui.

Fébrile, il sort de sa voiture pour me faire face.

– On m'a collé un codétenu fumeur, bafouille-t-il. À force, j'ai pensé que ça serait plus agréable de m'y mettre plutôt que de le supporter…

Solange a raison, je ne peux pas concevoir ce qu'il a traversé ces deux derniers mois. J'ai imaginé tant de choses… belles ou moches, mais pas la prison. Je ne connais rien à cet univers, à part qu'il peut être impitoyable. Farès m'observe, attendant de savoir ce que je fais là. Je n'ai pas réfléchi à ce que j'allais lui dire, alors je me lance avec la première question qui me vient à l'esprit :

– Tu penses retourner à Paris ?

Farès fait signe que « non ». Dans l'obscurité, il semble encore plus mal en point : la lumière jaune des lampadaires creuse des ombres sous ses yeux et sa barbe éparse lui donne un air sinistre.

– Des gens veulent ma peau là-bas. Et il n'y a nulle part au monde où j'aimerais être à part ici… avec toi.

– Ce n'est pas si simple.

– Je comprends.

Il baisse la tête et fait un léger pas en arrière. Il doit croire que je suis venue lui dire de ne pas compter sur moi. Est-ce le cas ? Est-ce ce dont j'ai envie ? Je suis incapable de lui pardonner et de lui ouvrir à nouveau mon cœur, mais après cette discussion avec Solange, il m'est maintenant inconcevable de le laisser ainsi, seul et désœuvré.

– J'accepte que tu t'installes chez moi… temporairement.

Je me sentais obligée de le mentionner, au cas où, mais je vois une étincelle s'allumer dans ses prunelles sombres. Il se redresse légèrement et un sourire timide fend son visage fatigué.

– D'accord, dit-il dans un souffle.

Je désigne la Mégane.

– Tu as besoin de prendre des affaires ?

Farès hausse les épaules et attrape un sac abandonné sur la banquette arrière. Il coupe ensuite le contact et claque les portières, qu'il verrouille avant de se tourner vers moi. Je le dévisage. C'était il y a cinq mois, il débarquait sur ce même parking, à l'improviste. Il portait une vieille doudoune fatiguée, un jean usé et des chaussures de chantier. Il semblait épuisé, mais heureux et quelques minutes plus tard, il courait en caleçon dans l'eau glacée de ce mois de janvier. Les souvenirs affluent, nos longues promenades sur la plage et nos discussions passionnées, les cours de cuisine catastrophiques, nos rires, notre premier baiser, notre première nuit…

– Éléa ?

Je sors de mes pensées, mon souffle tressaute et la blessure infligée par son départ se fait à nouveau mordante. Je lâche avant de me détourner :

– C'est juste le temps que tu te remettes sur pied.

Il acquiesce sans rien dire et m'emboîte le pas.

Malgré les conseils de Solange, je n'ai pas pu me montrer plus attentionnée. Nous sommes rentrés chez moi, je lui ai donné une serviette et je lui ai indiqué le canapé avant de m'enfermer dans ma chambre. Pendant de longues minutes, j'ai écouté ses va-et-vient dans la salle de bains et le salon, jusqu'à ce que le silence retombe. Les heures suivantes, j'ai cherché mon calme et le sommeil, en vain. J'ai tout essayé : méditer, écrire dans mon carnet… mais j'ai fini par le jeter à l'autre bout de la pièce en me retenant de hurler.

Coincée. Voilà comment je me sens. Coincée entre ma foutue empathie, le devoir d'aider Farès, de ne pas le laisser seul, et mon envie de l'étrangler et de lui faire payer pour tout le mal qu'il m'a fait. Je ne me reconnais pas moi-même et je comprends que Solange ait été surprise par mon attitude, mais je suis tel un animal blessé, dont la plaie s'est infectée. La douleur se déverse en moi et mes principes de bienveillance ne font pas le poids. Je ne vois pas pourquoi je devrais accepter cette souffrance que l'on m'impose sous prétexte que celle de Farès est plus grande. Après tout, non, je ne me prive pas de manger, même si des gens meurent de faim, je ne me retiens pas de me doucher, même si d'autres sont assoiffés… Alors quoi ? Je dois faire comme Jésus : si on me gifle, tendre l'autre joue ? Il faut être dingue !

Je me lève de mauvaise humeur : je suis en congé et j'aurais préféré être partout ailleurs que chez moi. Sans même jeter un œil dans le salon, je passe de ma chambre à la salle de bains. Je n'ai plus l'habitude de me sentir aussi irritée et je prends lentement conscience de mon état. Enroulée dans ma serviette, assise sur le sol contre le meuble-vasque, je tente de faire le point. Ce n'est pas possible, je dois absolument me calmer, sinon je vais exploser. Je ferme les paupières, fais des efforts de visualisation, me projetant dans une attitude plus positive. Je n'ai pas besoin d'être gentille avec lui, pour autant la méchanceté n'apportera rien, ni à lui ni à moi. Il doit bien exister un entre-deux.

– Tu as déjeuné ?

Farès est assis au bord de la terrasse, le regard perdu dans le vague. Il lève les yeux vers moi, je barricade la moindre de mes émotions.

– Je n'ai pas osé. C'est un cadeau ?

Il désigne le porte-planche pour vélo, avec toujours le petit nœud rouge. J'acquiesce.

– J'ai loupé ton anniversaire ?

– Non. Tu viens ?

Je lui fais un signe de tête et me détourne sans attendre. Il me rejoint dans la cuisine et sans échanger un mot, je prépare du café, presse des oranges, sors du muesli, du lait végétal. Il s'installe face à moi sur le bar, qui me semble bien trop étroit. Je vois que ses mains tremblent encore, alors qu'il porte le bol à ses lèvres et sa maigreur ne cesse de m'alarmer. Il mange un peu, a priori sans appétit. Gênée, j'essaie d'ouvrir la conversation.

– On peut aller au Leclerc te trouver des affaires, si tu veux.

– Pourquoi pas.

Il m'adresse un sourire reconnaissant. Je jette un œil à l'horloge, il est dix heures trente, nous ne devons pas traîner. Je commence donc à débarrasser et il entreprend de m'aider, mais cette cuisine est définitivement trop petite. Il m'effleure et me touche sans le vouloir, je finis par lui dire sèchement de me laisser faire. Il s'écarte et après une hésitation, retourne sur la terrasse en attendant.

Nous prenons sa voiture et je le sens de plus en plus tendu. En arrivant au Leclerc, Farès regarde partout autour de lui, semble avoir du mal à se concentrer sur ce qu'il fait. Je lui indique les rayons pour les vêtements et les produits masculins, puis pars de mon côté. Malgré les courses faites par Solange la veille, je n'ai clairement pas assez de réserves pour deux et surtout, je n'ai pas dans le frigo ce qu'apprécie Farès. J'achète donc de la confiture à l'orange, celle qu'il préfère, du Perrier, un peu de viande que je choisis locale. Je le retrouve quelques minutes plus tard au milieu des after-shave et nous nous dirigeons vers les caisses. Il y a du monde, les vacanciers débarqués hier ont pris d'assaut le magasin et la clim peine à rafraîchir la galerie commerciale où l'air est lourd. Farès soupire, je l'observe. Il tient dans ses bras deux tee-shirts, un maillot de bain, des tongs et de quoi se raser.

— Je devrais mettre ça là-dedans, dit-il soudain en attrapant un cabas.

Nous sommes presque arrivés au tapis roulant, mais il me déleste de ce que je porte. Il semble fébrile, essuie ses mains sur son jean à plusieurs reprises. Je m'inquiète.

— Tout va bien ?

Il hoche la tête, puis lance un regard noir à la femme derrière nous, qui lui donne des coups de sac. Il soupire à nouveau, défait un bouton en haut de sa chemise. Je commence à comprendre. Avec précaution, je lui propose :

— Farès, on peut se retrouver sur le parking si tu veux, je m'occupe de ça.

Il fait signe que « non » en déglutissant.

— Je vais payer mes affaires, dit-il dans un souffle.

Je l'ai entendu dans sa voix, le déclic. Les yeux de Farès balaient soudain la foule, j'attrape sa main, alors qu'il inspire brusquement, comme s'il manquait d'air. Je n'ai pas le temps de le retenir, il s'effondre sur lui-même à mes pieds, perd connaissance une brève seconde.

— Mais qu'est-ce qui lui arrive ? braille la femme près de nous.

Farès reprend ses esprits et s'agenouille en suffoquant.

— Reculez, à la fin !

La femme me dévisage, outrée, mais je ne m'occupe pas d'elle et m'accroupis.

— Ils savent, murmure Farès en boucle entre deux inspirations brutales.

— Farès, tu fais une crise d'angoisse, tu peux la contrôler.

Mais il secoue la tête et j'ai peur qu'il s'évanouisse à force d'hyperventiler. J'attrape ses mains, le force à les mettre en coupelle près de son nez et de sa bouche. Les gens s'alarment autour de nous, les questions fusent. Plus le bourdonnement s'amplifie, plus je vois Farès perdre pied. Alors, je m'approche pour lui dire :

— Je veux que tu fermes les yeux et que tu penses à un beau ciel bleu, d'accord ?

Je plaque ensuite mes paumes sur ses oreilles pour l'isoler du bruit.

— On doit appeler un médecin ? s'inquiète un agent de sécurité.

— Non, il a juste besoin d'air. Laissez-lui une minute.

— Il est agoraphobe ? s'informe une curieuse.

Je l'ignore, reporte mon attention sur Farès, qui semble enfin retrouver son calme. Il finit par retirer ses mains de son visage en ouvrant les yeux.

— Je te raccompagne, dis-je en me reculant.

— Ils savent, Éléa, j'en suis sûr, insiste-t-il en me dévisageant.

Je n'ai jamais lu une telle détresse dans son regard. Après une seconde de stupeur, je me lève et le saisis par le bras.

— Debout, on retourne à la voiture.

J'abandonne mon cabas et nous rejoignons la galerie. Je me sens fébrile, mon cœur est englué et mes jambes flageolantes. Nous regagnons la Mégane, Farès déverrouille les portières et je le convaincs de s'installer du côté passager pour me laisser conduire.

– Je suis désolé, bafouille Farès aussitôt assis.

– Ça arrive, il fait lourd et chaud, il y a du monde.

Il secoue la tête, des mèches trempées de sueur balaient son front. Je perds patience :

– Qu'est-ce qu'il se passe, alors ?

Mais il ne me répond pas et reste prostré. Je soupire en regardant le parking bondé.

– Je vais récupérer nos affaires, ne bouge pas.

L'agent de la sécurité me repère et m'indique que nos courses attendent à l'accueil. Je lui montre toute ma gratitude.

– Qu'est-ce qu'il avait, votre ami ?

– L'angoisse à cause de la foule.

L'agent hausse les épaules. J'hésite et lui demande :

– Vous savez quelque chose sur lui ?

Il me scrute avec des yeux ronds.

– Non… pourquoi ?

Mes pensées s'emmêlent.

– Vous ne l'avez pas vu à la télé, dans les journaux…

L'homme fait une moue dubitative, je m'excuse pour mes questions, puis paie les commissions avant de filer. Farès se tient debout près de la Mégane, une cigarette au coin des lèvres. Cette nouvelle habitude me déplaît franchement, mais je m'abstiens de dire quoi que ce soit, tant qu'il ne fume pas chez moi.

– Merci, dit-il en prenant place dans l'habitacle.

Il a repris des couleurs. Je m'installe derrière le volant et lui demande :

– De quoi parlais-tu ? Qu'est-ce qu'ils savent ? J'ai loupé un truc ? Tu es passé aux infos ? Tu es recherché ?

Il ouvre la bouche et se ravise. Je soupire et démarre la Mégane. Elle aussi a eu un coup de vieux : je me souviens qu'elle faisait du boucan, qu'elle n'était pas facile à manier, mais là, on la croirait à l'agonie. Sur la route pour Seignosse, Farès reste silencieux. Ce n'est qu'une fois en bas de chez moi qu'il annonce :

– Je suis allé en prison, ils le savent.

Je le dévisage.

– Comment peuvent-ils être au courant ?

Farès regarde obstinément dans l'autre direction au travers de la fenêtre. Sa mâchoire est serrée et je devine quelque part une souffrance que je peine à mesurer. Il pousse soudain un soupir en se frottant le visage.

– Laisse tomber.

– Tu…

Je n'ai pas le temps d'insister, il sort de la voiture et attrape les courses, avant de monter jusqu'à la maison.

14

Farès m'aide à faire à manger. Ses aptitudes en cuisine ne sont pas allées en s'améliorant, il se coupe deux doigts juste en préparant des carottes. Je fais des efforts pour le laisser faire, ne pas être désagréable lorsqu'il empiète sur mon espace vital, mais il sent à quel point cela me coûte, à mes regards et à ma façon de retenir ma respiration. Nous mangeons sur la terrasse, je reste soigneusement de mon côté, mes jambes repliées sous la chaise pour ne pas risquer de lui faire du genou ou du pied. Farès tente de combler les silences et de rattraper le temps en m'interrogeant sur ma vie ici, ce que je fais, le surf, le boulot. Je lui réponds avec simplicité, sans y mettre plus d'entrain : je n'ai pas envie d'ouvrir trop grand les portes de la camaraderie et je veux qu'il comprenne que je ne suis pas heureuse de sa présence.

Pour autant, je n'ose pas lui demander ce qu'il compte faire : a-t-il les moyens de se trouver un logement ? Pourquoi aurait-il dormi dans sa voiture, sinon ? Nous ne sommes pas encore en haute saison, des locations touristiques sont toujours disponibles… Et s'il n'a plus d'argent, va-t-il chercher un travail ? Je ravale mes questions en repensant aux conseils de Solange et à la crise d'angoisse de Farès : cela fait une semaine qu'il est sorti de prison, je suis sa zone tampon pour l'aider à se remettre sur pied, avant qu'il ne puisse aller de l'avant. Sauf que je n'ai rien demandé à personne. Pourquoi n'est-il pas retourné chez sa mère ? Ou partout ailleurs en France ? *Car je suis la seule personne en qui il pouvait avoir confiance…*

– Tu veux aller à la plage prendre le soleil ?

Farès referme le lave-vaisselle et acquiesce.

– Pendant que j'y pense, il y a une mine d'or ici pour toi.

Je farfouille sous la table basse et parviens à attraper la pile de magazines *National Geographic* laissés par le propriétaire.

– Ça te fera de la lecture, ils ne datent pas d'hier…

– Ça ira, merci.

Farès m'adresse un large sourire, comme un enfant à qui on aurait donné un sachet de bonbons. Je hausse les épaules et commence à préparer mes affaires. Nous nous apprêtons à partir lorsque l'on sonne à ma porte.

– Arthur ?

– Je viens apprêter le vélo de Madame.

J'avais complètement oublié qu'il devait passer. Il secoue sous mon nez deux tournevis. Je l'invite à entrer dans la maison, il tombe aussitôt sur Farès, planté au milieu du salon. Je fais rapidement les présentations, annonçant à chacun qu'ils sont mes amis, du coin ou de passage. Les deux hommes se serrent la main, Arthur semble mettre plus d'enthousiasme que Farès.

– Je ne savais pas que tu aurais du monde, je peux revenir si tu veux, propose Arthur.

– Non, non, tu t'es déplacé !

Il hausse les épaules.

– OK, où se trouve ton vélo ?

– Derrière.

Arthur pose une main en bas de mon dos pour m'entraîner vers la terrasse, j'aperçois un éclair de jalousie dans le regard de Farès. Je n'avais pas du tout prévu une telle situation et même si je me moque pas mal de ce qu'il pense, croit ou imagine, j'aurais préféré éviter ce moment si tôt après son intrusion dans mon existence. J'essaie de trouver une échappatoire et propose à Farès de nous retrouver sur la plage.

– Je t'attends, coupe-t-il.

Il se plante dans l'encadrement de la baie vitrée, tandis qu'Arthur entreprend d'installer le porte-planche sur mon vélo.

– Tu me réserves une session, cette semaine ? demande ce dernier.

– Oui, avec plaisir, si la météo nous le permet. Ils annoncent de gros rouleaux et de forts courants. Pas vraiment de mon niveau !

– J'ai vu, on avisera, répond Arthur en me souriant.

Il se comporte naturellement, me raconte la fin de leur soirée hier, sans tentative apparente pour clamer une quelconque place à mes côtés. À l'inverse, l'attitude de Farès est autre et je serre les dents. Il toise Arthur comme s'il était un intrus et ne le lâche pas des yeux. Ses prunelles sombres semblent même s'embraser quand Arthur me demande de tenir le porte-planche et doit se glisser dans mon dos pour mettre une vis. Son visage est si près du mien qu'un frisson me parcourt.

– Voilà, tu pourras aller où tu le souhaites ! s'exclame-t-il en se reculant.

– Merci, j'attends toujours ta liste des meilleurs spots.

Arthur me promet de me la transmettre et jette un coup d'œil à Farès qui ne fait aucun effort pour paraître avenant. Je sens un froid passer, Arthur se rapproche de la sortie.

– On se croise à Boardingmania ?

J'acquiesce et, comme toujours, il entoure mes épaules de son bras pour déposer deux bises sur mes joues. Il fait un bref signe de la main à Farès qui ne prend pas la peine de répondre. Dès la porte refermée derrière lui, j'attends une seconde et m'écrie :

– Tu es chez moi ici, je t'interdis d'accueillir les gens de cette façon !

– Tu as couché avec cet homme ? demande Farès de but en blanc.

Je le dévisage, estomaquée. Au lieu d'un « non » radical, je m'emporte avec mépris :

– En quoi ça te concerne ? Pour qui tu te prends à me poser ce genre de question ? Tu crois que j'ai des comptes à te rendre ? Particulièrement sur ce sujet ?

Farès a un instant de stupeur face à ma hargne, puis son air s'assombrit. J'en rajoute une couche, excédée :

– Tu veux savoir combien de types je me suis tapés pour faire passer la pilule après ton départ ? Si je me suis transformée en traînée pour t'oublier ?

Farès pousse soudain un grognement et me dépasse pour sortir de la maison. Je braille alors qu'il ouvre la porte :

– Tu fais quoi exactement ? Tu comptes disparaître encore, après…

Il fait volte-face et revient à la charge. Je recule dans le salon, apeurée.

– Ne me parle pas comme ça ! vocifère-t-il en pointant un doigt dans ma direction.

Jamais je ne l'ai vu ainsi hors de lui, je me ratatine sur moi-même.

– On m'a parlé comme à un chien pendant des semaines et traité comme une sous-merde ! Tu peux m'en vouloir, me détester, mais s'il y a une chose que je ne tolérerai pas, c'est que tu me parles de cette manière !

J'ai bien envie de lui dire qu'il n'a pas de leçons à me donner, mais Farès se tient devant moi, les muscles tendus, les mâchoires serrées. J'ai peur qu'il ne perde le contrôle au moindre mot supplémentaire et je reste figée. Il finit par se détourner en jurant en arabe et, planté sur le perron, il cherche son calme. Son attitude est impardonnable et je n'ai pas besoin de savoir ce qu'elle dissimule. Pour autant, je lâche froidement :

— Je ne répondrai pas à ta question, Farès. Ma vie amoureuse et sexuelle ne te regarde pas. Tu peux être jaloux, je m'en fous complètement.

J'attrape le sac de plage.

— Si tu peux arrêter de péter des câbles aujourd'hui, ça m'arrangerait, dis-je en verrouillant la porte. J'en ai ma claque.

Je prends le chemin des Bourdaines d'un pas déterminé et après quelques mètres, je lance un coup d'œil par-dessus mon épaule : Farès me suit en allumant une cigarette.

Nous nous installons auprès de l'eau, il part marcher seul sans prononcer un mot. Je le regarde s'éloigner, le dos voûté. Sa crise d'angoisse, puis sa crise de colère me poursuivent : Farès était le genre d'homme qui ne disait pas tout, cachait assez bien ses émotions, mais il en laissait entrevoir suffisamment pour que je m'attache à lui. Aujourd'hui, sa carapace semble percée et il n'a plus aucun filtre. Je ne suis pas insensible à ses larmes, sa détresse, loin de là, mais ma propre armure résiste. En effet, dès qu'il est trop près, mes sens entrent en alerte, une étrange envie de combler le vide pointe son nez, aussitôt suivie d'un réflexe protecteur visant à le repousser. Je ne peux pas lui pardonner. Il a été trop lâche, jusqu'au bout. À Paris, je lui ai donné mille occasions d'agir différemment, je lui ai fait promettre de ne plus rien me cacher et d'être honnête, mais il a persisté à gérer les choses seul. C'est donc seul qu'il finira : j'accepte d'être présente quelques jours pour qu'il retrouve ses esprits, mais ça en restera là.

— Je peux m'asseoir ? demande-t-il en désignant la seconde serviette étendue près de la mienne sous le parasol.

J'acquiesce et me redresse pour m'installer en tailleur près de lui. J'ai sciemment gardé mon short et mon débardeur pour ne pas m'exhiber en maillot devant lui. Pendant cinq minutes, il tente de se mettre à l'aise, il tire les coins de la serviette, se bat avec le sable... Il hésite et finit par retirer son tee-shirt en soufflant. Mon regard accroche sa peau grise, ses os saillants, quelques bleus. Je cille, la gorge nouée. J'enfonce mes orteils sous le sable et ose poser la question qui me brûle les lèvres :

— C'était comment en prison ?

Farès me jette un bref coup d'œil.

— Tu n'es pas obligé de me répondre, dis-je. J'essaie juste de comprendre ce qui t'arrive. Si c'est trop douloureux ou...

— C'était l'enfer, coupe Farès.

La brise balaie ses boucles longues sur le haut de son dos et sur son front. Il s'est rasé ce matin, je pensais que ça lui redonnerait un peu de sa contenance, mais ça ne fait que creuser davantage ses joues et souligner ses cernes.

— J'aurais pu avoir la chance d'être à Paris intra-muros à la prison de la Santé qui a été récemment rénovée, mais je me suis retrouvé à Villepinte dans une sorte de taudis surpeuplé où les gens deviennent cinglés.

Ses mâchoires dansent sous sa peau. Il fixe les vagues avec obstination comme pour s'ancrer ici et pas là-bas. J'avais oublié à quel point le noir de ses yeux était profond.

— J'ai du mal à imaginer... À quoi ressemblait ta cellule ?

— Une boîte de quatre mètres sur trois défraîchie avec quasiment aucune lumière naturelle, que je partageais au mieux avec deux détenus, au pire avec trois ou quatre...

Je frissonne, frotte mes bras. Farès est un solitaire, cela a dû être éprouvant.

– Vous pouviez aller dehors souvent ?

– Seuls ceux qui bossent aux ateliers sortent le plus…

– Et les autres ?

– Ils restent enfermés.

Il a dit ça d'un ton sec, presque avec dégoût. Moi qui ne supportais pas d'être huit heures par jour dans un bureau, je deviendrais folle à lier dans ces conditions. Ça me semble tellement inconcevable que j'insiste :

– Mais il y a bien une promenade ?

– Oui, une heure le matin et une heure l'après-midi, mais parfois je refusais d'y aller pour avoir un peu de solitude dans la cellule.

Farès hoche la tête.

– De toute façon, la cour de promenade n'est que de la frustration en plus. Elle n'était pas très grande et il n'y avait rien à y faire : pas de bancs pour s'asseoir, on ne pouvait pas courir, jouer au foot, ni même lire à l'extérieur et quand il faisait moche, le préau était trop petit pour abriter tout le monde…

Je commence à faire des monticules de sable sur le dessus de mes pieds, Farès n'a pas bougé d'un pouce. D'autres questions affluent, je secoue la tête.

– Je suis désolée, tu ne dois pas avoir envie de ressasser tout ça.

– Continue, m'encourage Farès. Dis-moi ce que tu veux savoir…

Je l'interroge du regard, sa froideur me bouleverse. À quel point cadenasse-t-il ses propres émotions au sujet de la prison ?

– Pour les toilettes et la douche, ça se passait comment ?

– Les chiottes sont dans la cellule, elles ne sont pas cloisonnées jusqu'au plafond et elles n'ont pas de porte pour que le surveillant puisse te voir à travers l'œilleton. Comme il n'y a pas de VMC, les odeurs stagnent.

Sa voix est lugubre, tellement en contraste avec le ciel bleu azur et le rire des enfants près de nous. Un nouveau frisson me parcourt.

— On avait une douche collective trois fois par semaine. Autant te dire que je ne me sentais pas beaucoup plus propre en ressortant tellement les lieux étaient moisis…

Farès a un petit haussement d'épaules. Enfin, son regard se détache de l'horizon. Il baisse les yeux sur ses mains et commence à se tordre les doigts.

— Excuse-moi de m'être emporté tout à l'heure, dit-il dans un souffle. Je n'aurais pas dû te poser cette question…

Après ces confidences sur sa vie ces deux derniers mois, je n'ai pas envie d'aborder à nouveau ce dérapage.

— C'est oublié…

— J'ai beaucoup de mal à maîtriser tout ce qui me traverse, poursuit-il quand même. En prison, tu es rabaissé à moins que rien. On te tutoie et on te parle comme à un gamin à qui on dit quoi faire. Tu deviens un mouton qu'on déplace d'un point A à un point B, sans aucun respect.

Je n'ose imaginer les conséquences sur l'estime de soi, la révolte que cela doit susciter et je peux ressentir l'injustice dans sa voix.

— En maison d'arrêt, on n'est pas forcément coupable, on est en attente… Quand tu te sais innocent, c'est terrible d'être privé de toutes tes libertés, d'être traité comme de la merde et de vivre dans une telle misère.

Il soupire en se redressant, me lance un coup d'œil.

— Merci de m'accepter près de toi, lâche-t-il pour conclure.

Sans rien laisser présager de ses intentions, Farès attrape ma main dans la sienne. Je la retire aussitôt, ma réaction nous surprend tous les deux. Mon cœur s'emballe furieusement dans ma poitrine, la tristesse provoquée par ses révélations se mêle soudain à la souffrance que je m'efforce de combattre depuis des semaines. Farès me dévisage, peiné et confus, je me lève brusquement et m'éloigne sur la plage, alors que les larmes percent mon armure. Je marche le long de l'eau, tout droit, la respiration saccadée, ignorant les vacanciers. Les souvenirs m'atteignent comme des coups de poignard. Nous dans ce bar en fin de journée, moi qui déclare l'aimer, mettant encore une fois mes tripes sur la table pour maintenir ce lien si ténu qui nous unissait. Lui, m'annonçant que cet amour est réciproque, avant de me confier à quel point il a peur… J'ai cru qu'il parlait de son travail, c'était peut-être de nous. Je suffoque. Je le revois chez moi ce même soir, notre moment de complicité sous la douche, « Monsieur Mousse-Mousse »… Pour quoi, finalement ? Qu'il disparaisse le lendemain matin, comme il l'avait fait après Seignosse, comme il l'a encore fait il y a deux mois. Pour qu'il m'annonce une semaine plus tard que c'est terminé, creusant un peu plus le vide qui grossissait en moi, rouvrant mes plaies, brisant ma confiance. Qu'importent ses raisons, ses peurs, ce qu'il a vécu, c'est plus fort que moi : je ne peux pas l'accepter, lui pardonner. C'est une véritable torture de le savoir ici et de devoir lui tenir la main.

15

Le Penon est désert, des nuages gris et menaçants balaient le ciel entre de rares éclaircies. Des ondées glacées s'abattent sur la côte comme des pluies tropicales, le vent renverse les chaises trop légères et emporte les parasols restés ouverts. Patrick maintient quand même ses cours : tant qu'il ne fait pas orage, il emmène ses élèves sur la plage, soutenant qu'« il y a toujours quelque chose à apprendre ».

L'océan est déchaîné, et moi aussi. Je persiste à aller à l'eau, car je souhaite tout, sauf être à la maison. Alors je mens à Farès sur mes horaires : qu'importe mon planning, je pars tôt et rentre tard, prends avec moi de quoi surfer, me changer, m'occuper. Solange passe le mardi midi et nous déjeunons, terrées dans la boutique. Elle a des ennuis avec Éric et elle préfère parler de Farès. Je lui dis qu'il va bien, qu'il fait sa vie à la maison pendant que je fais la mienne. Je reste le plus neutre possible et je la vois pincer les lèvres, d'un air sceptique. Quand elle a le malheur d'insister, je mets aussi le doigt là où ça fait mal et je l'interroge sur son adolescence dans la rue ou sur ce qui ne tourne pas rond avec Éric. Finalement, d'un accord commun, nous parlons de la météo, de surf, de boulot, mais Solange parvient à me faire promettre d'aller au restaurant avec Éric et Farès samedi, dans l'espoir que cela nous aidera tous les quatre à nous sentir mieux.

Arthur vient également me saluer, ça me fait chaud au cœur. Avec plus de tact, il me demande si je vais bien. Il doit penser à ma conversation avec Solange lors de la soirée qu'il a entendue depuis la terrasse, et à l'homme chez moi. Je m'efforce de le rassurer en lui

143

disant que cette situation n'est pas facile, mais temporaire. Je fais ainsi bonne figure devant tout le monde, alors qu'en moi, il fait aussi sombre que dehors. Je rentre le soir dans ma propre maison la boule au ventre. Farès me raconte comment il a dépanné untel sur le parking, comment s'est passée l'entrée des locataires qu'il gère en guise de remerciement. Il me dit être allé faire les courses, avoir pris soin de regarder dans les placards mes nouveaux goûts, me parle d'un pays, d'une culture qu'il a découverts dans les magazines de *National Geo*. Il comble le vide que je laisse entre nous et je ne fais aucun effort pour participer aux conversations.

Bien souvent, je rentre à vingt heures trente, je mange, l'écoute sans enthousiasme, puis me barricade dans ma chambre avec mon ordinateur. J'attends avec une impatience contenue qu'il aborde la suite, ce qu'il va faire, quand il compte partir, mais rien ne vient. Il batifole chez moi sans prendre aucune décision et je ne comprends pas pourquoi. Pour autant, j'hésite à le confronter. Sa fragilité m'en empêche. Je le sens à sa façon de bouger, de parler, de me regarder. Il est comme un enfant après des années de sévices : il se fait tout petit, discret, attentionné, il cherche mon assentiment dans ses moindres faits et gestes. Je suis à la fois sensible à sa douleur, suffisamment pour le tolérer ici, mais aussi exaspérée qu'il ne fasse rien pour se reprendre en main.

Le jeudi matin, alors que nous petit-déjeunons dans un silence de plomb tout juste interrompu par la pluie et un air à la radio, je ne tiens plus, j'ai besoin de savoir s'il va s'éterniser.

– Tu comptes faire quoi ?

– Les locataires à côté ont dit qu'il y avait une fuite, le proprio veut bien que j'y jette un œil et fasse le nécessaire.

– Je ne te parle pas d'aujourd'hui. Je te parle de demain, après-demain, de la semaine ou du mois prochain.

Farès repose son café et garde les yeux baissés.

– Je peux chercher du travail, dit-il dans un souffle.

Je distingue aussitôt les signes de l'angoisse. Il serre son bol avec plus de force et ses mains tremblent légèrement. J'essaie de mettre un peu plus de douceur dans ma voix :

– Tu peux ? Tu n'en as pas envie ? Ça t'aiderait pourtant à arrêter de ruminer toute la journée à la maison.

Il hausse les épaules, a priori peu emballé. Je me retiens de soupirer, descends de mon tabouret pour débarrasser.

– Je comprends que la trahison d'Alain et la prison t'aient fait beaucoup de mal, mais si tu veux reprendre confiance en toi, aller de l'avant, tu dois te trouver une activité.

Je passe près de lui pour préparer mes affaires. Je commence à onze heures, mais il est huit heures trente et je compte bien être partie dans les cinq prochaines minutes.

– Je te dépose ? Tu ne vas pas prendre ton vélo avec cette pluie, propose-t-il gentiment.

Il ne me laisse pas le temps de répondre et s'empare des clés de la Mégane. Nous remontons l'avenue, accompagnés par le grincement des essuie-glaces, je relance la conversation alors que nous arrivons au Penon.

– Qu'est-ce que tu pourrais faire comme boulot ?

– Je ne sais pas, dit-il aussitôt.

– Tu pourrais y réfléchir, non ?

Il se gare et me scrute. Quelque chose vient de changer : en l'espace d'un instant, il est passé de l'apitoiement à la colère.

– Ce n'est pas si simple, lâche-t-il.

– Pourquoi ? Tu as été innocenté, tu n'as pas de casier, alors rien ne t'empêche de te trouver un travail et de te bouger le cul !

Ça y est, la pente s'incline et nous glissons tous les deux dans la rancœur.

– Ce n'est pas tout à fait…, essaie-t-il en serrant les doigts autour du volant.

– Quoi ? Qu'est-ce que tu vas me donner comme excuse ?

Je suis hors de moi. Je me sacrifie depuis six jours pour lui et il ne fait preuve d'aucune bonne volonté. Je monte le ton, au risque qu'il explose :

– Tu vas me dire que c'est trop compliqué, comme ça l'était de m'expliquer la vérité il y a deux mois ? Rien n'est simple dans cette foutue vie, Farès !

– Sors de la voiture ! hurle-t-il soudain.

Je reste pétrifiée.

– Je t'ai demandé de sortir de cette bagnole ! répète-t-il, fou de rage.

Je m'exécute, attrape mon sac et claque la portière de toutes mes forces. Farès démarre en trombe, glissant sur le goudron détrempé. Plantée sous la pluie battante, je le regarde griller le stop et s'éloigner dans un mugissement de moteur. Je serre les poings avec une envie sourde de cogner quelque chose. Cela faisait bien longtemps que je n'avais pas ressenti une telle colère, contre lui… contre moi.

J'ai traîné dans un bar toute la matinée avant de rejoindre Boardingmania. En dehors des élèves pour le cours, il n'y a pas un chat.

– Tu peux t'occuper de mettre les tee-shirts dans la boutique ? me demande Patrick.

Il me désigne une boîte dans un coin.

– Oui, bien sûr.

Il me sourit, puis embarque les élèves courageux sur la plage. J'ouvre le carton, sors les différents coloris que je dépose par pile sur le comptoir. Sentant une présence dans mon dos, je me retourne et sursaute.

– J'attendais que tu sois seule.

Farès se tient dans l'entrée, les mains dans les poches, le regard noir. Il observe un instant autour de lui, puis lâche :

– Je vais à Dax demain.

– OK.

Il se plante entre le carton et moi pour me forcer à l'écouter.

– Je suis en conditionnelle, Éléa. Je ne suis pas libre, annonce-t-il.

Mon cœur tressaute. Même si je n'ai aucune idée de ce qu'est une conditionnelle, je comprends la difficulté d'une telle révélation pour Farès. Je ravale ma fierté, mon amertume et me glisse derrière le comptoir pour remettre de la distance entre nous.

– Comment ça ?

Il hésite, s'accoude au bar. Son corps se relâche un peu.

– Je suis sous contrôle judiciaire, je n'ai pas le droit de quitter le territoire et je dois pointer au commissariat de Dax tous les vendredis.

Ses paroles font leur chemin au milieu de la surprise qui me saisit. C'est sûrement la raison pour laquelle il a débarqué le samedi matin… Une semaine après sa libération. Je me frotte les yeux, puis m'empare du café qui vient de couler et le dépose devant lui.

– Mais… tu as été incarcéré à Paris, pourquoi tu ne dois pas pointer là-bas ?

– Je l'ai décidé.

Farès m'explique qu'à sa sortie, il a dû fournir une adresse pour recevoir les courriers pour les convocations au tribunal et les papiers officiels… Sauf qu'il ne voulait pas donner celle de sa mère et qu'il n'avait personne d'autre, il a donc parié sur le fait que je serais partie à Seignosse. Avec le soutien d'une assistante sociale, il s'est fait enregistrer dans une organisation humanitaire spécialisée dans l'accueil des prisonniers libérés. Ces associations sont aussi appelées des « associations boîte aux lettres » : elles fournissent au minimum une adresse aux anciens détenus pour leur permettre de trouver un travail et parfois, elles proposent également de l'aide à la réinsertion, des logements… Grâce à ce système, il a ainsi pu annoncer au juge qu'il s'installerait dans la région et qu'il pointerait à Dax, avec l'ultime espoir de ne pas s'être trompé et de me retrouver. Anticipant mes questions, il explique qu'il n'a pas demandé d'hébergement de peur d'être refusé : les centres sont bien souvent complets et favorisent les prisonniers du département. Ça lui était inconcevable de ne pas venir ici, il a donc préféré sa voiture par sécurité. Je l'écoute, bouleversée, canalise tant bien que mal les émotions qui affluent, alors qu'il me raconte m'avoir choisie avant toute chose à sa sortie. Si Aude ne lui avait pas donné mon adresse, qu'aurait-il fait ? Il aurait débarqué à Seignosse, m'aurait cherchée, comme j'ai pu le faire après sa disparition… et puis quoi ? J'imagine un instant le désespoir qu'il aurait ressenti, aussi grand que le mien… Les jambes en coton, je finis par m'asseoir.

– Mais quand est-ce que cette conditionnelle se terminera ?

Farès me regarde un long moment, je lis dans ses prunelles une douleur immense. Il cille.

– Je dois attendre que le juge d'instruction donne sa réponse.

– C'est-à-dire ?

– Soit il y a un non-lieu et je suis innocenté…

Farès ferme les yeux, comme s'il avait le vertige.

– Soit ?

– Soit je suis renvoyé devant le tribunal correctionnel et mes chances de m'en tirer vont sérieusement diminuer…

– Qu'est-ce que tu risques ?

J'ai posé la question du bout des lèvres.

– Au mieux, du sursis… Au pire, plusieurs années de prison ferme.

Je fixe l'écran allumé devant moi une longue seconde. Après ce qu'il m'a raconté sur les conditions de son emprisonnement, j'imagine la peur qu'il peut ressentir à l'idée d'y retourner.

– Dans combien de temps tu connaîtras la réponse du juge d'instruction ?

Farès vacille, baisse la tête.

– Cinq… Six mois…

Je reste bouche bée. Tout ce temps sans savoir s'il sera libéré ou écroué… Je saisis mieux pourquoi ça lui semble si dur de se projeter, de trouver un boulot… d'aller de l'avant. Comment a-t-il pu en arriver là ? Je me relève pour me remettre à son niveau.

– Qu'est-ce qu'Alain a fait pour déclencher une telle procédure ?

Farès soupire.

– Travail dissimulé, fraude fiscale, abus de confiance…

– Mais tu étais son associé, alors tu vas être tenu pour responsable…

Farès hausse les épaules. Je comprends : c'est tout le problème. En tant qu'associé, il devait vérifier les comptes et s'assurer de la gestion de la boîte, ce qu'il ne semble pas avoir fait… ou trop tard.

– J'espère que les enquêteurs pourront montrer que je ne pouvais pas savoir ce qu'il se tramait et qu'ils prouveront que ma signature a été contrefaite…

Un silence passe, j'encaisse en même temps que lui. Farès fait glisser ses mains sur le bois du comptoir jusqu'à toucher les miennes, posées à côté. Je vais pour les retirer, mais il m'en empêche. Je le fusille du regard.

– J'ai mis beaucoup de côté pendant des années, comme je ne dépensais rien, annonce-t-il.

Il serre mes doigts entre les siens, sa chaleur se propage dans mes bras. Il est si près que je sens son souffle sur mon visage, mon cœur s'affole. Farès capte mes yeux, une étrange sérénité danse dans ses prunelles.

– Tu as raison, je vais quand même chercher un boulot. La conditionnelle ne m'en empêche pas. Et si tu souhaites que je parte de chez toi, loin d'ici, tu n'as qu'un mot à prononcer.

Je le fixe, puis arrache mes mains des siennes avant de lâcher :

– Fais ce qu'il faut pour aller mieux. J'ai du travail maintenant, si tu veux bien.

Il m'observe une seconde. Je lis dans ses yeux sa confusion face à mon absence de réponse claire. Mais je me tiens comme une funambule au-dessus d'un ravin, bousculée par des vents contraires. J'entends à nouveau les reproches de Solange, les encouragements d'Aude pour que je le soutienne et il m'est encore plus impensable aujourd'hui de le mettre dehors, après ce qu'il m'a révélé sur sa vie en prison et son avenir incertain. Il est trop fragile, je ne m'en sens pas le droit, ce serait comme le pousser délibérément du haut d'un précipice. Pourtant, ma volonté de m'éloigner de lui vient de se renforcer de manière égale, suite à ses confidences : Farès est là pour moi, pour personne d'autre. Il est là par amour. Il a choisi cette région en prenant le risque de ne pas m'y trouver. Comme Solange l'a dit, il a eu les couilles de frapper chez moi et maintenant, il encaisse ma froideur et la distance que j'entretiens tant bien que mal. La seule et unique question que je me pose en le regardant partir vers le parking demeure la suivante : qui de lui ou de moi finira par craquer en premier ?

16

Le vendredi, au lieu de profiter de mon jour de repos pour traîner sous la couette, je mens une fois de plus à Farès et prétends partir au travail avec mon vélo. Je roule le long de la côte sous un ciel bleu et exempt de nuages. Après une heure de vadrouille, je fais une pause à Messanges, une petite ville balnéaire, où je savoure un nouveau petit déjeuner. Je tue le temps en lisant un livre déposé dans une boîte d'échange près de la poste, mais ennuyée par l'histoire, je décide de rebrousser lentement le chemin. Aucune pensée ne vient parasiter ma promenade, comme si le vent qui souffle en bourrasques ne leur permettait pas de se poser. Je m'arrête quelques instants à Vieux-Boucau avant de rejoindre Le Penon sur les coups de midi. Après avoir salué Mireille et Patrick, je monte jusqu'au poste de secours pour observer l'étendue d'eau grise tourmentée : l'océan est démonté et les vagues forment de puissants rouleaux qui s'entrecroisent tant les courants sont forts.

Clairement, je n'ai pas le niveau pour affronter de telles vagues, comme l'a souligné Arthur par SMS ce matin, et je me suis abstenue de lui dire que j'étais quand même allée à l'eau à plusieurs reprises cette semaine, pour éviter de voir Farès, tuer le temps et mon indécision. J'ai donc déjà bravé mes limites, mais aujourd'hui, personne n'ose y mettre un orteil. Frustrée, j'ouvre *Surf Report* sur mon téléphone, qui indique que les choses devraient se calmer le lendemain, puis avise l'heure : treize heures. Il faudrait que je rentre, je ne peux pas errer ainsi toute la journée. Avec un peu de chance,

151

Farès sera parti à Dax et j'aurai un peu de répit. Je soupire, le cœur lourd et remonte chercher mon vélo. Au moment d'atteindre le boulevard qui mène jusqu'à chez moi, mon portable vibre dans ma poche : c'est Aude. Je l'ignore, mais elle appelle une seconde fois. Je pense au bébé et l'inquiétude me pousse à décrocher.

– Salut, bichette, dit-elle.

Sa voix n'est pas particulièrement enjouée, mais elle a le mérite d'être légère.

– Salut, tu vas bien ?

– Oui, et toi ?

Je reste prudente sur ses intentions, je lui parle de ma balade et de la météo. Comme je m'en doutais, elle finit par poser les questions qui fâchent :

– Comment ça va avec Farès ?

– Bien.

Je n'en dis pas plus, un silence passe. Je descends de mon vélo et commence à marcher en le tenant à une main.

– Écoute, Éléa… je ne veux pas qu'on soit en mauvais termes. Je suis désolée si je t'ai mis dans une situation délicate, j'ai fait ce qu'il me paraissait le mieux. Farès semble heureux…

– Tu lui as parlé ?

Mes jambes menacent de flancher, je m'immobilise au milieu du trottoir.

– Oui, je prends de ses nouvelles régulièrement, répond Aude sans hésiter. Nous avons pas mal discuté quand il a débarqué à la maison, il y a une semaine, et je t'avoue que je m'inquiète pour lui…

Cette annonce me fait l'effet d'une gifle. Je me sens soudain seule contre tous, comme à l'enterrement de ma mère et le jour où mon père m'a rejetée. La douleur est telle que je perds le contrôle de mes paroles :

– Aude, si tu appelles pour me faire l'apologie du saint Farès et me dire à quel point il souffre, à quel point je suis conne de me comporter aussi froidement avec lui, alors tu peux te mettre le doigt dans l'œil.

– Éléa ! crie mon amie à l'autre bout du fil. Qu'est-ce qui te prend ? Je te téléphone pour savoir comme tu vas, toi. Oui, je parle à Farès, il m'a expliqué que c'était difficile et très tendu avec toi. Il n'est pas certain que tu ailles bien et je me fais du souci…

Je serre les dents, incapable d'enchaîner la moindre pensée logique.

– Bichette…

– Ne m'appelle pas bichette ! Tu m'as trahie et tu continues à me planter des couteaux dans le dos ! Tu le soutiens plus que moi ! Tout le monde se fout éperdument de ce que je traverse, lui y compris, sinon il serait déjà parti !

Cette phrase me coupe le souffle, je lâche mon vélo contre un muret et me laisse tomber sur celui-ci. Je ravale mes larmes au prix d'un effort surhumain, barricade la crise d'angoisse qui menace. Les images de Farès affalé au pied des caisses, mes mains sur sa peau, me lacèrent le cœur… Si proche… Je suffoque, je n'avais pas ressenti une telle détresse depuis des mois, j'espérais ne jamais revivre ça… Je refuse de repasser par là, c'est impossible…

– Dis-moi ce qui t'arrive…, m'encourage Aude.

Elle s'inquiète pour moi, elle a peur de ce que je pourrais faire lorsque j'entre dans ces spirales infernales… Moi aussi, car plus les jours avancent, plus je perds mes moyens, moins je parviens à réfléchir. J'avais changé, j'étais forte, j'avais de nouveaux principes, des valeurs solides : être à l'écoute, patiente, bienveillante… comment ai-je pu devenir un tel monstre ? Pourquoi ne puis-je pas simplement être là pour lui ? Je murmure dans un sanglot étouffé :

– C'est trop dur…

– Quoi ?

– Lui, sa présence…

Je renifle, inspire profondément.

– Tu sais pourquoi ?

– Car je me sens obligée de l'accueillir, alors que je ne peux pas le supporter !

J'ai hurlé. Une petite vieille me dévisage en passant, outrée.

– Je ne comprends pas, souffle Aude. Tu rêvais de le revoir, pourquoi tu le rejettes ainsi ? Tu as une chance de…

– De quoi ? De reconstruire quelque chose avec lui ? Non, jamais !

– Mais…

Aude cherche désespérément ses mots.

– Je pensais que tu avais encore des sentiments pour lui… Je savais que ça serait difficile de lui pardonner, il t'a fait beaucoup souffrir, mais tu m'as raconté tellement de choses sur tes espoirs, tes attentes… et tu avais raison, vous pouvez faire quelque chose ensemble…

– Stop, Aude !

Je suffoque. Je les imagine dans mon ancien appartement autour d'un verre, papoter comme deux bons vieux amis.

– Il me l'a dit, Éléa, il a utilisé les mêmes mots que toi, c'est ce qui m'a convaincue de t'appeler, quoi qu'il advienne… J'ai cru t'entendre…

– C'est de la torture, vous êtes tous dingues ! Arrêtez avec…

– Qu'est-ce qui te fait le plus souffrir, Éléa ? s'emporte Aude, sûrement dans l'espoir de me voir réagir. Qu'il soit là parce qu'il t'aime encore ou de ne pas réussir à t'avouer que c'est réciproque ?

Elle a atteint son but, mais pas comme elle l'espérait. Avant, j'aurais explosé et nous aurions pu continuer à discuter, sauf que je ne veux plus rien entendre. Sans contrôler mon geste, j'éclate mon téléphone sur le macadam, juste devant un cycliste qui, surpris, manque de foncer dans une voiture en stationnement. Il m'insulte, mais je reste figée par la rage. Pour qui ils se prennent à penser savoir mieux que moi ce qu'il me faut ? J'en ai ras le bol que l'on me dise ce que je dois faire, ras le bol qu'une fois encore on m'impose une situation sous prétexte que c'est pour mon bien !

Je rentre à la maison comme une furie, jette mon vélo dans le jardin et m'empare de ma combinaison étendue au-dessus de la terrasse.

– Éléa ? demande Farès, alarmé.

– Toi aussi, fous-moi la paix !

Je saisis ma planche, fonce vers la plage des Bourdaines. C'est trop dangereux, mais je m'en tamponne. J'enrage, j'ai besoin de cette eau, cette vie, tout autour de moi, de sentir mon sang fouetter mes veines, l'adrénaline m'étourdir. Sous le regard interpellé des promeneurs, je file vers le banc de sable. Jamais je n'ai parcouru cette distance aussi vite. J'avise le spot : quelques types sont à l'eau et bravent les éléments. J'y vois un signe, un accord du destin. Je me plante face au large, défais mes vêtements, enfile ma combinaison par-dessus ma culotte et mon soutien-gorge. Alors que je m'enfonce dans la mousse, je ne pense plus à rien, surtout pas à lui, à Aude, à ce qu'elle a sous-entendu, à cette plaie béante qui s'ouvre comme un trou noir et aspire tout ce à quoi je m'accrochais. Maintenant, il n'y a que moi et cette planche. Un corps à corps avec la vie.

Je perds la notion du temps. Je reste sur la mousse, tandis que d'autres surfeurs prennent les rouleaux comme des pros. Je m'efforce de faire des mouvements, mais ma colère est telle que j'échoue à chaque tentative. Les courants violents me tirent en permanence vers le large et les vagues sont rapprochées. Je m'épuise à la tâche, je sens mon souffle court, ma poitrine douloureuse et mes membres engourdis, pourtant je refuse de m'arrêter. Après une nouvelle chute, une vague me déporte trop loin et pour revenir vers la plage, je n'ai pas d'autre choix que de saisir ces immenses vagues vertes. Je m'y essaie à deux reprises, jusqu'à la fois de trop.

Le rouleau est monstrueux, implacable, beaucoup trop puissant. Je me lève sur ma planche, perds aussitôt l'équilibre, finis projetée vers le fond. Un coup sec tire sur ma cheville et lorsque je remonte à la surface, à bout de souffle, je réalise que mon *leash* s'est rompu. Ma planche est partie, je n'ai pas pied et une nouvelle vague m'engloutit. Je ressors la tête de l'eau, désorientée, et distingue sur la plage des gens qui pointent dans ma direction. J'essaie de nager vers eux, mais une avalanche de mousse me tombe dessus et menace de m'assommer. La panique me saisit, alors que je peine à rester à la surface : les vagues sont trop nombreuses, je n'ai pas le temps de faire la planche, de reprendre des forces. J'ai l'espoir que la série s'arrête rapidement, mais je bois la tasse et ma respiration devient un fiasco. Je m'épuise pour ne pas sombrer et découvre qu'un surfeur arrive dans ma direction.

– Je vais vous aider !

Une nouvelle montagne d'eau se dresse derrière nous, par réflexe je m'accroche à lui.

– Calmez-vous ! me hurle-t-il. C'est bientôt la fin, je vais pouvoir vous ramener.

L'homme descend de sa planche et m'indique de m'y tenir pendant que deux vagues nous bousculent. Il regarde vers l'horizon, le set est terminé, nous avons assez de temps. Je tente instantanément de me hisser sur sa planche, sans y parvenir.

– Laissez-moi faire ! ordonne alors l'inconnu.

Tout en se maintenant de l'autre côté, il retourne sa planche et m'agrippe par les avant-bras. Dans un geste parfaitement maîtrisé, il fait levier avec son poids pour faire pivoter à nouveau la planche, de manière à ce que je me retrouve à moitié allongée en travers. Il m'aide à m'étendre dans la longueur, puis je sens l'homme se glisser derrière moi entre mes jambes.

– Je vais ramer jusqu'au bord, surtout ne bougez pas !

Il se sert des vagues vertes pour avancer plus vite vers la plage. Je reste immobile, vidée en attendant que nous atteignons le sable. Je tente de me lever, mais me ravise, incapable de me mettre debout.

– Vous m'avez foutu la trouille de ma vie, murmure mon sauveur.

À quatre pattes, il reprend son souffle. Il doit avoir une quarantaine d'années, arbore des cheveux coupés ras, des yeux bleu électrique et sûrement des années d'expérience pour avoir géré aussi bien de telles circonstances.

– Ça va ? demande-t-il en se redressant.

– Plus de peur que de mal, je crois…

Un autre homme me rend ma planche qui s'est échouée plus loin, je le remercie, honteuse. Je peine à contenir l'émotion qui me submerge, alors que je réalise doucement la situation dans laquelle je me suis mise, le danger que j'ai couru. Les vagues devant nous se fracassent dans un boucan assourdissant.

– Merci d'être venu me chercher, je n'aurais jamais dû y aller. Je suis désolée…

Je secoue la tête pour me ressaisir.

– C'était de l'inconscience, mais ça arrive. Vous vous en êtes sortie, ça vous donnera au moins une leçon…

Il se lève et me tend une main pour m'aider à en faire autant. J'avise la petite foule de curieux qui se tient en retrait.

– Je vous raccompagne jusqu'au parking ? propose-t-il en prenant ma planche.

Je hausse les épaules en signe d'accord. Il dépose la sienne près d'un groupe de surfeurs qui me dévisagent avec un mélange d'inquiétude et de dépit. Je les ignore et concentre mes forces pour remonter vers le poste de secours.

– À quoi vous pensiez en allant à l'eau aujourd'hui ?

Je lance un regard en coin à l'homme qui progresse à mes côtés. Sa question ne sonnait pas comme un reproche, je lui suis reconnaissante de ne pas me faire la morale.

– À pas grand-chose, je l'avoue… Je… j'avais besoin d'être à l'eau pour me calmer.

– Et ? Ça a marché ? interroge-t-il avec un petit sourire.

– Je me trouverai un punching-ball la prochaine fois…

J'essaie d'avoir une conversation légère, mais je n'ai qu'une envie : me terrer dans mon lit et dormir à jamais. Une fois sur le parking, Antoine, mon sauveur, comprend que je suis venue à pied et insiste pour porter ma planche jusqu'à chez moi. Je tremble, je suis morte de froid et je ne vois pas de raison valable de refuser. Arrivée en bas de la maison, je le remercie encore, avec toute ma gratitude et l'invite à passer boire un café à Boardingmania, à condition que cet épisode reste entre nous. Je ne suis pas fière, il le comprend et acquiesce.

– À bientôt alors, dit-il.

Il me donne ma planche et se détourne après un dernier sourire. Je lève les yeux vers la maison : Farès se tient sur le perron, une cigarette entre les doigts. Il ne manquait plus que lui… Je grimpe les marches en m'efforçant de ne rien montrer de ma faiblesse ni de mes tremblements et fais le tour pour rejoindre la terrasse.

– Qu'est-ce qui s'est passé ? demande Farès alors que j'ouvre la baie vitrée pour rentrer.

– Rien…

Je cache mon visage derrière mes cheveux emmêlés et toujours en combinaison, je m'enferme dans la salle de bains. Épuisée, je ne traîne pas sous la douche et enfile mon jogging, avant de regagner la cuisine. Farès est sur le canapé, les coudes plantés sur ses cuisses, les mains croisées dans le vide.

– Tu es allée surfer ?

– Non, je faisais un défilé de mode sur la plage.

Je me sers un jus d'orange, avale une demi-banane. Mon ventre fait d'étranges remous, un frisson me parcourt.

– Tu m'as dit que les conditions n'étaient pas bonnes ce matin…

J'hésite, puis me précipite aux toilettes pour vomir. J'ai ingurgité trop d'eau salée pendant ma session, encore plus en me débattant pour ne pas me noyer. Je dois attendre une longue minute pour que mes spasmes se calment et lorsque je me redresse, je me sens plus faible qu'avant. Farès se tient dans l'encadrement de la porte, je vois à quel point il voudrait faire un pas vers moi pour me soutenir, m'aider… comprendre, mais je l'en dissuade d'un simple regard. Je me lave les dents pour faire passer ce goût atroce, retourne dans la cuisine où je me prépare un verre d'eau avec du sucre. Farès me suit comme mon ombre, le visage fermé.

– Tu peux m'expliquer ? insiste-t-il.

Je n'aime pas ce que j'entends dans sa voix, ce soupçon de reproche et d'inquiétude. Je lui fais face et parmi les deux choix qui s'offrent à moi, le rassurer ou l'envoyer chier, je choisis le second :

– Tu demanderas à Aude, vous êtes potes maintenant, non ?

Je me détourne et claque la porte de ma chambre pour ne plus en ressortir.

17

Farès est venu s'asseoir au bord de mon lit cette nuit. Il m'a réveillée sans le savoir et il a passé un temps infini à me regarder… Sa main a même effleuré mes cheveux et s'est posée un instant sur mon épaule. Je n'ai pas osé bouger, paralysée et le cœur en déroute. Sa présence a creusé au fond de moi une réalité trop dure à accepter : j'étais heureuse qu'il soit là, de savourer ce contact et j'aurais aimé par-dessus tout qu'il s'allonge et m'entoure de ses bras. Le ventre noué, j'ai attendu qu'il s'en aille avant de fondre en larmes et des sanglots m'ont secouée pendant d'interminables minutes, juste une déferlante de pleurs pour évacuer ce ramassis d'idées sombres et d'incertitudes.

Au petit matin, je ne me sens pas mieux. Je suis incapable de sortir de ma chambre et de l'affronter. Je reste donc étendue en travers de mon lit à fixer le plafond et la lumière mordorée du soleil, laissant la faim me dévorer. Lentement, mes pensées commencent à retrouver leur place dans ce champ de ruines, et pour la première fois depuis le retour de Farès, j'ai envie de trouver une solution. Je fouille dans ma mémoire à la recherche d'un indice, ressasse mentalement mes conversations avec Louis, puis je ramasse mon carnet abandonné sur le sol. En parcourant les pages, je retombe sur un passage écrit il y a quelques semaines :

« J'ai appris cette année la notion de responsabilité : nous sommes responsables de tout ce qui nous arrive, mais pas dans le sens positif ou négatif, être coupable ou non. Juste dans le sens où nous ne

pouvons maîtriser que nous-mêmes. Nous ne contrôlons pas les autres, les événements. Par contre, nous contrôlons la manière dont nous y réagissons, les décisions que nous prenons... Alors ultimement, nous sommes aussi responsables de ce que nous traversons. »

J'ai inscrit ces mots après une conversation passionnante avec l'une des clientes de Boardingmania, Claudine, peu de temps après mon arrivée. Comme d'habitude, elle est restée à la table de pique-nique devant le shop en attendant son fils, parti en cours. Il faisait une météo splendide et la journée était calme, je me suis donc assise avec elle. Nous avons commencé à discuter de tout et de rien et, de fil en aiguille, Claudine m'a confié qu'elle venait de divorcer, qu'elle acceptait encore difficilement que son mari l'ait quittée pour une autre femme. Pensant pouvoir l'aider, j'ai partagé avec elle cette idée de « responsabilité ». Forcément, elle a désapprouvé :

– Mon époux est parti pour une jeunette, je ne vois pas en quoi je suis responsable de ça. Il ne voulait juste plus de moi.

La veille, nous avions abordé la question des apparences, car je complimentais son boléro corail. Claudine m'a elle-même avoué se trouver peu attrayante et ne pas faire d'efforts particuliers pour l'être. J'ai donc poursuivi sur cet exemple :

– Il est possible que, dans ta façon d'être dans ton couple, tu aies influencé cette décision. Je ne parle pas forcément du fait que tu aies vieilli, tu ne peux rien y faire, bien sûr. Je fais plutôt allusion à ton attitude, à ta sensualité...

– Mais je ne souhaitais pas changer, je voulais juste être moi !

J'ai souri avec compassion.

– Tu as donc fait ce choix, plus ou moins consciemment, alors que tu aurais pu reconquérir ton mari. Résultat : il est parti.

Claudine m'a regardée, interpellée par ma franchise. J'ai ajouté en mettant le plus de douceur possible dans ma voix :

– Il n'est pas question de juger si c'est une erreur ou non, j'essaie juste de te montrer cette idée de responsabilité. Si ton mari t'a quittée, c'est qu'à un moment ou à un autre, tu as dû le décider. Tu as fait le choix de ne pas changer et de ne pas sauver ton couple. Peut-être qu'en prenant conscience de ça, ça te permettra de reprendre le contrôle de cette situation et de ne plus la subir.

Claudine a baissé les yeux en faisant la moue. Je savais bien que mes propos pouvaient la brusquer. Elle m'avait en effet confié avoir fait une longue dépression après son divorce. J'ai donc choisi un exemple personnel pour qu'elle ne se sente pas acculée.

– Regarde. Mon père m'a rejetée, juste avant de mourir… Pourquoi ? Parce que j'ai mis les pieds dans le plat, j'ai soulevé le tapis pour faire sortir nos démons communs dans l'espoir d'améliorer notre relation. Comme toi, quand j'ai réalisé qu'il m'abandonnait, j'ai trouvé ça injuste et je ne suis jamais entrée dans de tels états de colère. Encore aujourd'hui, ça me ronge parfois de ne rien pouvoir y changer, mais savoir que je suis en partie responsable de ça et surtout, comprendre que je ne contrôlais pas mon père me soulagent un peu.

– Comment aurais-tu pu être responsable ? m'a-t-elle demandé, apparemment choquée.

– Eh bien… Quelque part, j'ai provoqué son amertume dans la manière dont je me suis comportée à l'adolescence, où j'ai pu être moi aussi injuste envers lui. J'ai également attisé sa colère en le mettant au pied du mur, alors qu'il n'y était peut-être pas prêt.

Claudine a haussé les épaules, semblant comprendre. J'ai ajouté :

– D'un autre côté, je sais que je ne suis pas responsable de ce que je ne contrôle pas : mon père, son incapacité à se regarder en face, à faire le tri dans ses émotions et ses remords. Ce n'est pas entièrement de ma faute et je ne peux pas prendre tout le discrédit de cette fin douloureuse. Je peux seulement me dire que j'avais ma part de responsabilité et que j'avais aussi ma propre perception. La manière dont je voyais la situation n'était pas celle de mon père. Ça s'arrête là.

Les larmes sont apparues dans les yeux de Claudine, j'ai sorti un mouchoir de ma poche.

— Il faut se résigner, alors ? a-t-elle murmuré.

— Accepter plutôt ? Ça ne se fait pas du jour au lendemain. Je n'accepte toujours pas d'ailleurs. Je lui ai pardonné, par contre.

— C'est merdique, les relations parentales.

J'ai ri.

— Les parents sont notre socle, mais je crois de plus en plus qu'on oublie qu'ils sont aussi des êtres humains. Nous en attendons beaucoup trop, nous voulons qu'ils nous aiment plus qu'eux-mêmes, qu'ils nous fassent passer avant tout… Parallèlement, nous pensons devoir nous plier à leurs caprices, car ce sont nos parents. Nous évitons parfois d'être nous-mêmes, de grandir, juste pour leur plaire et ne pas les fâcher. C'est vicieux.

Je me souviens avoir pris un instant pour regarder le ciel, la forme des nuages, avant d'ajouter :

— Ma relation avec mon père s'est beaucoup améliorée le jour où j'ai décidé de ne plus lui donner le pouvoir sur ma vie, quand j'ai refusé d'être tiraillée par ses attentes. Il a fini par réaliser qu'il devait me laisser vivre comme je le voulais, même si ça n'allait pas dans son sens.

— Nos parents sont comme des amis, a dit Claudine. Nous ne pouvons pas tolérer qu'ils nous dictent nos actions, notre façon d'être et qu'ils nous culpabilisent… Ça me semble tellement de boulot !

J'ai acquiescé, heureuse que nous nous comprenions, puis j'ai murmuré :

– Quand tu commences à ouvrir les yeux sur certaines choses, cette réalité… le travail se fait de lui-même et nous atteignons des tournants.

Assise au milieu de mon lit, les jambes repliées contre ma poitrine et le menton posé sur mes genoux, je me remémore cette conversation. Je pense aussi au départ à la retraite de mon père. Pendant les deux mois précédents, il n'avait pas cessé de me dire qu'il ne voulait rien organiser, que ça n'avait pas d'importance. Finalement, la veille, il m'avait appelée pour me signaler que ses amis avaient prévu une soirée et me reprocher de ne pas l'avoir fait. Après une dispute interminable sur son incohérence, il m'a demandé si je comptais venir : je n'ai pas su quoi lui répondre. Ça a été un tournant. Des années que j'essayais de me défaire de son emprise, des mois que je sentais la tension monter, car j'étais de plus en plus lucide sur ce petit jeu malsain. Après avoir raccroché, je lui ai envoyé un message pour lui dire que je passerais.

Au moment de partir le lendemain, je me suis retrouvée sur le parking, dans ma voiture, incapable de prendre une décision. Si j'y allais, il avait gagné. Si je n'y allais pas, j'étais une mauvaise fille. Ce dilemme m'a rongée pendant une heure, j'ai pleuré, crié, détesté. J'étais terriblement en colère, c'était la goutte de trop. Alors j'ai tranché et j'ai conduit deux heures pour me rendre à cette soirée. Quand je suis arrivée à vingt heures, mon père avait préparé ma chambre comme d'habitude. Je l'ai embrassé et je lui ai annoncé :

– Je ne reste pas dormir. Je suis venue fêter ton départ à la retraite et je rentre chez moi.

Autant dire qu'il l'a mal pris. Il s'attendait à ce que je fasse la bringue jusqu'à deux heures du matin, que je l'aide à ranger et que nous partagions le petit déjeuner ensemble le lendemain, mais je suis repartie trois heures plus tard en lui rappelant que j'avais de la route. J'imaginais sa déception, sa frustration et bien sûr, je me culpabilisais. Pour autant, à partir de ce jour-là, les choses n'ont plus jamais été pareilles. Les fois suivantes au téléphone, j'ai refusé de rentrer dans son jeu de « l'agressivité passive » où l'on balance une petite pique l'air de rien pour faire des reproches : au lieu de me taire ou de laisser couler, je lui annonçais clairement que s'il n'était pas content, il suffisait de le dire. Mon père s'est retrouvé face à sa connerie et il a progressivement arrêté de me malmener et d'avoir des attentes. J'ai modifié mon comportement et inconsciemment, il s'est adapté et a fait évoluer le sien : il a compris qu'il ne me tenait plus et notre relation s'est améliorée, jusqu'à basculer à nouveau à la fin.

Je soupire, encore prise par l'émotion de ces souvenirs, et baisse les yeux sur mon carnet pour parcourir les mots écrits de ma main.

« L'attitude des gens face à nous est le résultat de la manière dont nous agissons avec eux. Nous ne pouvons ainsi pas attendre d'eux qu'ils changent si nous ne changeons pas en premier : comportez-vous en victime, vous serez pris en pitié, comportez-vous en battant, vous serez pris pour un leader. »

On frappe à ma porte. Je sursaute en regardant mon portable : onze heures. Farès entrouvre timidement.

– Tu es réveillée ?

– Oui.

Il entre un peu plus, je le découvre à contre-jour. Il est allé chez le coiffeur hier, après son pointage au commissariat de Dax. Ses cheveux sont maintenant courts comme quand nous nous sommes rencontrés et, dans la clarté, ses boucles noires se dessinent autour de son visage fatigué. Il a repris du poids et sa peau a légèrement bronzé pendant ses travaux à droite et à gauche pour dépanner les voisins ou mon propriétaire. Il va mieux physiquement, mais rien n'est acquis pour le reste. Est-ce à cause de moi ?

– Tu veux petit-déjeuner ? me demande-t-il.

Je dis que « non » en sortant du lit. Je ne porte qu'un débardeur et une culotte, je m'empresse d'enfiler mon pantalon de jogging et un gilet.

– On mangera dans une heure, ça ira ?

Il se décale pour me laisser passer.

– Oui, d'accord. Je prépare quelque chose ? propose-t-il.

– Si tu en as envie, pourquoi pas.

Depuis son installation ici, il fait des efforts considérables pour participer au quotidien, y compris pour les repas. Alors qu'il était complètement novice et maladroit en cuisine, je suis rentrée certains soirs en découvrant l'un de mes livres de recettes ouvert sur le bar, ainsi qu'un plat dans le four. Ils ne sont pas toujours réussis et ce sont peut-être les seuls moments où je lui souris : quand il fait une moue dépitée après avoir goûté la première bouchée. Pourtant, sa volonté d'être à mes petits soins me met mal à l'aise. Le fait-il pour passer le temps ou pour m'amadouer ?

– Je m'habille et je t'aide.

Je m'enferme dans la salle de bains et, devant le miroir, j'affronte mon reflet. Il m'arrive de ne pas me reconnaître, de me demander qui est cette fille aux yeux bruns et aux grands cils noirs, avec des taches de rousseur sur les joues et le nez. C'est toujours une sensation étrange de se regarder et de se dire « c'est moi », davantage en ce moment, alors que je ne sais plus ce que je fais, ni ce que je ressens... Lorsque je relis mes paroles dans ce carnet, tout semblait si limpide avant. Qu'en est-il aujourd'hui ? Est-ce que je peux encore tirer quelque chose de ce que j'ai supposément appris ?

Je soupire et défais ma natte. Mes cheveux sont secs et ondulent à présent dans mon dos. Je mets un peu d'huile de coco sur les pointes et commence à me débarbouiller, tandis que mes pensées poursuivent leur chemin. Sans aucun doute, je suis responsable de cette situation avec Farès : j'ai pleurniché sur mon sort pendant deux mois, supplié de le revoir et donné mon accord à Aude, même involontairement. Si je n'avais pas voulu le croiser à nouveau, ma réponse aurait été catégorique lors de cet appel, mais j'ai laissé la porte ouverte et j'en paie aujourd'hui les conséquences. Maintenant, il ne tient qu'à moi de choisir comment je m'y adapte, comment j'y réagis. Pour le moment, je subis cette situation et je mets mes tourments sur le dos des autres. C'était la même chose deux semaines plus tôt, à propos de mon installation et de ma vie ici, je n'ai donc rien retenu…

Je regagne ma chambre, ferme la porte. J'ai un petit rire amer en repensant aux paroles de Louis : « Tu paniques pour des décisions à prendre dans trois ou cinq mois. D'ici là, tu auras changé… » Il est certain qu'à ce moment-là, je n'imaginais pas que Farès reviendrait bousculer mes plans. L'a-t-il fait, d'ailleurs ? En quoi sa présence m'empêche-t-elle de concrétiser mes projets, mon idée d'essayer le *Workaway*, de voyager ? Je frissonne en enfilant une robe en coton bleu marine, puis m'approche de la fenêtre qui donne sur le parking, observe la Mégane déglinguée. Où sera Farès à la fin de l'été ? Ici ou ailleurs ? Finira-t-il en prison ? La chair de poule parcourt mes bras, je baisse les yeux, troublée. Si je veux arrêter de subir, je dois prendre l'entière responsabilité de ce qui se passe, accepter que Farès soit là par ma faute. Et ensuite ? Je suis la seule à pouvoir le décider.

Je m'efforce d'être plus neutre dans mon attitude envers lui et d'agir comme avec n'importe qui d'autre. Nous cuisinons ensemble un gratin de courgettes en discutant de la Coupe du monde de foot féminin, de l'importance que cet événement soit ainsi médiatisé pour faire changer les mentalités sur la situation des femmes et leur capacité à accomplir autant de choses que les hommes. Farès saisit une première occasion :

– Je n'en doute pas quand je te vois.

Il me sourit, je ne rétorque rien de méchant et prends la fuite vers la terrasse où je dresse la table. Je ne relève pas non plus lorsqu'il dépose l'assiette devant moi en disant « la princesse est servie ». Depuis son retour, c'est la première fois qu'il réutilise ce mot. Est-ce que mon comportement, plus doux et tolérant, l'induit en erreur ? Peut-être devrais-je le prévenir de ne pas m'appeler comme ça ? Mais une profonde tristesse m'envahit et je décide d'enchaîner sur la fête de la Musique, les concerts d'été, les projections de films en plein air. Le repas se déroule finalement sans heurts.

Après manger, Farès me propose d'aller à la plage, je lui annonce simplement que je ne compte pas aller me baigner, malgré le beau temps et la chaleur.

– Me balader au bord de l'eau avec toi sera parfait, répond-il, toujours conciliant, et surtout heureux que je ne refuse pas.

Nous marchons une longue heure. Après avoir bavardé de tout et de rien, Farès relance le sujet de ma sortie hier : il y a beaucoup d'inquiétude dans sa voix et je me résous à lui expliquer. Bien sûr, je dédramatise la situation en lui disant que je faisais ma session le plus simplement du monde quand mon *leash* s'est cassé. J'ai donc eu besoin d'aide pour revenir sur la plage et comme j'étais épuisée, un homme s'est gentiment proposé de me raccompagner.

– Mais tu n'aurais pas dû y aller, insiste-t-il, perspicace.

Je hausse les épaules.

– C'est à cause de ce que tu m'as balancé sur Aude, hier ?

Je lui lance un regard noir pour toute réponse, Farès s'arrête au bord de l'eau et je me tourne vers lui pour lui faire face, en sentant mes efforts de courtoisie s'étouffer derrière ma barrière défensive.

– J'ai vu dans le journal ce matin que des écoles étaient restées fermées et que même les surfeurs aguerris ont hésité… Tu étais en colère en revenant à la maison, tu es partie surfer et tu as pris des risques, Éléa.

Je lis dans ses prunelles sombres un grand désarroi. Il fait un pas pour se rapprocher de moi, je recule aussitôt en lui faisant signe que « non », non, pas de tentative pour me toucher. L'espace d'un instant, j'ai envie de lui dire que c'est de sa faute, puis je me souviens que c'est de la mienne. Alors, je me détourne en lui répondant que je n'ai pas à justifier mes états d'âme.

18

Nous restons chacun de notre côté, jusqu'à l'heure de partir au restaurant pour rejoindre Solange et Éric. Une fois en leur compagnie, j'oublie un peu nos soucis et constate qu'il en est de même pour Farès. L'aisance avec laquelle il s'intègre à notre petit groupe fait remonter les souvenirs de sa venue du temps de ma coloc avec Aude. Cela faisait bien longtemps que je ne l'avais pas vu si détendu et jovial. Je me demande s'il se force, mais j'en doute rapidement : il n'est pas du genre à faire semblant, aussi poli soit-il. Je remarque qu'il prend un plaisir sincère à discuter avec Éric, puis à rivaliser sur la pire voisine avec Solange. Son rire franc provoque parfois des crispations dans mon ventre, alors que les papillons qui voudraient s'envoler butent contre mon armure.

Il me faut un peu plus de temps pour me détendre, puis je parviens à trouver un équilibre entre l'étrangeté de cette soirée et le bienfait de ce moment partagé. Le repas s'écoule et tout semble devenir simple. Farès, assis près de moi, mange avec appétit et participe de bon cœur aux élucubrations de Solange qui en fait encore trop. Elle me rappelle Aude et je m'efforce de ne pas penser à ma dispute avec cette dernière, à mon téléphone cassé, abandonné dans ma table de nuit. Je ris aussi aux blagues d'Éric, qui se moque de moi, car je prends toujours une éternité à les comprendre. Pour autant, cela ne m'empêche pas de noter la distance qu'entretient Solange avec Éric : elle, qui d'ordinaire se montre tactile avec ses petits copains, se tient soigneusement à l'écart,

171

sans parler des quelques remarques désagréables jetées au détour d'une phrase.

— Il commence à se faire tard, annonce mon amie en bâillant.

Je repousse l'assiette de mon dessert en acquiesçant.

— On devrait y aller, propose Farès.

Il me sourit et glisse soudain une main sur ma cuisse. Je sursaute et le repousse comme s'il m'avait brûlée. Nous nous dévisageons, notre malaise reste imperceptible à Solange et Éric qui se lèvent en prenant leurs affaires. Le visage de Farès se ferme. Il pince les lèvres et les imite. Il rejoint la caisse en premier, je vois ses doigts trembler tandis qu'il essaie d'introduire sa carte dans le lecteur. Bouleversée par la souffrance que je viens de lui infliger, je m'excuse au moment où il range son portefeuille.

— Je ne voulais pas, Farès… Tu ne…

— Laisse tomber.

Il remonte le couloir qui mène au parking et quitte le restaurant. J'adresse un sourire à Solange et lui indique que nous les attendons dehors. Une fois à l'extérieur, Farès discute avec deux types qui fument dans l'obscurité. Je les reconnais, ils font partie d'un groupe de jeunes bruyants, installés près de notre table.

— L'autre, il me dit qu'il n'a pas de briquet, alors que je l'ai croisé en ville avec une clope, il me prend pour une quiche.

— Fous-moi la paix, grogne Farès en le fusillant du regard. Tu n'as pas l'âge pour fumer.

En réalité, ils ne discutent pas : les deux gringalets sont en train de l'emmerder.

— Il va me donner une leçon en plus, le type ! Il a vu la Sainte Vierge ?

— Tu veux que je te fasse fermer ta gueule ? lâche soudain Farès, excédé.

Solange et Éric me rejoignent. Le plus grand des deux passe devant son compère.

– Oh ! lala ! qu'est-ce qu'il a celui-là ? braille-t-il. T'as envie de régler ça autrement ?

– Ne me tente pas ! siffle Farès en faisant un pas vers lui.

Solange me jette un regard inquiet et lorsque je reporte mon attention sur Farès dans l'espoir de le dissuader d'attiser cette situation, les choses ont déjà dégénéré. Le jeune, sec comme une trique, lance les hostilités. Je pousse un cri de surprise au moment où Farès et lui s'empoignent avec hargne.

– Arrête !

Je m'apprête à m'interposer, Solange me retient de justesse. Farès envoie valdinguer le gamin qui s'écroule par terre, puis s'avance vers lui sûrement pour lui en coller une. Cette scène et cette sauvagerie me révoltent. Je hurle, paniquée :

– Farès, stop !

Ma voix déchire la nuit. Interpellé, il me lance un regard noir, laissant le temps à l'autre abruti de se remettre debout. J'ouvre la bouche pour le prévenir, mais trop tard, cet enfoiré lui assène une droite qui prend Farès par surprise. Solange s'agrippe à mon bras, alors que ce dernier sort de ses gonds et chope cette vermine par le col pour le plaquer contre une voiture en stationnement. Je n'entends pas ce qu'il lui dit et sursaute quand Farès plante son poing dans la carrosserie avant de le relâcher. Le gamin tombe comme une chiffe molle sur le goudron, tétanisé. Farès nous fait face, je sens Solange et Éric se tasser derrière moi.

– On rentre, lâche-t-il.

Je dévisage mes amis qui haussent les épaules, puis m'empresse de rejoindre la Mégane un peu plus loin, au moment où Farès s'engouffre à l'intérieur. Une ombre se dessine déjà sur sa pommette et son état de colère n'est pas passé, mais il s'engage sur la route sans traîner. Je vois qu'il peine à se ressaisir : sa respiration est hachée, ses mains agrippées au volant comme s'il voulait le rompre.

— Ralentis, je vais conduire si tu ne te calmes pas...

J'ai dit ça doucement, avec précaution, et je ne m'attends pas à sa réaction. Il freine un grand coup, déclenchant l'ABS. La Mégane dérape dans un long crissement et s'immobilise. Je hurle :

— Mais tu es complètement cinglé !

Farès frappe le volant à plusieurs reprises, puis sort de la voiture, la laissant là, moteur tournant et portière ouverte, au milieu de la route. Je l'imite, les jambes en coton, le cœur battant la chamade. Farès grogne comme une bête à un mètre de moi. Il fait soudain volte-face, ses traits sont déformés par la rage :

— Qu'est-ce que tu veux, Éléa ? s'emporte-t-il. Hein ? Dis-moi ce que tu veux que je fasse !

Je me fige, effrayée par sa violence.

— Je ne sais pas quoi faire. Tu ne me dis rien : pas si je peux rester, pas si je suis le bienvenu !

J'essaie de rétorquer, alors que mes pensées filent comme des comètes, brouillant un peu plus mes maigres repères au milieu de la panique. Je finis par m'écrier :

— Mais tu ne m'as pas laissé le choix !

— C'est quand même toi qui es revenue me chercher sur ce putain de parking !

— Oui, pour que tu te remettes sur pied, pour que tu fasses quelque chose, que tu décides de ton avenir !

— Comment puis-je me projeter en ne sachant pas où je serai cet automne ! s'époumone-t-il à s'en arracher la voix. Je pourrais tout aussi bien finir au trou !

J'explose à mon tour, fonce sur lui pour le pousser à deux mains au niveau du torse :

– Alors pourquoi es-tu ici ? Pourquoi maintenant et pas dans six mois ? Qu'est-ce que tu veux de moi, à la fin ? Tu espères que si tu prends cinq ans de prison, je vais rester là et t'attendre, *encore* !

Il attrape mes poignets pour que je cesse de le frapper, me repousse avec hargne. Une voiture nous dépasse en klaxonnant. Nous sommes sur une route peu fréquentée et limitée à cinquante kilomètres par heure, cela ne change en rien le danger que nous représentons.

– Je suis revenu, car tu es la seule chose qui me maintient sur cette foutue terre ! beugle-t-il. Tu m'entends ? Et même si ça te fait chier, je n'y peux rien ! Et tu ne peux pas imaginer à quel point ça me fait mal quand tu me rejettes comme ça, que tu me traites comme si je n'existais pas, que tu me mentes sur tes horaires pour ne pas me voir !

Je suffoque, il fait un pas dans ma direction, je me tasse sur moi-même. Il jette avec mépris :

– Si je te débecte à ce point-là, pourquoi tu ne me demandes pas de partir ?

Il me saisit par les épaules, me malmène :

– Dis-moi de partir ! Je préfère encore que ça soit moi qui me foute en l'air plutôt que d'apprendre que tu t'es noyée, car tu ne peux pas me supporter !

J'éclate en sanglots en plaquant mes mains sur mon visage.

– Éléa..., me supplie Farès dans un souffle.

Il tire sur mes bras, je secoue la tête en lui tournant le dos, dévastée par ma cruauté. Comment ai-je pu en arriver là ? Comment ai-je pu lui faire ressentir autant de haine juste pour barricader mon cœur ? Ça ne devait pas se passer comme ça, je ne devais pas lui faire tant de mal… Il doit sentir la brèche et s'y engouffre dans une ultime tentative :

– Je n'ai plus rien à Paris, je n'ose même pas contacter ma mère. Je n'ai aucune idée de ce que je vais faire maintenant ni dans six mois ni dans un an. C'est peut-être terrible pour toi, mais pendant ce temps de liberté, je n'ai que toi sur qui je peux compter, ce n'est qu'avec toi que j'ai l'espoir d'aller mieux… Je réalise le mal que je te fais, à quel point je suis égoïste, mais je me devais de m'accrocher à cette mince possibilité que tu voudrais encore de moi. Si ce n'est pas le cas… dis-le-moi tout de suite. Je partirai si tu me le demandes, plus jamais je ne te contacterai.

Les larmes dévalent mes joues et je comprends enfin. J'ai refusé jusque-là de voir que nous souffrons de façon similaire et que je lui inflige ce qu'il m'a fait endurer. J'ai aussi fait cette requête, un soir dans son appartement : « À moins que tu ne veuilles pas de moi dans ta vie, dans ce cas j'aimerais autant que ça soit clair. » Je me souviens surtout de la douleur que je ressentais déjà à ce moment-là, alors que mes sentiments pour lui n'avaient pas encore complètement éclos. Il éprouve la même chose aujourd'hui, cet amour fou, éperdu, et dont il ne sait que faire, cette envie de m'avoir près de lui, de manière inconditionnelle, quitte à se brûler les ailes. Il ne voit rien d'autre que cette possibilité… Cette évidence.

– Éléa, regarde-moi, je t'en supplie. Je suis désolé, tellement désolé…

J'entends qu'il se tient juste derrière moi, sa voix se brise tandis qu'il murmure dans le vacarme des voitures qui nous dépassent :

– Pendant tout ce temps en prison, je me disais que tu étais celle qui pouvait le mieux me comprendre, accepter mes tourments et me montrer le chemin. Je pensais que tu étais peut-être la seule à voir le beau en moi et je pensais à toutes les choses que nous pourrions faire une fois que je serais sorti de ce merdier…

Mes pleurs redoublent : ses paroles font écho à tout ce que j'espérais. Je sens ses mains se poser sur mes épaules, me tirer lentement vers lui. Il me force à me tourner, je fuis son regard, le supplie :

— Je ne supporte pas de t'aimer, Farès, tu m'as abandonnée. Mais je ne peux pas m'en empêcher, j'ai tout essayé, je n'y arrive pas.

Il repousse mes cheveux.

— Je t'aime, Éléa, je ferai tout pour toi. Tout, même partir, si tu me le demandes, dit-il en posant son front contre le mien. Dis-moi ce que je dois faire, dis-moi…

Je lève enfin les yeux, croise ses prunelles sombres qui attendent, sens son souffle sur ma peau. Je mets ma main sur la sienne, sur ma joue. Il doit deviner l'onde de chaleur qui parcourt mon corps, les papillons qui se déversent soudain par milliers dans mon ventre, retrouvant une liberté qu'ils n'espéraient plus. Farès tire mon visage vers le sien, ses lèvres trouvent les miennes avec douceur, hésitantes. Je me hisse lentement sur la pointe des pieds et ses bras se referment dans mon dos. Je me presse contre lui et sa bouche s'empare de la mienne avec plus de ferveur. J'ai l'impression d'avoir rêvé de cet instant, comme je rêve de revoir mon père un jour. Je ne touche presque plus terre tant Farès me serre fort, mais je me moque d'étouffer. Mes mains glissent dans ses cheveux, chaque parcelle de ma peau s'éveille, alors que ses doigts effleurent ma nuque. Il m'avait tant manqué…

Un nouveau coup de klaxon et des insultes lancées à la volée nous ramènent à la réalité. Je souffle à son oreille :

— Je veux que tu restes, quoi qu'il advienne.

Je me recule avec un petit sourire. Farès m'attrape doucement par la taille et m'entraîne vers la voiture. Les dix minutes de trajet jusqu'à la maison me semblent interminables, nous franchissons la porte et aussitôt ai-je fermé le loquet que Farès me tire vers la chambre. Je n'oppose aucune résistance, ayant trop envie d'enfin laisser cette flamme que j'ai vainement essayé d'éteindre me consumer. Je passe mes mains sous son tee-shirt, il remonte ma robe sur mes cuisses. Si j'avais osé imaginer nos retrouvailles, j'y aurais certainement mis plus de langueur, mais nous sommes fiévreux et maladroits. Nous nous sommes tellement fait souffrir, qu'il semble difficile de réaliser que nos corps nus sont à deux doigts de se réunir, avec cette passion intacte, malgré des mois d'absence. Je m'étends sur le lit sans quitter ses lèvres, griffe son dos comme une revanche, alors qu'il se tient au-dessus de moi. Son regard capte le mien, m'interroge et nous n'avons pas besoin de mots pour nous comprendre. J'indique ma table de chevet d'un mouvement de tête, il s'allonge sur moi pour pouvoir atteindre le tiroir, mes doigts effleurent sa peau, j'embrasse sa nuque, son épaule. Il s'agenouille pour ouvrir le sachet noir et je vois qu'il tremble. Je me redresse pour m'en emparer et ses mains libérées s'aventurent. Sauf que je n'ai pas envie de ça, je le veux lui, tout entier. Je m'étends à nouveau et saisis ses poignets pour les placer près de ma tête, lui souris. Il m'embrasse avant de se glisser lentement entre mes hanches. Je me cambre alors qu'un brasier parcourt mon corps. Je referme mes jambes sur lui, plonge mes doigts dans ses cheveux et chuchote à son oreille, tandis que sa respiration s'accélère :

— Je t'aime, mon chevalier.

Ses yeux s'accrochent aux miens au moment où la vague l'emporte.

Farès est étendu contre moi et m'enveloppe de ses bras. Le nez enfoui au creux de ma nuque, je sens son souffle sur ma peau.

— Je m'excuse de ne pas avoir été plus clémente avec toi…

— Tu as fait de ton mieux, murmure Farès.

– Je ne suis pas sûre… Je ne voulais pas te mettre dehors, j'ai vu à quel point tu es fragile, mais…

– On a assez remué tout ça, non ?

Je me tourne vers lui, capte son regard dans l'obscurité.

– J'ai besoin d'en discuter…

Il me scrute sans rien dire, j'en déduis son accord et cille en cherchant les mots pour définir mes émotions.

– Quand je repense à la manière dont j'ai agi cette dernière semaine, la façon dont je t'ai parlé, repoussé, menti… je n'étais plus moi-même. Jamais je n'ai traité quelqu'un de la sorte, avec autant de… de mépris et de colère.

– Tu souffrais…, dit Farès en effleurant ma main, posée sur mon ventre.

– Toi aussi. Est-ce une raison pour faire souffrir les autres ? Les parents maltraitants font la même chose : sous prétexte d'être malheureux et de ne pas gérer leurs émotions, ils cognent sur leurs gosses.

Farès reste silencieux, la culpabilité me dévore. Cette dernière semaine m'apparaît comme derrière un voile noir que notre dispute au bord de la route a déchiré. J'en garde des souvenirs confus, épars, mêlés d'un profond sentiment de honte. Comment ai-je pu devenir cette personne ? Ne pas avoir assez de recul sur ce que je faisais ? J'aurais dû trouver le courage pour faire un pas de côté…

– Je te connais, Éléa, et je sais que tu n'agis pas comme ça d'habitude.

– Comment as-tu fait pour rester et supporter cette situation après tout ce que tu as enduré ?

Farès hoche doucement la tête.

– J'ai espéré que ce serait provisoire, le temps que tu baisses les armes.

Je sens l'émotion gagner sa voix.

— Je me suis accroché à l'idée que tu ne me détestais pas complètement, pas autant que tu le laissais paraître.

Je pince les lèvres, alors qu'une boule se forme dans la gorge.

— Je t'en ai voulu… mais je ne crois pas t'avoir détesté.

Le regard de Farès brille dans la pénombre, deux larmes glissent au coin de mes yeux.

— Je… Avant que tu arrives, je venais justement de prendre des décisions pour t'oublier et passer à autre chose. Penser à toi me faisait trop souffrir, ça me paralysait de ne pas savoir pourquoi tu avais disparu, où tu étais… et je t'en voulais terriblement d'avoir fait comme mon ex, de m'avoir quittée sous prétexte que c'était pour mon bien. Alors… à ton retour, j'ai laissé place à la colère, mon amour pour toi ne pouvait pas revivre, pas après deux mois à essayer de l'étouffer… Ma seule façon de surmonter tout ça a été de te repousser autant que possible… mais je me sentais tiraillée, car je voyais à quel point tu allais mal, à quel point j'étais cruelle avec toi…

Je pleure sans retenue, dévastée.

— J'aurais tout aussi bien pu te jeter en haut d'un précipice, Farès…

Il me murmure que « non », caresse mes cheveux, trouve mes lèvres.

— Je t'ai dit que j'avais confiance en toi, Éléa… Écoute-moi.

Il tire sur mon menton, essuie les larmes sur mes joues. Ses yeux tristes m'implorent.

— Moi aussi, j'ai été dur, j'ai débarqué dans ta vie sans prévenir. Même si tu m'as ouvert la porte, j'aurais pu partir en voyant le mal que ça te faisait, mais je suis resté, je me suis imposé en sachant ce que tu ressentais. Je n'ai pas réussi à contenir mes émotions, j'ai été jaloux, terriblement en colère… alors que c'était moi le fautif en venant ici.

Je prends son visage entre mes mains, l'embrasse.

– C'était une épreuve, murmure-t-il contre ma bouche. Je suis heureux aujourd'hui de pouvoir te toucher sans que tu recules, de voir que j'avais raison d'attendre malgré les difficultés. Sept jours, Éléa. C'est quoi sept jours dans une vie, si je peux me sentir aussi bien ce soir ?

J'hésite à exprimer les doutes qui m'assaillent.

– Je souhaite me concentrer sur demain, prendre le temps de réparer les choses... D'accord ?

Il dépose un baiser au coin de mes lèvres, j'acquiesce. Je suis surprise qu'il tienne un discours si positif, alors que tout reste à faire, pour nous... et pour lui surtout.

– Tu travailles tôt, tu ne veux pas dormir ? demande-t-il.

– Et toi ?

– Je devrais réussir à grappiller quelques heures maintenant que je t'ai près de moi.

Il me serre un peu plus pour combler le moindre espace entre nos corps, puis glisse sa main sur mon visage pour me forcer à fermer les yeux. Je pousse un soupir, me blottis contre sa poitrine, heureuse de retrouver sa chaleur. Pourtant, l'inquiétude est toujours présente : même si la tempête est passée, que le barrage a cédé, beaucoup de choses restent à reconstruire. Nous aurons sûrement besoin de temps pour nous réapprivoiser au quotidien... surtout, qu'en est-il de l'avenir ? Comment vais-je concilier mes projets à ceux de Farès ? J'entends sa respiration se ralentir, je souris dans l'obscurité. La peur, elle aussi, persiste : saurai-je vraiment l'aider ? Aurai-je les bons mots pour lui redonner confiance ? Car ce n'est pas terminé : je sens au plus profond de moi que Farès est loin d'avoir trouvé la paix et que son chemin s'annonce long et difficile.

19

J'enchaîne quatre jours de travail. Comme convenu, l'homme qui m'a secourue vient boire un café au shop et s'assure discrètement que je vais bien. Je prends plaisir à discuter avec lui dans un état d'esprit plus positif, de son parcours en surf, de son niveau et des vagues prévues pour la semaine à venir. Je croise aussi Arthur, qui m'annonce que j'ai meilleure mine, avant de m'inviter à surfer avec lui. Honteuse, je lui avoue que mon *leash* est cassé et ne pas savoir comment le réparer. Toujours très prévenant, Arthur se propose de venir à la maison pour m'apprendre à en mettre un nouveau. Je pense alors à Farès, à son instabilité et à ses émotions à fleur de peau et suggère de le faire avant notre prochaine session. Nous nous rejoignons ainsi le lundi soir sur la plage du Penon après mon boulot : je suis heureuse de retourner à l'eau, malgré quelques appréhensions, mais la présence d'Arthur calme mes angoisses résiduelles. Après une heure, je me sens à nouveau en harmonie avec l'océan. Ces instants en solitaire sur ma planche, la glisse et l'adrénaline, le bleu de l'eau scintillant sous le soleil me permettent de faire le vide, de retrouver une énergie et une confiance qui me manquaient cruellement.

Avec le retour du beau temps, je renoue aussi avec mes déjeuners en compagnie de Solange. Le dimanche midi, je m'excuse platement pour la scène après le restaurant, mais elle préfère m'annoncer qu'elle quitte Éric.

— Depuis qu'il a entendu notre dispute la semaine dernière et qu'il a découvert que j'avais vécu dans la rue, il ne cesse de me questionner

183

sur ce que j'ai traversé, explique-t-elle. Il maintient que cela l'aidera à mieux me comprendre, comme si quelque chose clochait chez moi, qui pourrait être justifié par mon passé !

– Pourquoi tu refuses de lui en parler ? Apprendre à se connaître fait partie de la construction d'un couple…

– Ça ne le regarde pas ! s'agace-t-elle. J'ai mis tout ça derrière moi et il ne veut pas l'accepter. Pour m'amadouer, il me raconte son enfance, son père dépressif et sa mère névrosée. Il espère que je vais finir par lui livrer ma vie sur un plateau.

– Je pense qu'il souhaite juste approfondir vos liens, trouver des points communs pour que tu lui fasses confiance.

– C'est non, tranche-t-elle. Je lui ai annoncé hier que je reprenais mes affaires. Je n'ai aucune envie d'être avec un type qui joue les psychologues avec moi.

Je grimace et m'abstiens d'insister : après tout, il s'agit de sa vie, pas de la mienne. Depuis notre soirée au restaurant, je sentais bien que Solange s'éloignait d'Éric. Pour le moment, mon amie ne parvient pas à s'ouvrir à un autre, comme si cela représentait un danger. Elle n'a pas complètement tort, tous les hommes ne sont pas bien intentionnés, pour autant Éric me paraissait être la bonne personne. Il semblait doux avec elle, plus sage que ses précédents petits copains, et il avait l'air prêt à l'accepter telle qu'elle est. Malheureusement, Solange préfère encore se réfugier dans des relations superficielles, bien à l'abri de ses démons. Un jour, elle en paiera peut-être le prix, comme moi… ou peut-être pas. Elle est en chemin, c'est une certitude.

Même si elle quitte Éric pour un surfeur ou un secouriste canon, j'ai pu observer des changements ces dernières semaines. Quelque chose s'est relâché chez elle, elle s'autorise à partager ses idées, à ne pas être parfaite. Son discours sur la maternité et sa mise en garde directe pour Farès sont deux exemples flagrants : Solange a beau ne pas être diplomate, jamais elle n'avait réagi ainsi, au quart de tour. Avant, elle aurait botté en touche en soupirant. J'ai également remarqué qu'elle était plus à l'écoute et patiente. De la même manière, notre conversation sur les enfants a été relativement longue, comparée à d'habitude. Lors de notre déjeuner sur la plage, elle se montre aussi très prévenante à propos de Farès, insistant pour que je lui parle de nos avancées. Tout en me confiant, je pense à une autre personne qui aimerait être tenue au courant : Aude.

Après avoir quitté Solange, je sors de mon sac un vieux téléphone, que je garde en dépannage, pour appeler mon amie. Aude a été bouleversée par la tournure des événements et de n'avoir eu aucune réponse à ses messages. Inquiète, le samedi matin, elle s'est même directement adressée à Farès, qui l'a rassurée : j'étais toujours vivante et la situation poursuivait son chemin. Ce dimanche, je peux enfin la remercier d'avoir envoyé Farès ici et d'avoir fait céder mes barrières en me hurlant dessus l'autre jour. Sans entrer dans les détails, je lui dis que nous avons mis les choses à plat et que cela devrait aller mieux. Comme moi, elle émet quelques réserves sur Farès et son moral : je lui promets d'être vigilante et de veiller de lui.

Les jours qui suivent notre réconciliation, Farès semble étonnamment jovial, léger et frivole. Il continue à dépanner les voisins à droite et à gauche, à me cuisiner des petits plats et à s'occuper des locataires de mon proprio comme de ses enfants. Je remarque qu'il parle beaucoup pour ne rien dire et qu'il botte en touche à toutes mes questions profondes. Son attitude contraste tellement avec celle qu'il avait avant notre dispute, lors de notre soirée au restaurant, qu'elle ne me semble pas normale. Je peux comprendre que nos retrouvailles l'aident à aller mieux, mais Farès n'est pas le genre d'homme à s'agiter ainsi pendant des heures et à s'enthousiasmer devant une pâquerette.

Pendant mes brefs moments de pause au travail, je réfléchis beaucoup : que ferait Louis à ma place ? Que penserait-il de cette attitude ? Que dirait-il ? S'il trouvait quelque chose d'étrange chez moi, d'incohérent, il mettrait les pieds dans le plat pour percer l'abcès. Sauf que je ne suis pas Louis, je n'ai pas ses mots ni son sang-froid. Je n'ai pas son recul non plus. Je vois Farès et son comportement comme un reflet du mien quand je n'allais pas bien : je me trompe peut-être. Est-il possible que Farès soit vraiment heureux, qu'il se soit transformé en homme au foyer épanoui du jour au lendemain ? J'en doute profondément. Je repense à sa crise d'angoisse, où il ne cessait de dire « ils savent », à ce qu'il m'a dit sur la prison, la manière dont elle a brisé son estime. Nous n'en avons jamais reparlé, alors je reste à l'affût de la moindre information qui me permettrait d'avoir assez de certitudes sur ce qui se trame quand je ne suis pas à la maison. Et cela arrive bien plus vite que je ne l'imaginais, avec une force que je ne devinais pas.

Le mercredi, je rentre à seize heures trente et j'espère convaincre Farès de me suivre à la plage. Il est dans la cuisine, penché au-dessus de l'évier.

– Me revoilà, dis-je en me glissant derrière lui.

– Salut, princesse.

Il se tourne pour poser un baiser chaste sur ma bouche.

– Ça va depuis ce matin ?

Il acquiesce en reprenant la vaisselle. Quelque chose me chiffonne dans son regard et ses gestes, je décide d'attendre pour lui proposer de sortir. Je range quelques affaires, m'installe sur la terrasse pour me relaxer. Quand je rentre du travail, ce n'est pas inhabituel de le sentir anxieux ou distant. Si je lui demande comment s'est déroulée sa journée, j'obtiens ainsi un flot ininterrompu de paroles derrière lesquelles il cache certainement son malaise. Je sais qu'en lui proposant d'aller nous baigner ce soir, il acceptera sans hésiter : ça sera un bon moyen pour lui d'éviter toute discussion. Je me sens impuissante et n'ose pas le pousser dans ses retranchements, pourtant il faudra bien en passer par là.

– Tu me rejoins quand tu as fini ?

– Oui, j'arrive.

Sa voix m'interpelle, incertaine et étouffée. Je tends l'oreille, plus aucun bruit ne parvient de la maison. Inquiète, je me lève et retourne à l'intérieur. Je découvre Farès agrippé au tabouret, la tête baissée, la respiration chaotique.

– Qu'est-ce…

Il glisse sur le sol et tire sur les coutures de son tee-shirt comme s'il l'étranglait, en suffoquant. Je me précipite à ses côtés, saisis ses mains. Il serre mes doigts jusqu'à me faire mal, les yeux fermés, tout en prenant de brusques inspirations, happant l'air tel un noyé.

– Farès, ne te laisse pas emporter par la peur de ce qui t'arrive.

Je voudrais libérer mes mains, mais je n'y parviens pas. Je colle alors mon front contre le sien.

– Écoute ma voix, ça va passer, ça va durer dix secondes, d'accord ? Je compte jusqu'à dix et ça sera fini, tu vas te remettre à respirer doucement et nous allons discuter. Ce n'est pas grave, je suis là.

Il acquiesce, secoué par les sanglots. Lentement, je compte à rebours en lui rappelant d'inspirer moins fort à chaque fois. Lorsque j'arrive à deux, Farès a retrouvé son calme. Un psychologue m'avait donné cette technique au lycée lorsque je faisais des crises d'angoisse pendant les cours. Paniquée par la vague qui se soulevait en moi, voulant à tout prix me cacher, je me levais pour sortir de la classe, mais m'écroulais au milieu des tables. Le médecin m'avait appris à accepter cette crise, à m'asseoir tout de suite sur le sol pour ne pas avoir peur des vertiges et ne pas me blesser... puis il m'avait dit de compter, de m'accrocher aux chiffres tel un minuteur venant désamorcer la bombe. Je pouvais reprendre le contrôle de ce qui m'arrivait plutôt que de m'affoler et d'amplifier le phénomène. Je suis heureuse de voir que cela fonctionne pour Farès : affalé devant moi, son visage est couvert de sueur, mais il respire normalement. Il relâche mes mains, à présent bouillantes. Je me redresse pour attraper un verre d'eau que je lui tends.

– Ça va mieux ?

– Jusqu'à la prochaine..., dit-il dans un souffle.

Il fuit mon regard, je repousse ses cheveux trempés.

– Tu en as fait d'autres après le magasin ?

Il hausse les épaules, je prends ça pour un « oui ». Je le vois enfin, son vrai visage : il est complètement perdu. Que fait-il de ses journées en dehors des moments si géniaux dont il me parle le soir ? Je l'imagine très bien. Il tourne en rond, rumine tout ce qui le dévore et amplifie la spirale dans laquelle il se trouve. Je l'ai fait, il n'y a pas si longtemps que ça...

– Combien ?

Je le force à relever le menton pour capter ses yeux. Il hésite.

– Presque tous les jours, avoue-t-il.

Son armure se fend, il craque et plaque ses paumes sur son visage en secouant la tête de dépit. Pourquoi ne m'a-t-il rien dit ?

– Je n'y arrive pas, je...

Il hoquette.

– Je me dégoûte, lâche-t-il soudain avec agressivité.

Je barricade mes propres émotions provoquées par sa détresse, m'efforce de rester neutre tant bien que mal. Je me lève, l'encourage à en faire autant.

– Prenons l'air.

J'attrape son verre et l'invite à regagner la terrasse. Farès se laisse tomber sur une chaise, je m'assieds en face de lui et demande :

– À cause de quoi ?

Farès cherche ses mots, en fixant ses pieds.

– Je m'en veux de ne pas aller bien. J'espérais me sentir mieux après t'avoir retrouvée, mais ce n'est pas le cas... C'est encore pire... je ne comprends pas...

J'entends dans sa voix à quel point prononcer ces paroles lui coûte. Je suis même surprise qu'il m'en dise autant, sans que j'aie à lui tirer les vers du nez. J'en déduis son besoin presque vital de s'exprimer, maintenant que j'ai découvert sa supercherie. Je réponds avec douceur :

– Après ce que tu as traversé, c'est normal. Tu dois encore digérer ces deux mois, vivre dans l'attente... Tu avais mis tout ça entre parenthèses à cause de moi, de nous, et tu dois aujourd'hui y faire face...

– Mais je ne souhaite pas t'imposer tout ça ! s'agace-t-il toujours sans me regarder.

– Si je ne voulais pas de toi ni de tes problèmes, je ne t'aurais pas proposé de rester après notre accrochage samedi dernier. Je ne suis pas aveugle, Farès. Je me doutais que ça ne serait pas facile pour toi et ça ne t'aide pas de faire semblant d'aller bien.

Farès ouvre la bouche et se ravise. Je me tais, comme Aude le ferait.

– Je ne peux pas te dire tout ce qui me traverse l'esprit depuis que je suis sorti de là-bas... C'est tellement...

– Anormal ? Honteux ? Dégueulasse ?

Farès relève enfin la tête et me sonde. Je le comprends plus qu'il ne peut l'imaginer. Cela m'a pris deux ans avant d'oser me livrer à

Louis sans filtre. Des amies m'ont critiquée : mon conjoint n'était pas mon psy et je devais garder mes tourments, mes démons pour moi, consulter si besoin. Mais comment construire une relation durable et de confiance si l'on ne peut pas avouer les choses qui nous bouleversent profondément ? Les douleurs qui ébranlent tout notre être au point de menacer notre intégrité ? Il ne s'agit pas de petits tracas, mais de ce qui nous constitue en tant que personne, le bon et le mauvais. Pour apprendre à se connaître au sein d'un couple, cela doit être partagé, aussi difficile que ça puisse être. Je voudrais que Farès le réalise, je lui rappelle alors ses propres paroles quelques jours plus tôt :

– Farès, tu m'as expliqué que j'étais la seule qui pouvait te comprendre et en qui tu avais confiance. Tu as raison. Je t'ai toujours assuré que j'étais là pour toi, même si tu refuses de me montrer tes faiblesses. Le soir où j'ai déclaré que je t'aimais il y a deux mois, je t'ai également annoncé que ce qui te rongeait me rongeait aussi. Tout ça, c'est encore vrai. Même si ton retour a été difficile, même si je t'ai rejeté, aujourd'hui je suis là, entièrement là pour toi. Je veux t'aider à y voir plus clair et à affronter tout ça. Alors, dis-moi ce que tu me caches, je peux tout entendre.

Il prend une longue minute avant d'oser se lancer, pesant sûrement le pour et le contre de ses futures confidences.

– Une fois nos problèmes résolus, je croyais que j'allais trouver le courage de préparer la suite, commence-t-il, mais rien n'y fait, je suis toujours autant englué. L'angoisse ne passe pas et je n'arrive plus à réfléchir…

Je ne dis rien, le laisse seul avec ses pensées.

– Avec toi, j'espérais redevenir le même homme qu'avant la prison, continue-t-il, la voix nouée. Maintenant, je réalise que je ne suis plus le même… et surtout que je ne peux pas revenir en arrière.

Deux gouttes s'écrasent sur son torse, ses lèvres tremblent.

– J'ai… j'ai toutes ces souffrances du passé qui remontent à la surface, ces incertitudes de quand j'étais gamin… La boîte m'a aidé à tenir, je me disais que j'avais construit quelque chose, j'avais une vie stable… Et aujourd'hui, je n'ai plus rien et je me retrouve avec le même vide. Je ne sais pas ce que je dois faire pour me sentir mieux… Je ne sais pas…

Je canalise mes émotions et réponds avec distance :

– Peut-être que tu devrais chercher pourquoi ça va mal, plutôt que de t'obstiner à vouloir aller bien.

Farès relève la tête, me regarde sans comprendre.

– Tu me dis que ça fait remonter des choses de ton enfance, ce sentiment ne t'est donc pas inconnu. C'est arrivé quand, la précédente fois ?

Je ne sais pas trop ce que je fais, je ne suis pas psychologue ni spécialiste ! J'ai l'impression que je dois l'aider à trouver les réponses au fond de lui, mais si je me trompais ? Devrais-je plutôt me concentrer sur le futur ? J'ai peur qu'avec sa situation, ça empire les choses… alors, autant se tourner vers le passé, vérifier les fondations qui l'amènent à un tel désespoir aujourd'hui… D'ailleurs, c'est ce que Louis aurait fait : apaiser les douleurs passées pour avoir la force d'affronter celles du présent. Je dois donc être sur le bon chemin.

– Je n'étais pas un enfant modèle, dit Farès en fouillant dans ses souvenirs. Je n'étais pas très doué à l'école, je me castagnais dans la rue avec mes potes, je traînais parfois trop tard, mais je ne m'attirais jamais d'ennuis, car j'aurais eu trop honte devant mes parents.

Farès marque une pause, je suis suspendue à ses lèvres.

– C'est parti en couille une fois. Je ne sais pas ce qui m'a pris, je me suis laissé embarquer par une idée de merde d'un des types de notre banlieue. D'habitude, je disais « non » quand ça allait trop loin et là, de fil en aiguille, j'ai suivi le groupe. Quand mon père…

– Qu'est-ce que vous avez fait ?

Ma curiosité est piquée et je pense qu'il est aussi important qu'il aille au bout de son introspection.

– On a passé le week-end à vider les poches des gens dans le métro, les marchés, pour revendre les trucs aux puces et se faire du blé.

Je sens à sa voix à quel point il s'en veut encore. Même si cela m'indigne, cela reste des conneries de gamins, un apprentissage de la vie qui nous permet d'explorer les limites. Pour Farès, ça semble bien pire, j'attends la suite de son histoire pour le comprendre.

– On s'est fait choper.

– Comment ?

Farès a un petit sourire.

– J'ai essayé de faire les poches à un type de la BAC qui marchait incognito dans la foule.

Je ris malgré moi. Farès secoue la tête.

– J'étais vraiment une brêle, mes potes m'en ont voulu un moment.

– Qu'est-ce qui s'est passé ensuite ?

– J'ai fini au poste, comme c'était la première fois et que j'avais l'air sincèrement désolé, ils m'ont laissé repartir avec un avertissement…

Le visage de Farès se ferme.

– Je croyais que mon père m'engueulerait, mais il était anéanti. Il m'a dit que je le décevais, qu'il ne m'avait pas élevé comme ça, qu'il ne m'avait pas inculqué ces valeurs. Je me souviens encore de son regard, un mélange de dégoût et de chagrin. Il m'a dit qu'il *pensait* que je valais mieux que ça…

Farès repousse ses cheveux et reste ainsi, les mains croisées au-dessus de la tête, les coudes plantés dans ses cuisses.

– Il n'a pas dit que *je valais* mieux que ça…, souffle-t-il en appuyant sur certains mots. Sa phrase signifiait qu'il avait tiré un trait sur ses rêves pour moi, que je n'avais pas été à la hauteur et qu'il ne me laissait pas la chance de me rattraper…

J'attends de comprendre le lien avec ses sentiments actuels, Farès soupire, toujours tassé sur lui-même.

– Par la suite, il est resté très distant dans mon éducation, il s'est désengagé. J'ai fait de mon mieux pour le convaincre que j'étais un type bien, qu'il pouvait encore croire en moi, mais il est mort et je ne saurai jamais si j'y suis parvenu. Alors je me suis échiné à construire des choses pour le rendre fier, comme cette boîte qui devait aider nos potes, mutualiser nos efforts, nous sortir de la merde avec des CDI… mais aujourd'hui, j'ai juste l'impression d'être revenu en arrière, avec la taule et toute cette merde qui m'attend peut-être.

Sa voix se brise. Je me lève et me glisse derrière lui. Il se redresse, je l'entoure de mes bras, embrasse sa nuque.

– Nous sommes réparés, mon chevalier, et je resterai près de toi, mais tu ne pourras pas aller mieux si tu ne travailles pas sur toi. Tu dois surpasser ce sentiment, reprendre confiance en toi…

Je ne dis rien d'autre, car il doit se demander comment il va faire et je me sens pour l'instant incapable de lui fournir une réponse ou seulement celle qu'il n'est pas encore prêt à entendre : construire quelque chose de nouveau dès maintenant, qu'importe le retour du juge. Là aussi, je ne sais pas si ça sera possible.

20

Ce matin, Farès a tenu à ce que je profite de mon congé pour vaquer à mes occupations, pendant qu'il se chargeait de la sortie des locataires près de chez nous et de tondre le jardin. Même si hier soir, après notre discussion, il semblait plus calme, j'ai quelques scrupules à le laisser seul, mais peut-être a-t-il besoin d'un peu de temps pour réfléchir.

Je pars donc acheter un téléphone d'occasion à une fille sur Soustons. Farès m'a prêté la Mégane et j'apprécie finalement ce moment en solitaire. J'ai toujours adoré conduire, filer sur la route, comme en transit vers une destination, les minutes suspendues sur l'asphalte. J'aime particulièrement l'espace confiné de l'habitacle où je peux chanter à tue-tête, la musique suffisamment forte pour couvrir ma voix. J'ai donc hâte de remonter en voiture pour revenir sur Seignosse et d'écouter mes morceaux préférés avec le câble branché à mon nouveau portable.

Je mets ma carte SIM dans le téléphone et après quelques réglages, démarre l'application Spotify. Au moment de lancer l'album *Toxicity* de System of a Down, j'ai une pensée pour Louis dont les parents vivent à quelques rues d'ici. Depuis sa venue et son baiser d'adieu, nous avons échangé des SMS, mais nous ne sommes pas appelés. Il me l'a pourtant proposé et j'ai sans cesse repoussé cet instant. Toujours garée au bord du trottoir au milieu d'une zone pavillonnaire, j'ouvre à nouveau la porte pour laisser entrer l'air tiède. Louis

195

décroche au bout de plusieurs sonneries, je m'assure de ne pas le déranger.

— Content de t'entendre, annonce-t-il. J'avoue que je me faisais du souci. J'ai croisé Aude qui m'a dit que vous vous étiez disputées, mais tu ne semblais pas vouloir en parler.

Je pousse un soupir.

— J'appelais pour prendre de tes nouvelles, pas pour faire un récapitulatif de mes misères !

Il rit.

— Je vais rendre visite à une équipe à Pau à la fin du mois de juillet, lance-t-il, un brin malicieux. Je pensais repasser surfer sur la côte avant de rentrer à Paris. Ça ne te dérange pas ?

Je ferme les yeux en posant ma tête sur le siège. Je n'aurais donc jamais de répit.

— Tu fais ce que tu veux, les choses entre nous sont claires.

— Je sais.

Je l'entends sourire à l'autre bout de la ligne, au milieu du brouhaha de ce que je crois être son bureau.

— Et toi, quoi de neuf ? demande-t-il, rusé.

— Pas grand-chose…

Je me lance à tâtons. Je lui explique qu'Aude et moi nous sommes engueulées à cause d'un ami. Ce dernier a débarqué avec des ennuis, il ne va pas très bien et après quelques jours de tensions, j'essaie aujourd'hui de l'aider à remonter la pente.

— Cet ami, me coupe soudain Louis. C'est un ami comment ?

J'ouvre la bouche, incertaine.

— Je ne comprends pas.

— Éléa…, insiste Louis, toujours avec le sourire.

Un frisson me parcourt alors que la gêne me saisit.

– Tu me parles de tout ça, mais ce n'est pas pareil si c'est un pote ou si c'est plus. On ne peut pas réfléchir de la même manière.

Il a raison.

– C'est plus… beaucoup plus, dis-je dans un soupir résigné.

Lentement, je remonte le fil. Je lui raconte ma rencontre très cliché avec Farès après m'être fait agresser dans le métro et l'évidence avec laquelle j'ai accepté que cet inconnu s'impose chez moi sous prétexte de s'assurer que j'allais bien. L'émotion me gagne à ces souvenirs, alors par respect pour Louis qui, il n'y a pas très longtemps, tentait encore de me reconquérir, je pèse mes mots pour lui parler de mes sentiments, de l'amour naissant. J'aborde aussi les difficultés que nous avons traversées, Farès et son travail, notre rupture et nos retrouvailles deux mois plus tard, sa situation compliquée, son désespoir. Pour rester concentrée sur ce qui me préoccupe, je tais ma propre crise existentielle et mes faux pas.

– J'essaie de l'aider à se relever, mais je ne trouve pas les arguments. Je pense qu'il devrait réfléchir aux prochaines semaines, reprendre confiance en bossant ou en construisant un projet, sauf qu'il y a sa conditionnelle et cette incertitude.

Un silence passe, j'avoue :

– Je ne vois pas comment le conseiller, alors que je ne suis moi-même pas beaucoup plus avancée sur ma situation par rapport à l'avenir.

– Tu es sûre de ça ? demande Louis. Je me souviens d'un message où tu avais l'air d'avoir les idées claires à propos de ce que tu faisais à Seignosse et tu commençais à envisager la suite sans te mettre la pression comme avant.

J'aimerais bien relire ce message, mais malheureusement, il est resté dans mon téléphone fracassé.

– Tu t'es juste perdue en chemin avec le retour de… De ?

– Farès.

– OK.

Louis semble réfléchir une seconde. J'espère un instant qu'il va sortir une baguette magique et me donner une solution miracle.

– Tu ne peux pas lui dire ce qu'il doit faire, finit-il par annoncer. Tu ne le contrôles pas, ni ses émotions ni ses décisions.

– Je fais quoi, alors ? Je le laisse sombrer ?

– Tu peux devenir un modèle, une source d'inspiration. Raconte-lui ton chemin, ça l'aidera à faire le sien. Tu peux toujours le guider, mais pas en lui imposant des choses.

Je fais la moue, perplexe. J'imagine que Louis le devine, lui qui me connaît si bien. Il précise le fond de sa pensée :

– C'est ce que j'ai appris de plus beau auprès de toi : je t'aimais, mais je me devais de te laisser faire ton propre parcours, aussi chaotique soit-il. Au début, j'ai voulu te forcer à faire les choses en te mettant des ultimatums sur notre couple…, mais j'ai vite compris que ça n'aidait pas, ça ne faisait que renforcer ton malaise. Surtout, tu ne faisais pas les efforts pour les bonnes raisons : tu les faisais pour me plaire et non pour toi. Tu ne te concentrais donc pas sur ce qui était important, c'est-à-dire tes réelles aspirations.

Nous avons déjà beaucoup parlé de tout ça. Louis n'avoue pas facilement ses torts, même s'il adapte son comportement en connaissance de cause, et je suis touchée qu'il mentionne à nouveau cet aspect de notre relation.

– Je comprends. Ne pas le forcer…

– Et le guider, précise Louis. Ça ne t'empêche pas de jalonner ses réflexions. Tu le sais aussi bien que lui : quand on est perdu ou désespéré, on ne voit pas par où commencer. Le jour où j'ai lâché prise et que j'ai cessé de vouloir te contrôler, tu as avancé bien plus vite, car tu es devenue responsable de ce que tu faisais. Ça ne pouvait plus être de ma faute. Pour autant, je restais là pour t'écouter, te prévenir si tu dérapais, te rappeler ce que tu désirais.

Louis marque une pause et ajoute avec une voix empreinte d'émotion :

– Surtout, je t'ai montré que même si toi, tu n'avais pas confiance en toi, en l'avenir, moi oui. Moi, je croyais en toi, plus que tout, je savais de quoi tu étais capable, ce que tu pouvais accomplir, qui tu pouvais devenir et j'ai eu raison.

Les larmes me montent aux yeux, je baisse la tête. Cette confiance inébranlable dont a fait preuve Louis, malgré toutes les absurdités que je pouvais faire ou dire, m'a sauvée. Je réalise à quel point Farès doit aussi avoir besoin de ça. Louis semble refermer une porte, le brouhaha derrière lui s'arrête.

– Les rencontres ne se font pas par hasard, confie-t-il avec douceur. Si vous êtes ensemble, si vous avez surmonté tout ça, il y a une raison, comme ça l'a été pour nous. Et je pense encore qu'aujourd'hui, tu as toutes les ressources qu'il faut pour aider Farès. Ne fais simplement pas comme moi : ne cherche pas à le changer à tout prix, car tu vois son potentiel. Laisse-le le découvrir par lui-même. En attendant, reste toi-même, avec tes défauts et tes qualités, renoue avec tes projets, tes envies. En faisant ça, tu l'encourageras à en faire autant, à suivre son propre chemin.

Je souris, attendrie. J'imagine que ce n'est pas facile pour lui de me tenir ce genre de discours : même si nous parlons de comment aider Farès, il est également question de mon couple avec ce dernier et de notre avenir.

– Louis…

– Oui ?

– Tu m'énerves à être aussi doué.

Nous rions, les nœuds dans mon ventre se desserrent.

– On se voit bientôt ? demande-t-il.

– Toujours avec plaisir.

Je raccroche et reste une longue minute à observer le ciel couvert au-delà du pare-brise et des pins. Une étrange sérénité m'envahit, comme à chaque fois que je discute avec Louis. Son assurance est contagieuse et c'est exactement ce que je souhaite faire ressentir à Farès.

21

J'ai voulu participer au don du sang de Seignosse et malgré le déjeuner, je me sens encore flapie. Avec mon groupe sanguin O négatif, cette action simple peut venir en aide à de nombreuses personnes. Il y a trois ans, je me suis donc promis de faire deux dons par an, même si je déteste ça, car cela m'assomme pour plusieurs heures, sans parler des bleus récoltés parfois. En début d'après-midi, je propose alors à Farès de rester nous reposer à la maison. Je le trouve aussi particulièrement fatigué et ronchon. Ses insomnies ne lui laissent pas beaucoup de répit : il doit dormir quatre heures par nuit tout au plus et j'ai bien conscience que cela ne l'aide en rien à surmonter sa déprime latente. C'est un cercle vicieux et je commence à chercher des moyens de le soulager.

Nous nous sommes ainsi installés sur le canapé, nos jambes posées sur la table basse. Farès a emprunté mon ordinateur et mes écouteurs pour regarder une émission sur la permaculture. Assise près de lui, j'ai saisi mon carnet et un stylo, afin de reprendre mes réflexions sur mes projets. Je relis pendant quelques minutes les dernières notes, avant l'arrivée de Farès, mes yeux accrochent les passages que j'ai volontairement soulignés :

« L'idée du Workaway me tente bien, voyager, découvrir de nouveaux horizons sans penser à l'aspect financier… J'ai compris que je voulais l'indépendance, ne pas avoir de patron, de planning et ne pas être obligée de rester pendant des mois au même endroit…

Mireille m'a dit : apprendre à surpasser sa souffrance en lui trouvant un sens. »

Je tourne rapidement les deux pages dédiées à Arthur en jetant un œil à Farès qui s'enfonce un peu plus dans le canapé chaque minute, les bras croisés sur le torse et l'ordinateur en équilibre sur ses cuisses. Un soupir m'échappe. Est-ce ce qui manque aussi à Farès, un sens à ce qu'il traverse ? Mon regard se pose sur une nouvelle phrase : *« Je dois d'abord savoir pourquoi je veux faire les choses, le comment se résoudra de lui-même. »* Et juste en dessous, il y a les mots d'Arthur : *« Saisir à bras le corps cette liberté qui m'a été donnée. »*

Il n'y a plus grand-chose après ça, à part une feuille volante avec des questions sur lesquelles je devais travailler. C'était avant l'arrivée de Farès, avant que je ne perde le nord. Peut-être qu'y répondre me permettrait de me fixer à nouveau un cap, je ne suis pourtant pas super emballée : réfléchir sur soi, sur sa vie, n'est jamais très excitant. Je préférerais regarder l'émission avec Farès ou aller surfer… mais c'est important. Alors, je déplie la feuille et je redécouvre cet exercice déniché sur un site de développement personnel ou d'entrepreneur, je ne sais plus. Il s'agit de se projeter dans cinq ans et de définir ce que nous aimerions faire et devenir, si nous n'avions aucune peur. Le but est de voir clairement nos objectifs de vie et cela permet ensuite de trouver les actions à réaliser dès maintenant pour les atteindre. Je frissonne. Ces stratégies me semblent toujours tirées par les cheveux et c'est sûrement pour cela qu'elles ne m'ont jamais rien apporté de concret. Toutefois, je me sens aujourd'hui capable d'affronter ce vide que provoque la notion de « futur » et je m'y attelle.

Pendant plus d'une heure, j'écris au présent toutes les réponses, en mettant un maximum de détails. Dans cinq ans, qui suis-je ? À quoi je ressemble et comment je m'habille ? Qu'est-ce que je fais, où est-ce que j'habite ? De qui suis-je entourée ? Certaines questions me semblent plus difficiles que d'autres, mais je réalise que j'ai moins de mal à me définir qu'avant, les contours de mon « futur moi » deviennent moins flous. Je m'imagine plus élégante qu'actuellement, tout en conservant une forme de simplicité, plus douce et toujours plus bienveillante envers les autres. Je note que dans cinq ans, je n'aurai plus d'attente lors de discussions : pas besoin de tirer les draps à soi ou d'aborder un sujet pour avoir la chance de caler une anecdote. Non, dans l'avenir, je suis à l'écoute des autres et pour tendre vers cela, je dois encore apprendre à faire taire mon ego.

Tout en écrivant ce qui me vient en tête, je renoue aussi avec mes rêves d'enfant. Même si aujourd'hui je ne souhaite pas me poser, dans cinq ans, j'aimerais avoir une maison. Je la décris avec émotion : un grand pavillon pour accueillir ma famille et mes amis, un jardin avec une véranda sous laquelle je pourrais lire, un potager, des arbres fruitiers… tout cela en gardant la possibilité de voyager quand j'en aurais envie ou pour le travail.

Quel travail ? Ça coince et j'ai beau creuser, cette partie reste inaccessible. Je la mets donc de côté, car je suis convaincue que le *Workaway* me permettra d'explorer ce que j'aime faire. Aucun des métiers exercés jusqu'à présent ne m'a donné satisfaction et je ne souhaite pas refaire des études, alors, je marque à la fin de mon cahier *« me renseigner sur l'indépendance »*, avant de poursuivre. Étonnamment, je n'éprouve aucune gêne à écrire que Farès sera à mes côtés dans cinq ans, mais mon stylo reste en suspens quand le mot « enfant » effleure mon esprit. Je relis les indications : *« sans limites et sans penser à vos peurs »*. Mes précédentes conversations avec Aude, Solange, Mireille au sujet de la maternité m'assaillent. Si je n'avais plus peur de moi et de ce monde, alors ? Je voudrais avoir un enfant. Cela sous-entend avec Farès, mais je me concentre sur autre chose et inscris : *« J'ai un petit garçon, à qui j'apprends à avoir confiance en lui, en la vie. Je lui donne les capacités d'affronter ce monde et de le faire évoluer. »*

L'émotion m'étreint, je passe rapidement aux questions suivantes avant d'avoir envie d'abandonner. Elles m'interpellent par leur force : *« Si tu ne devais modifier qu'un domaine ou qu'une personne, que changerais-tu ? Si l'on devait se souvenir de toi dans cent ans, qu'aimerais-tu que l'on dise de toi ? Quelle est la phrase par laquelle tu souhaiterais être décrite ? »* Pour chaque réponse, je dois aussi noter « pourquoi ». Comme avant, j'essaie de ne pas être bridée par mes peurs et cette idée que je ne pourrais jamais faire toutes ces choses. Les mots coulent sur le papier, tandis que Farès ronfle légèrement près de moi. *« Je voudrais changer ma perception de la souffrance et aider les gens à modifier la leur. Pourquoi ? Car la souffrance est parfois vue comme une fatalité que l'on subit, alors qu'on peut la transcender en force et aller de l'avant. »*

Pour la question suivante, je n'ai aucune idée de ce que je laisserai dans ce bas monde pour que l'on se souvienne de moi dans cent ans, mais je me lance quand même : *« Dans cent ans, j'aimerais que l'on dise que j'ai aidé de nombreuses personnes à appréhender la vie de façon plus positive, à reprendre le pouvoir sur leurs émotions et donc leur existence. Pourquoi ? Cela donnerait un sens à ce que j'ai traversé et appris. »* Je soupire. Très pédant tout ça ! Pourtant, c'est sincère… La question d'après me paraît pire encore et je me sens au bord de la crise d'ego en notant : *« On me décrira comme un modèle de courage et de persévérance. "Éléa m'a inspiré et donné envie de surmonter les souffrances qui me paralysaient." Pourquoi ? Car j'aurais ainsi trouvé ma place dans ce monde. »*

Je grogne, ramène lentement les jambes engourdies contre ma poitrine, sans réveiller Farès qui semble dormir profondément. Est-ce vraiment de l'ego ? Quel est le mal à vouloir changer les choses et aider les gens ? Je comprends aussi l'intérêt de ces interrogations : si je souhaite être un tel modèle, cela signifie que je dois d'abord m'accomplir dans ce domaine, donc m'attacher chaque jour à devenir plus téméraire et à persévérer. Mais comment prétendre que cela sera utile à qui que ce soit ? Je pense soudain à Louis. *« Sois une source d'inspiration, tu encourageras Farès à suivre ton chemin. »* Être soi-même ou s'épanouir pourrait-il suffire à changer le monde qui nous entoure en incitant les autres à faire de même ? Ça ne semble pas si incohérent...

Épuisée, je referme mon cahier et me lève sans faire de bruit. Discrètement, je rejoins la terrasse pour prendre l'air. Les nuages sont bas et il fait frisquet, cela me vivifie. Je jette un œil à Farès qui dort depuis plus d'une heure et j'ai un sourire attendri. C'est drôle comment cela m'apparaît comme une évidence : nous, sur le long terme. Moi aussi, je suis inquiète pour sa conditionnelle, je ne sais pas comment je réagirai s'il finit en prison, mais étrangement, je comprends ce que Louis devait ressentir : j'ai confiance. Je sens au plus profond de moi que tout ira bien, nous resterons ensemble et nous tiendrons le coup.

Je baisse les yeux sur mon cahier : encore trois questions, ce n'est pas le moment de m'arrêter. Je dois aller au fond, toucher du doigt les cordes sensibles, les faire vibrer et curieusement, ça ne m'effraie pas. La première demande : *« Qu'est-ce qui a été le plus difficile dans ton parcours de vie et dont tu es la plus fière ? »* Sans hésitation, je réponds : *« De combattre mon envie de mourir et d'abandonner, toute mon adolescence et particulièrement après le décès de mon père. »*

Je reste un instant surprise par la fluidité avec laquelle les mots me parviennent. C'est un signe, je dois aller plus loin. Je lis la seconde question : *« Qu'est-ce qui te révolte et que tu voudrais stopper pour l'améliorer ? »* Je pense aussitôt à cette mère qui parlait mal à ses enfants au restaurant avec Louis et à toutes les scènes similaires qui m'ont indignée, note presque avec frénésie : « *Les gens qui font souffrir les autres, car ils sont impuissants face à leurs douleurs ou inconscients.* »

J'atteins la dernière étape : « *Si tu devais transmettre trois valeurs à tes enfants, quelles seraient-elles ?* » Je cale et il me faut de longues minutes avant de trouver une réponse. Je cherche même quelques définitions sur mon téléphone pour mettre des mots sur mes pensées, puis finalement, je crée mes propres valeurs. Je les inscris la gorge nouée, m'imaginant les murmurer à mes enfants sur mon lit de mort : « *Être persévérant : aller au bout des choses qui nous tiennent à cœur, qu'importe l'avis des autres, les refus. Être authentique : rester soi-même en toute clarté, au-delà de tout jugement, faire ce que l'on pense et ce que l'on dit. Être empathique : avoir conscience que ma réalité n'est valable que pour moi-même et qu'elle n'est que ma perception. Donc, parler aux gens en prenant en compte leurs émotions et leur réalité, et être capable de m'identifier à eux pour les comprendre.* »

Je dépose mon stylo en soufflant, ferme les yeux et laisse passer quelques minutes, écoutant les sensations qui grésillent dans mon être. Des liens se tissent entre ce que j'ai vécu, perçu et ce à quoi j'aspire. L'avenir paraît confus, mais j'aime l'idée que tout ce que j'ai écrit n'est pas complètement acquis et que justement, je distingue mieux le chemin qu'il me reste à parcourir. Surtout, je réalise qu'un mot sort du lot : « souffrance ». Je repense au livre de Viktor Frankl, à son histoire dans le camp d'Auschwitz et à la puissance de ce que j'ai découvert à travers ce témoignage : on peut trouver un sens dans la souffrance. Aujourd'hui, je l'ai compris, accepté et cela m'a aidée à transcender mes douleurs passées. Mon chemin n'est pour autant pas terminé, mais j'ai à présent une envie irrépressible de transmettre cela aux gens qui m'entourent. Je sais « pourquoi », je l'ai écrit noir sur blanc, et le « comment » me fait de moins en moins peur.

– On va se baigner, princesse ?

Je sursaute alors que Farès passe ses bras autour de moi. Il dépose un baiser dans mon cou, je referme mon cahier et glisse mes mains dans ses cheveux en souriant.

– Alors, mon chevalier au bois dormant, on pique un somme ?

– Je ne dors jamais aussi bien que quand tu es près de moi.

Je me retourne pour l'embrasser.

– Tu prends ta planche ? demande-t-il. J'ai envie de te voir surfer.

J'acquiesce en me levant et me réfugie dans ses bras. Blottie contre lui, ivre de son odeur, je sens que je viens de franchir une étape importante pour la construction de mon avenir… mais qu'adviendra-t-il du nôtre ? De celui de Farès ?

22

– Est-ce que mon chevalier a envie de faire une longue chevauchée aujourd'hui ?

Farès s'étire et sourit. Je me réfugie contre sa poitrine, laissant ses poils épars me chatouiller le nez.

– Mon cheval est un peu fatigué, mais il nous mènera où tu voudras.

Il caresse mes cheveux, j'observe l'ombre d'un arbre qui danse sur le mur.

– Ils annoncent une météo splendide, on pourrait visiter la Rhune.

– C'est un pays celtique ?

Je ris et me redresse pour le regarder en souriant.

– C'est un sommet à une heure d'ici, près de Saint-Jean-de-Luz. Tout en haut, on peut voir l'océan, le Pays basque, l'Espagne et parfois même jusqu'à la dune du Pilat. On peut y monter avec un train. J'ai toujours eu envie de le faire et ça nous ferait du bien de sortir de Seignosse.

Il acquiesce et écrase ses lèvres sur les miennes avant de quitter le lit.

– Alors nous n'avons pas de temps à perdre, dit-il, théâtral. Prenons des forces et préparons notre paquetage.

Je pouffe comme une gamine, il enlève le drap qui me recouvre.

– Holà ! Mademoiselle n'est pas assez vêtue ! s'exclame-t-il, faussement outré par ma seule petite culotte. Vous méritez la fessée !

Il me tire par les chevilles, je ris en me débattant. Il me tape sur les fesses. J'arrive à attraper ses mains avant qu'il ne recommence.

— Tu as dormi combien d'heures cette nuit ?

— Trop ! Ou pas assez !

Il se penche pour m'embrasser.

— Debout, si tu veux partir à l'aventure toute la journée.

Nous prenons la route sur les coups de dix heures dans une étrange bonne humeur. Farès est rayonnant, il porte un tee-shirt bleu ciel qui met en valeur la couleur dorée de sa peau, sa barbe a légèrement repoussé et je la préfère comme ça. Depuis sa crise d'angoisse et notre discussion à propos de son enfance, je le trouve différent. Il ne parle plus pour ne rien dire comme il le faisait, ne cherche plus à combler le vide. Il partage avec moi des réflexions plus profondes sur son passé, ses attentes dans la vie et se confie sur ses faiblesses, les choses qu'il aimerait changer. Il semble renouer avec lui-même et une forme de simplicité. Il est plus taquin et se laisse aller à faire des blagues, comme ce matin. Est-ce que cela veut dire que tout va mieux ? J'en doute. Nos conversations l'aident certainement à faire le tri, mais pour l'instant, rien n'en ressort. Il ne prend pas de décision particulière et je sens encore l'angoisse suinter lorsque je parle des mois à venir. Suivant les conseils de Louis, je reste patiente, pèse mes mots et m'efforce de lui donner l'énergie nécessaire à avancer, avec des initiatives comme celle d'aujourd'hui.

Nous longeons la côte jusqu'à Bayonne, je fredonne timidement sur les chansons qui passent à la radio lorsque Farès commence à chanter à tue-tête. Je suis surprise par sa voix plutôt mélodieuse et éclate de rire, gênée.

— Tu te moques ? demande-t-il en souriant.

— Non, ça me fait drôle de t'entendre !

– Tu ne chantes pas en voiture ?

– Si, mais toute seule.

Il monte le son et crie :

– Voilà, comme ça tu peux y aller !

Je ris et lentement, j'ose en faire autant sur les morceaux que je connais bien. À Saint-Jean-de-Luz, nous prenons plein est sur une chanson de U2 et après une dizaine de kilomètres, nous atteignons la station de la Rhune.

– Mon cheval a chaud ! dit Farès en se garant à l'ombre.

Le soleil tape fort, il fait déjà vingt-cinq degrés et la jauge de température du moteur est montée au-dessus du milieu. Farès me lance un coup d'œil.

– Cet automne, si on m'annonce une bonne nouvelle, je te trouverai un carrosse digne de ce nom.

Je caresse sa joue en lui souriant, puis m'extirpe de l'habitacle.

– Allons-y, nous allons louper le départ.

La gare du train qui grimpe sur la Rhune nous plonge dans l'ambiance du Pays basque avec ces bâtisses aux façades blanchies à la chaux et aux colombages rouges ou verts, qui s'accrochent à flanc de colline ou s'alignent harmonieusement dans les villages et les villes au sein de petites rues paisibles. J'adore le style du Pays basque et la quiétude des Landes, ce coin de France m'ira très bien le jour où je poserai mes bagages, mais il y a certainement d'autres endroits, d'autres pays magnifiques à voir et à découvrir avant ça.

Alors que nous attendons le train, je partage avec Farès mes réflexions de la veille. Je lui parle de mon envie d'essayer le *Workaway* pour trouver une activité dans laquelle je pourrai m'épanouir et, pourquoi pas, créer mon indépendance. Pour montrer à Farès que, pour moi non plus, rien n'est acquis, je précise les interrogations toujours en suspens : vais-je aimer vivre chez l'habitant tout le temps ? Qu'en est-il de mes repères qui me sont chers ? Devrai-je m'acheter un van ou une caravane, si je reste en Europe, pour avoir mon chez-moi au fil de mes déplacements ? Dans ce cas-là, comment ça se passera pour la domiciliation, le courrier, les impôts ? Farès m'écoute sans m'interrompre, jusqu'au moment où il annonce :

— Une caravane, ça sera toujours mieux aménagé que les apparts que j'ai pu avoir. Mais c'est un peu petit, non ?

Je le regarde, surprise. Il me tire contre lui en souriant et dépose un baiser dans mes cheveux. Le train arrive et je suis émerveillée comme une enfant : je ne me souvenais pas que c'étaient de vieux wagons authentiques.

— Ce train existe depuis 1924, je trouve ça fou ! s'exclame Farès.

Dans ses yeux brille le même enthousiasme. Nous montons à bord et nous asseyons sur le banc en bois verni près de la fenêtre dans le sens de la marche.

— Comment tu sais tout ça ?

— Tu crois que j'ai chômé pendant que tu traînais sous la douche ce matin ?

Je glisse une main dans la sienne et la pose sur mes cuisses.

— Qu'est-ce que mon petit génie a appris d'autre ?

— Ceci est un train à crémaillère de collection !

Je fronce les sourcils :

— À « crémaillère » ?

— C'est un chemin de fer à traction par le contact d'une roue dentée sur un rail spécifique, répond Farès très sérieusement.

— Un peu comme dans les parcs d'attractions, quand tu arrives en haut et que ça fait des « clac-clac-clac » ?

Il me dévisage, sceptique.

— Je n'ai jamais mis les pieds dans un parc d'attractions.

— Une fête foraine, alors ?

Le départ est annoncé, les agents referment les portières et les verrouillent. Une brise chaude circule par les grandes ouvertures qui permettent d'admirer la vue.

– Les fêtes foraines, c'était pour être entre potes et déconner avec les filles. Je crois qu'à part le carrousel, je n'ai jamais fait de manège.

Je souris en imaginant Farès dans des montagnes russes. Est-ce qu'il restera impassible comme il peut l'être parfois ? Ou hurlera-t-il, mort de peur ?

– Oh, j'aimerais bien t'y voir !

Il plante un doigt dans mes côtes, je sursaute en riant. Le train entame son ascension et nous retrouvons aussitôt notre calme. Je ne m'attendais pas à ce que la pente soit aussi raide et je suis heureuse d'avoir appris qu'un système « à crémaillère » nous empêche de repartir en arrière ! Après quelques minutes, nous dépassons une série de pins et découvrons soudain une vue sur le Pays basque et l'océan.

– C'est incroyable.

Je suis accrochée au bord de la fenêtre, Farès se tient juste derrière moi.

– On dirait que la terre penche, dit-il.

En effet, l'horizon ne semble pas droit, tellement la pente est forte. Ça me donne le vertige, alors je laisse traîner mon regard sur la verdure qui nous entoure, les toits rouges un peu plus loin.

– De l'autre côté ! s'écrie Farès.

Je me tourne. J'en avais presque oublié la vue qui se profile aussi à notre gauche. Au-delà de la colline, nous devinons un vaste territoire, dans lequel se dessinent les champs aux couleurs diverses et les villes.

– J'adore les montagnes, souffle-t-il.

Nous pouvons en effet admirer les prémices des Pyrénées qui vallonnent la région. De petits nuages blancs s'accrochent sur quelques sommets, c'est splendide. Pendant les trente-cinq minutes de montée qui nous mène à neuf cent cinq mètres d'altitude, nous restons silencieux, ma main serrée au creux de la sienne. Nous observons tour à tour l'océan ou la terre de plus en plus abrupte, un fin mélange de pierres grises et de pelouse verdoyante. Nous pouvons aussi voir les rails qui se faufilent vers le sommet de la Rhune que nous apercevons. Il y a même des chevaux et des poulains qui broutent sur notre passage au milieu des buissons.

Le flot de touristes, dont nous faisons partie, se déverse à l'arrivée du train en haut de la Rhune : tous partent en direction du point le plus haut et, pour échapper à la foule, nous faisons l'inverse. Nous empruntons la route en gravier sur la gauche, dépassons la petite ruine en pierre qui sert d'abri aux chevaux et atteignons une vue panoramique et de très belles formations rocheuses qui s'avancent au-dessus du vide. Nous montons sur l'une d'elles pour observer le paysage. Farès m'entoure de ses bras, puis cale sa tête au creux de mon épaule.

— Me voilà hors la loi, murmure-t-il.

Je lève les yeux vers lui sans comprendre.

— Nous sommes en Espagne, la frontière passe juste ici.

Il doit deviner l'inquiétude qui me saisit et m'embrasse pour taire mes questions.

— C'était une chouette idée cette visite, dit-il en se reculant. Je me sens bien.

Il resserre son étreinte et je soupire en posant mes mains sur ses avant-bras. Nous restons une longue minute sans rien dire, puis nous retournons lentement vers le sommet. Je suis époustouflée par la vision qui s'offre à nous : nous voyons la baie de Saint-Jean-de-Luz, Guétary, Bidart et Bayonne, mais malheureusement, pas beaucoup plus loin. Les plages de Landes, la dune du Pilat sont dissimulées par les embruns.

– Tu veux manger quelque chose ? me propose Farès.

– Oui, mais pas ici. Je préfère déjeuner sur le port de Saint-Jean-de-Luz.

Farès m'embrasse en guise d'accord et nous rejoignons la queue pour le train du retour. Lorsque je regagne le banc en bois pour la demi-heure de descente, je me sens sereine. Farès est plongé dans ses pensées, lui aussi apparemment détendu.

– Ne rien faire de particulier aide vraiment à y voir plus clair, lâche-t-il après un long silence.

Il est assis contre moi, ses jambes nues effleurent les miennes et mon bras est passé autour du sien.

– Je réfléchissais à ton idée de bouger… C'est drôle comme la société rend des choses aberrantes tout à fait normales. Faire des études pour ensuite trouver un travail et enrichir une personne au-dessus de toi. Je ne critique pas le patronat, mais au final, tu construis quoi, pour toi ? Rien. Tu n'es même pas toujours payé à la hauteur de tes efforts et tu peux trimer pour que la boîte en question grossisse, alors que toi, tu continues avec ton salaire et ta routine. Et quand ton contrat s'arrête, tu finis sans rien. Tu n'emmènes pas avec toi tout ce pour quoi tu as bossé et tu retournes à ta vie de non-sens.

Je reste songeuse un instant face à ces soudaines confidences, puis demande en entrecroisant nos doigts :

– Et les entrepreneurs ?

Farès réfléchit en observant le paysage, avant de lancer :

– Être indépendant, c'est un peu différent, car tu es le seul à définir ce que tu gagnes et à devoir faire le nécessaire. Si ça plante, tu ne peux qu'en vouloir à toi-même. Mais je me suis aperçu avec des potes que même quand tu travailles pour toi, tu n'arrives pas à sortir de la routine du salariat. Tu te forces à bosser huit heures par jour, tu te culpabilises si tu te reposes, tu n'oses pas t'arrêter quand tu es à deux doigts de craquer et, finalement, tu te tues à la tâche.

– C'est vrai, ça semble un peu cinglé.

Nous haussons tous deux les épaules. Farès hésite, puis poursuit :

– Si tu renoues avec la vie et sa simplicité, tu te rends compte qu'il ne faut pas grand-chose pour vivre et être heureux. Pas besoin d'une baraque de cent mètres carrés, d'une bagnole dernier cri, d'un téléphone hors de prix, de nouveaux vêtements chaque saison et de la malbouffe à profusion. Regarde, toi par exemple. Tu manges très peu et tu ne crèves pas la dalle, tu t'achètes un kilo de courgettes pour trois euros, au lieu de chips et de bonbons qui en coûtent quatre fois plus. Tu portes toujours les mêmes fringues et tu n'es pas malheureuse…

– Comment ça, je porte toujours les mêmes fringues ? dis-je, faussement outrée.

– Ça me va très bien, rassure-toi, répond-il en souriant. J'aimais bien aussi tes petites robes de chasteté, avec des boutons à n'en plus finir, les tissus soyeux… mais à quoi ça sert ?

Je hoche la tête. Je le comprends parfaitement, ce n'est pas pour rien que ma garde-robe tient aujourd'hui sur deux étagères. En limitant mes choix, je me suis également aperçue que j'économisais de l'énergie : plus besoin de tergiverser tous les matins. J'ai donc peu de vêtements et il me suffit de les combiner en y ajoutant un ou deux bijoux pour rendre chaque jour différent.

– Si on était plus minimalistes et si on savait mieux gérer notre argent, on ne se sentirait plus obligés de bosser comme des acharnés, poursuit Farès. Peut-être qu'en prenant plus le temps pour réfléchir à ce qui nous fait mal, on n'aurait plus besoin de combler des vides en surconsommant ? Je ne suis clairement pas parfait, mais j'ai toujours été heureux avec très peu et j'ai parfois envie de pousser le vice un peu plus loin en faisant tenir ma vie dans un sac à dos.

– Tu veux finir baba cool dans une roulotte ?

Farès rit.

– Non. J'aime avoir un endroit propre, où je peux me laver et aller facilement aux toilettes sans combattre les éléments et les insectes ! C'est pour ça que ton idée de van ou de caravane me chiffonne. Il doit exister un moyen de vivre hors de la prison qu'est la société et le salariat, sans pour autant la rejeter complètement. Je n'irai pas jusqu'à dire qu'on n'a plus besoin d'argent, d'eau et d'électricité, je ne souhaite pas devenir un « décroissant » et je pense que le travail est important. Il est une source d'épanouissement, mais surtout quand on le fait pour soi et pour les bonnes raisons.

La gare du train approche, un étrange malaise me saisit et je reste silencieuse jusqu'à notre arrêt. Je m'apprête à marcher vers le parking, Farès m'attrape par la main et me tire en arrière avec douceur.

– J'ai dit quelque chose qu'il ne fallait pas ? demande-t-il en repoussant les longues mèches de mes cheveux qui se glissent entre nous.

J'hésite.

– J'aime tout ce que tu as raconté, je me sens en phase avec tes propos…

– Mais ?

– Mais maintenant, Farès ?

Il pince les lèvres.

– Tu penses qu'on peut s'épanouir dans le travail, tu pourrais trouver quelque chose en attendant la réponse du juge, non ? Tu m'as dit que tu chercherais et je ne crois pas que tu l'aies fait. Pourquoi ?

Il baisse les yeux, le visage soudain fermé. Je suis triste d'ouvrir cette conversation, mais il ne doit pas se laisser porter par la facilité de notre train de vie, alors qu'il ne dort toujours pas mieux et que son anxiété ne diminue pas.

— Je ne sais pas pourquoi, avoue-t-il. Et je ne vois pas quoi chercher.

Il se recule en soupirant, fait quelques pas pour s'éloigner. Je sens qu'il ne faut pas aller plus loin, pas ici, alors je me glisse derrière lui, passe mes bras autour de son torse et pose ma tête contre son dos.

— On va trouver, ensemble. Pour l'instant, allons manger. Une nouvelle expérience culinaire, ça te tente ?

Il se retourne, un petit sourire vient à nouveau illuminer ses prunelles sombres. Sans répondre, il prend mon visage entre ses mains chaudes et m'embrasse avec passion. J'y devine un « merci » silencieux, un amour infini. Mes doigts effleurent ses hanches et mes pensées manquent de chavirer au moment où il se recule.

— En route ! dit-il en m'entraînant vers le parking.

Nous rejoignons Saint-Jean-de-Luz, où je nous ai trouvé sur internet un restaurant de fruits de mer très bien noté avec vue sur le port et les mâts. Comme je m'en doutais, Farès n'a jamais mangé d'huîtres, de crabes, de bigorneaux, d'escargots ou de langoustes. Bien que je n'aime pas l'idée de tuer ces petites bêtes pour des plaisirs gustatifs, je suis heureuse de faire une exception pour ouvrir les horizons de mon chevalier-curieux. Ses hésitations et sa maladresse me font beaucoup rire : j'esquive ainsi les bulots volants au-dessus de la table et manque de partir en courant alors qu'un haut-le-cœur le secoue au moment d'avaler les escargots. J'adore la façon dont il réserve la chair du crabe sur le coin de son assiette pendant de longues minutes avant de tout engloutir en une seconde. Nous attendons la note, je finis mon verre de vin blanc en lui souriant d'un air malicieux.

— Promets-moi, Éléa.

Il pose sa main au milieu de la table, je la saisis en l'interrogeant du regard.

– Promets-moi que cet automne, quelle que soit la réponse du juge, tu réaliseras ce que tu as prévu.

– Mais tu ne sais pas quand tu auras cette réponse…

Je m'apprête à lui dire que ça ne doit pas l'empêcher de trouver une activité, d'imaginer une suite ensemble, mais il me coupe :

– Je n'ai pas le droit de quitter la France et je dois pointer à Dax toutes les semaines. Je ne veux pas que tu m'attendes pour faire ce dont tu rêves.

Il renforce la pression sur mes doigts, en se penchant un peu plus vers moi.

– Ton contrat se termine fin septembre. Fais-moi la promesse qu'en novembre, tu seras là où tu en as envie, sans me prendre en considération.

Je suis figée, la bouche ouverte, la gorge nouée.

– Éléa…

Il m'implore du regard, j'acquiesce doucement. Il monte ma main à ses lèvres et y dépose un baiser. Mon cœur bat la chamade : je ne peux pas me projeter dans un avenir aussi sombre, moi partant faire ma vie, pendant qu'il reste ici… ou pire, qu'il soit enfermé derrière les barreaux. Je n'ose imaginer ce qu'il doit ressentir à cette perspective, comprends l'angoisse qui l'étreint même si je l'encourage à aller de l'avant… mais moi ? Arriverai-je à vivre pour nous deux ?

23

J'enquille à nouveau pour quatre jours de travail, avec un nouveau moniteur venu soutenir Patrick pendant les cours, car les élèves sont de plus en plus nombreux. C'est un gaillard de quarante ans qui n'a pas la langue dans sa poche, gentil, mais un peu trop démonstratif à mon goût. Il parle et rit trop fort, et ne semble pas pouvoir s'empêcher de donner son avis, même quand on ne lui demande pas. Je m'adapte à sa présence, apprécie son aide, tantôt pour l'ouverture, tantôt pour la fermeture. Mireille me manque, bien qu'elle passe de temps en temps à la boutique.

– C'est un bon prof, c'est déjà ça.

Voici ma conclusion auprès de Solange pendant notre déjeuner. Elle me raconte comment sa rupture avec Éric évolue et sa reprise de liberté sentimentale. Maintenant que toutes ses affaires sont revenues dans son appartement à Dax, elle doit rapidement trouver un plan B pour ne pas faire quarante minutes de route matin et soir. Mon cœur se serre lorsqu'elle aborde les SMS insistants d'Éric, ses visites régulières à son travail, et je devine l'immense peine qu'il doit ressentir. Je m'abstiens pourtant de faire des réflexions et la laisse gérer : elle semble aller bien, pour le moment, c'est le plus important. Bien sûr, dans le domaine des garçons, nous parlons également de Farès, mais j'avoue apprécier quand nous ne le faisons pas : j'ai aussi besoin de penser à autre chose pour avoir la force d'affronter les prochaines semaines d'incertitude qui nous attendent.

Pendant mes heures de travail, je m'inquiète toujours pour lui, mais comme me l'a rappelé Louis, je ne peux pas prendre l'entière responsabilité de ce qu'il fait de son temps libre. Je le laisse donc vaquer à ses occupations, non sans négliger de lui remémorer de réfléchir à ce qui l'angoisse durant mon absence. Pour le sortir de sa torpeur, je lui propose aussi directement des solutions. L'une d'elles a été de soulager ses insomnies pour lui permettre de se reposer et d'avoir l'esprit plus clair. Docile ou désespéré, Farès a accepté de tester l'homéopathie et de brèves séances de relaxation avant de nous coucher, toujours à la même heure. Après quatre jours, ce traitement ne semble pas faire de miracle, mais il m'a avoué se sentir moins à cran. Je l'ai cru, jusqu'à ce soir.

Je rentre à la maison lessivée et moite de sueur. Après avoir embrassé Farès sur le parking, alors qu'il aspirait l'intérieur de la Mégane, je m'empresse de prendre une courte douche. Nous avons prévu de faire quelques courses dès mon retour, mais j'ai besoin de me rafraîchir. Je sors de la salle de bains et me cale sur la terrasse, le temps de souffler. Après quelques minutes, Farès me rejoint. Lorsqu'il s'assied sur la chaise face à moi, à la lumière crue du jour, je le remarque alors : le bleu près de son œil. Ce dernier a légèrement jauni et ce n'est qu'avec cette couleur, à l'ombre de sa paupière, que je peux le distinguer. Surtout, je détaille les petits points rouges en haut de son front. Farès fuit soudain mon regard : il sait ce que je suis en train de comprendre. En effet, je n'ai pas besoin d'explication. Il m'est arrivé d'avoir des excès de souffrance tels que je devenais mon propre exutoire. Je me suis mis des gifles, des coups pour évacuer la pression, surtout après le décès de mon père. Et j'ai la preuve aujourd'hui que Farès en arrive à ces mêmes extrémités.

Je n'ai peut-être pas les compétences pour l'aider et peut-être devrais-je l'envoyer chez le psy. Je ne peux que m'appuyer sur mon empathie, mon propre vécu, rien ne m'assure que cela fonctionnera, mais c'est maintenant que Farès a besoin de moi. Il est à nu, il ne peut plus se cacher : je dois saisir cette occasion, coûte que coûte, pour dévoiler ce qui le ronge. Je regroupe alors mes forces pour affronter la conversation qui nous attend. Je prends une voix douce et claire au moment de me lancer dans l'arène :

— Tu t'es fait ça ?

Farès hausse les épaules, tire sur le bas de son tee-shirt dont il observe les coutures.

— C'est arrivé quand ?

— Avant-hier…, avoue-t-il dans un murmure.

Passé la surprise, je trie parmi les questions qui me submergent, choisis la plus importante :

— Qu'est-ce qui a déclenché ta colère quand tu t'es frappé ?

Je ne passe pas par quatre chemins volontairement pour crever l'abcès. Je n'ai aucune idée des conséquences, mais il faut absolument que Farès crache ce qu'il a sur le cœur quand il en vient à avoir ce genre de geste, s'il souhaite aller mieux.

— Un type est venu me taxer une cigarette sur le parking. Je lui ai donné tout mon paquet en lui disant que je comptais arrêter… On s'est mis à parler, il m'a demandé ce que je faisais dans la vie et je n'ai rien trouvé à lui répondre.

Je découvre que Farès n'a pas totalement arrêté le tabac comme il me l'avait annoncé et qu'il cachait bien son jeu. Je prends sur moi pour ignorer cette information, alors que ses mâchoires se serrent. Je lis sur ses traits l'émotion qui le submerge. Du bout des lèvres, il poursuit :

— J'ai… j'ai cherché pendant des jours, des heures, comment je pourrais gagner ma vie en attendant le jugement, puis je me suis rappelé que c'était peut-être inutile… L'espace d'un instant, je me suis revu là-bas, dans cette cage…

Il s'arrête, je l'encourage :

— C'est ce qui t'a mis en colère ?

Il fait signe que « non » et prend son temps avant de prononcer ces mots :

— J'ai commencé à me sentir mal, mais ça a empiré quand j'ai imaginé être innocenté. Qu'est-ce que je ferais de ma vie, alors ? Je me suis souvenu que je n'avais plus grand-chose, j'ai repensé à mes beaux discours sur l'indépendance, ma confiance vaine… Je ne sais pas, j'ai déraillé. C'est monté, je me suis dit que je ne servais à rien, que je n'étais même pas foutu d'appeler ma mère pour la rassurer, que j'étais qu'un minable apeuré par des annonces de boulot, qui chouine toute la journée…

Il serre les poings sur les accoudoirs de la chaise. L'envie de venir près de lui m'oppresse, pourtant je garde une certaine distance. J'imagine que je ne dois pas mêler mes sentiments à ceux de Farès et plutôt le laisser avec lui-même, pour ne pas lui donner d'échappatoire. Je réfléchis une seconde : nous avons déjà eu cette conversation, mais Farès ne semble pas dans le même état que d'habitude. Je sais d'ores et déjà que la conclusion ne sera pas la même et j'essaie avec précaution :

— Tu as au moins quatre mois de liberté devant toi, tu peux faire ce que tu veux, en profiter à fond, comme nous allons le faire en étant ensemble… sauf que tu dois aussi trouver quelque chose pour toi, une activité dans laquelle tu vas t'épanouir…

— Mais je n'ai aucune idée de ce que ça signifie ! s'exclame Farès en me dévisageant. Je n'ai jamais été libre avant, je n'ai jamais cherché à m'épanouir… Je n'ai jamais eu le choix.

— Ou plutôt tu n'as jamais décidé. Tu as eu le choix de ne pas en faire.

C'est sorti un peu vite, alors je lui reparle de nos discussions sur l'avenir il y a quelques mois, quand il me disait que, même après ses ennuis de boulot, il resterait lié à la capitale. Farès a toujours rêvassé devant des émissions télé ou des magazines, sans jamais chercher à vivre ses rêves. J'ajoute, avec plus de douceur :

– Tu peux changer ça, maintenant. Créer quelque chose de nouveau, qui te rapproche de ce que tu aimes. Même si ça doit être temporaire, au moins tu auras fait ça. Tu ne vas pas passer quatre mois à te mettre dans une prison mentale sous prétexte que tu risques d'être écroué.

Il me jette un regard noir en pinçant les lèvres, puis hausse les épaules de dépit.

– Comment savoir ce que je veux faire ? Il existe tellement de possibilités…

Je grimace. Ces questions, je me les suis posées des centaines de fois et même si j'ai trouvé aujourd'hui une forme de quiétude, je n'ai pas encore de réponses exactes. Je cherche dans ma mémoire comment j'en suis arrivée là et demande :

– Qu'est-ce qui te fait plaisir dans tes journées ? En dehors du moment où tu es au fond du trou, quand te sens-tu heureux ?

Farès soupire. Je devine les efforts qu'il doit fournir pour se projeter dans des émotions positives, alors qu'il voit tout en noir.

– Quand tu me dis que tu aimes ce que j'ai cuisiné ?

Il m'interroge du regard avec un petit sourire malin, je m'applique à ne rien laisser paraître, aucun jugement ou assentiment. Il doit choisir seul, pour lui-même et non pour moi. Son sourire s'efface, il baisse les yeux sur ses mains.

– Quand… quand je bricole des trucs ici pour que tu te sentes bien, murmure-t-il plus sérieusement. J'aime bien faire un peu de mécanique, aider le voisin à tailler sa haie…

Je suis soulagée qu'il prononce ces mots, car c'est exactement ce que j'ai remarqué. Même si son enthousiasme reste parfois surfait, il n'est jamais aussi joyeux que lorsqu'il dépanne à droite et à gauche. Il pourrait me parler pendant des heures de la manière dont il a réparé telle ou telle chose et surtout, de la relation qu'il a nouée avec untel, comment il a troqué des pots de confiture ou de miel contre ses menus services. Je vois là une percée dans notre discussion, mais Farès s'emporte soudain.

– Que veux-tu que je fasse ? hurle-t-il. Comment veux-tu que je vive de tout ça ?

– Ce n'est pas moi qui ai créé une entreprise.

– Je l'ai fait avec mon meilleur pote et tous les autres qui nous ont soutenus.

– Tu es capable de construire quelque chose autour de ces activités que tu apprécies faire. Tu pourrais même te faire embaucher pour ce genre de travaux, en attendant de savoir s'il y aura un non-lieu, puis pourquoi pas te monter en indépendant. Il…

– Encore un métis qui fait les petits boulots dont personne ne veut, quel cliché ! me coupe Farès avec dégoût, des larmes dévalant ses joues.

Je ravale ce que j'allais dire avant d'entendre cette phrase. C'est la première fois que Farès fait mention de sa couleur de peau. Sciée, je demande dans un souffle :

– Qu'est-ce que vient faire le métissage là-dedans ?

Farès, les muscles bandés, vomit ce qu'il a sur le cœur :

– Toute ma chienne de vie, j'ai essayé de ne pas correspondre à ces foutus stéréotypes du pauvre beur issu de parents immigrés qui a grandi dans une putain de cité et qui finit assisté par le système ou trafiquant ! J'ai toujours tout fait pour échapper à la tentation de la facilité, j'ai résisté à l'appel de la rue, j'ai monté cette boîte de merde avec cet enfoiré et voilà où j'en suis ! Je suis exactement tout ce que je ne voulais pas devenir : un Arabe qui a fait de la taule pour fraude fiscale !

Je le dévisage, alors qu'il contient la haine qu'il s'inspire, les traits tirés. Il n'avait pas perdu son calme ainsi depuis notre dispute après le restaurant. Je repense à son histoire avec son père, la visite au commissariat après avoir fait les poches d'un flic de la BAC… Farès n'avait pas touché le nœud du problème : oui, il avait déçu son père, mais plus encore, il s'était déçu lui-même. En finissant au poste pour ce genre de délit, il rentrait exactement dans les stéréotypes qu'il fuyait : le jeune voyou, métis et déjà condamné à tricher toute sa vie.

— Ce n'est pas possible d'en être arrivé là…

Farès plonge son visage entre ses mains en secouant la tête. Cette fois, je me lève et me cale derrière lui, l'enserre de mes bras, embrasse sa nuque bouillante. Je murmure au creux de son oreille :

— Ce n'est pas de ta faute.

Replié sur lui-même, Farès grogne comme s'il se retenait de hurler. Je renforce mon étreinte, répète cette vérité en boucle, jusqu'à ce que sa colère s'apaise. Lorsque je le sens prêt, je le relâche et viens m'agenouiller face à lui. J'ignore les larmes qui s'accrochent à ses cils et plante mes yeux dans les siens :

— Tu n'as pas encore été condamné et tu sais au fond de toi que tu as fait ce qui était juste. Tu as dénoncé les méfaits d'Alain, tu as eu le courage de le faire pour respecter tes principes et tes valeurs, ce en quoi tu croyais. Malheureusement, tu as dû aller en prison et, qu'importe la réponse du juge, tu as fait ce qu'il fallait.

Je sens à quel point cette conditionnelle complique ses pensées et mon discours, mais je ne peux pas le laisser s'enfoncer pendant des mois. J'ajoute :

– En attendant, le reste ne tient qu'à ta façon d'interpréter cette épreuve. J'ai beaucoup souffert quand tu es parti et on m'a récemment expliqué que pour souffrir moins, je devais trouver un sens à cette douleur. On m'a aussi dit que si tu ne m'avais pas quittée, je ne serais sûrement pas là aujourd'hui, à vivre au bord de l'océan et à faire ce que j'aime.

Je repousse les mèches collées à son front, cherche son regard.

– Ce que tu as traversé a un sens, Farès. Tu as décidé de balancer ton meilleur ami, tu connaissais les risques et c'est peut-être ce que tu attendais : que tout soit détruit pour avoir une chance de recommencer.

Farès plonge ses yeux rougis dans les miens, je lui souris.

– Est-ce que tu veux saisir cette chance maintenant de construire quelque chose avec moi, pour toi, quelle que soit la réponse à l'automne ?

Il relâche une expiration chevrotante, pose sa tête sur mon épaule. Je caresse sa nuque de longues minutes, puis murmure :

– Toi seul décides qui tu es. Tu n'as pas l'impression qu'en te considérant comme un métis qui doit être sauvé des clichés, tu te victimises et tu t'enfermes dans ce carcan de la société ? Est-ce que tu te sentirais plus en harmonie avec toi-même en te voyant tel un chevalier venant au secours de ceux qui en ont besoin ?

Il se redresse, m'observe une seconde, l'air hagard.

– Je crois que je comprends ce que tu dis.

Il se lève, me tend une main pour m'aider à en faire autant.

– Tu peux faire les courses sans moi ? demande-t-il.

– Oui… Pourquoi ?

– Je vais marcher sur la plage.

Je repense un instant à ce cauchemar horrible où Farès courait vers l'eau pour se noyer. Il doit sentir mon inquiétude, affiche un pâle sourire.

– Promis, après ça ira mieux. J'ai… Je n'avais jamais dit ça avant, par rapport au « beur qui finit en taule ». Je crois que je dois y réfléchir.

Je hausse les épaules, glisse ma main dans la poche arrière de son jean. Il rit en se trémoussant, mais je ressors les clés de la Mégane, puis me hisse sur la pointe des pieds pour l'embrasser.

– Je t'aime, mon chevalier, reviens-moi sans armure.

24

Nous profitons de mes deux jours de repos pour continuer à découvrir la région. Nous remontons la côte vers Arcachon pour voir la dune du Pilat, passons une nuit dans un petit hôtel de Bordeaux, parcourons les vignobles. Un week-end en amoureux qui, j'espère, deviendra notre futur mode de vie : visiter, se laisser guider au gré de nos envies, de notre curiosité sans avoir besoin de revenir à un point initial. En retournant au travail le vendredi, il me tarde de pouvoir sillonner à nouveau la route avec Farès à mes côtés, je le souhaite de tout cœur. Il ne m'a pas parlé de ses réflexions et marche maintenant une heure chaque jour. J'ai mis à sa disposition les questions de l'exercice des cinq ans et un nouveau cahier est apparu près de mon carnet. Farès semble prendre les choses en main et il a l'air d'aller mieux. Comme Solange, je distingue de subtils changements dans son humeur, l'intensité de ses émotions, ses gestes ou ses paroles. Je le sens plus serein, plus calme et je le vois aussi à son sommeil. Il poursuit l'homéopathie et nos rituels de relaxation : la nuit, il est ainsi plus souvent endormi à mes côtés que dans le salon sur mon ordinateur.

Pour autant, je reste méfiante puisqu'il ne partage pas ses réflexions et j'ai peur de découvrir qu'il fait encore des crises d'angoisse ou qu'il fume en douce… J'imagine que la venue de Louis demain sera un test et j'espère qu'il ne me fera pas la même scène qu'avec Arthur. Afin que tout se passe au mieux, j'ai joué cartes sur table en expliquant à Farès que Louis était mon ex, que nous étions très proches, mais qu'il n'avait rien à craindre. Il ne m'a pas abreuvée de questions et s'est contenté de hausser les épaules en souriant.

— On devrait aller pique-niquer, dit-il après m'avoir embrassée.

Je reviens de Boardingmania, il est plus de vingt heures trente. La journée a été longue et chaude, je n'ai pas pu prendre l'intégralité de ma pause à midi tant la boutique était pleine à craquer. Le mois de juillet vient à peine de commencer et Mireille m'avait prévenue : c'est la cohue et j'avoue que passer un peu de temps sur le sable devant l'océan me ferait le plus grand bien.

— Tu as déjà tout préparé ?

J'entrouvre le sac isotherme dans lequel se trouvent quelques Tupperwares et une bouteille de rosé.

— Oui, et pas de vinaigrette ratée aujourd'hui.

Je ris et attrape la couverture qu'il me tend.

— On devrait prendre ça aussi, comme tu es frileuse.

Il saisit le plaid bariolé du canapé, avant de s'emparer du sac.

— Allons-y.

Nous marchons jusqu'à la plage, j'apprécie la brise tiède qui soulève mes cheveux et rafraîchit ma nuque. J'avise avec impatience le poste de secours qui se dresse devant nous : j'aime ces quelques secondes en haut de la dune où, juste à l'orée du goudron, commence à apparaître l'océan. Je m'arrête pour admirer cette étendue bleue que j'affectionne tant et prends une profonde inspiration. Farès m'observe, radieux. Les boucles qui encadrent son visage dansent dans le vent et je le trouve beau. Portée par une vague de tendresse, je m'empresse de le rejoindre et glisse ma main dans la sienne. Notre paquetage sous le bras, nous marchons une dizaine de minutes et nous installons entre les deux postes de secours, souvent les lieux les plus calmes. Il y a peu de monde, les vacanciers sont partis dîner ou traîner dans les marchés nocturnes. Le spot est parfait, j'étends la couverture et m'assieds près de Farès, qui sort ce qu'il a préparé. Je sens avec gourmandise la salade composée de blé, de petits pois et de crudités diverses.

– Une vinaigrette à la sauce soja ?

– Gagné, répond Farès, fier de lui.

Je bâille en me frottant les yeux.

– Tu n'as plus tes migraines ? demande-t-il alors.

Je jette un regard surpris.

– Non. Pourquoi tu penses à ça maintenant ?

Il rougit, je ne peux me retenir de sourire tellement je trouve ça craquant.

– Hier soir, j'avais besoin de monnaie, je me suis donc permis d'ouvrir ton portefeuille…

Il s'arrête, penaud.

– Et ? Quel lien avec mes maux de tête ?

– Je suis tombé sur une carte pour la pose d'un stérilet, lâche-t-il de façon abrupte.

À mon tour de rougir jusqu'à la pointe des oreilles.

– Tu m'avais dit que la contraception t'aiderait à ne plus en avoir, rappelle Farès. Est-ce que ça fonctionne ?

Gênée, j'acquiesce. Il soupire à côté de moi.

– Ce n'est donc rien d'autre ? Rien de plus grave ? Tu as parlé un jour de ta mère, d'une rupture d'anévrisme…

– Tout va bien.

– Sûre ? insiste Farès.

– Oui, c'est certain.

Rapidement, je lui explique qu'avant de venir à Seignosse, j'ai affronté mes peurs : je suis allée chez le médecin pour demander à faire des examens complets. Compte tenu de mes antécédents, ce dernier a aussi jugé plus prudent d'éliminer cette possibilité. J'ai donc passé un scanner spécifique et attendu les résultats avec beaucoup d'appréhension. Finalement, ceux-ci sont revenus négatifs et l'heure suivante, je fixais un rendez-vous chez ma gynécologue : ce n'était plus vivable d'être ainsi malade à chaque cycle. Tant pis pour les hormones artificielles et tout le reste.

– C'était sûrement la meilleure décision à prendre, dit Farès.

Il débouche la bouteille de rosé. Sa légèreté et son enthousiasme m'intriguent ce soir. Je l'interroge innocemment :

– Comment s'est passée ta journée ?

– Très bien.

Il me sourit, l'air malin. Je fronce les sourcils.

– Est-ce qu'on fête quelque chose ?

Il hausse les épaules, je râle pour la forme.

– Pourquoi tu fais autant de mystères ?

Farès me lance un drôle de regard, je pense un instant à la conditionnelle : peut-il avoir reçu une réponse si tôt ?

– Tu accepterais que ma mère passe quelques jours ici ?

Le verre qu'il vient de me passer manque de me tomber des mains.

– Tu l'as appelée ?

– Oui, ce matin…

Ému, Farès me raconte le courage que cela lui a demandé de prendre son portable, de faire ce premier pas en se sachant incapable de justifier ces semaines de silence. Sa mère s'est mise à pleurer au téléphone en entendant sa voix, elle le croyait mort : dans le quartier, on parlait de la fermeture de sa boîte, d'Alain et des autres en maison d'arrêt. Et lui, où était-il ? N'ayant aucune nouvelle, elle avait imaginé le pire. Quand il a abordé ses deux mois en prison, de la conditionnelle, c'était le moindre des soucis de sa mère. Son fils était vivant, il allait bien, il était même heureux, avec une femme. Farès chasse une larme, je prends sa main dans la mienne.

– Je me sentais terriblement mal de lui avouer que j'habitais ici, au bord de l'océan, alors que je l'avais abandonnée à l'autre bout de la France… mais je crois qu'elle a compris à quel point j'ai eu honte.

Je suis bouleversée par ses confidences.

– Elle m'a dit la même chose que toi… que ce n'était pas de ma faute… qu'elle était fière de moi.

Farès laisse échapper un sanglot, sans pour autant perdre le sourire. Il pleure de joie et j'en suis troublée.

– J'avais besoin de l'entendre…

Il renifle, je pose un baiser sur sa joue.

– Ça sera un plaisir d'accueillir ta mère ici.

– Je ne sais pas à quand remonte la dernière fois qu'elle est sortie de Seine-Saint-Denis. Je l'avais emmenée une journée à Cabourg il y a quelques années, mais depuis…

Farès me regarde un instant, puis se penche pour m'enlacer. Je caresse son dos, m'imprègne de son odeur. La joie pulse dans mes veines, je vois enfin une éclaircie dans le quotidien de Farès. Il finit par se reculer.

– On devrait boire le vin avant qu'il ne se réchauffe, annonce-t-il après avoir déposé un baiser sur mes lèvres.

Le soleil décline lentement, nous baignant d'une lueur orangée, j'admire un instant le scintillement sur l'eau, alors que Farès me sert du rosé.

– Trinquons à la venue de ta maman, dis-je.

– Non, à autre chose.

Je le dévisage. À nouveau son petit air taquin, mon cœur s'emballe. Farès prend une profonde inspiration, plante ses yeux dans les miens.

– J'ai sûrement dégoté un travail.

Je reste bouche bée, il rit et redresse de justesse mon verre qui penche dangereusement. Je décide de le poser dans le sable par précaution et reporte mon attention sur lui.

– Tu m'as dit de trouver un sens à ce qui m'était arrivé, dit-il. Tu m'as même donné une réponse : tout s'est écroulé pour que j'aie enfin une chance de faire les choses autrement…

Il souffle.

– Sauf… Sauf que je ne voyais pas de raison de le faire, avec la conditionnelle, ce couperet qui peut tomber à tout moment, la prison qui me pend au nez…

Il frissonne, alors qu'il se remémore sûrement toutes les angoisses qui l'ont paralysé jusque-là. Je n'ose plus bouger, suspendue à ses lèvres.

– Après toutes ces heures sur la plage, où j'ai parfois chialé d'impuissance devant les touristes…

Je souris malgré moi, il en fait autant, avant de poursuivre avec sérieux :

– J'ai trouvé une raison d'avancer en attendant le verdict de l'enquête.

Je trépigne d'impatience, j'ai presque envie de le secouer, mais il regarde l'horizon un instant. Quand ses yeux reviennent sur moi, j'y devine cette clarté que l'on ressent lorsqu'enfin, on met le doigt sur ce qui nous empêche de progresser et que soudain, tout coule de source.

– J'ai trois mois de répit pour construire quelque chose qui me permettra de tenir, même si la réponse du juge est négative.

Il pousse un profond soupir.

– Je ne veux pas gâcher ce temps si précieux et m'écrouler si je dois finir en taule. Cette idée me hante, mais la seule façon d'y faire face est de trouver les ressources maintenant pour l'affronter. Si je dois repartir là-bas, alors je souhaite le faire dignement, en sachant qui je suis, ce que je laisse et ce que je vais retrouver.

Je reste sans voix tellement ses paroles me bouleversent. Je touche au comble du bonheur : il est sur le chemin, prêt à combattre. Je suis aussi folle amoureuse et j'ai une envie irrépressible de lui sauter au cou. À son petit sourire, il doit le sentir.

– À l'avenir, dit-il en cognant son verre contre le mien.

– Mais tu ne m'as pas dit de quel travail il s'agissait !

– J'ai postulé pour remplacer un gardien dans une résidence pour trois semaines… peut-être plus.

– Donc, bricoler à droite et à gauche, jardiner, dépanner les vacanciers…

Farès hausse les épaules.

– C'est ce que j'aime faire, après tout.

Je trinque avec lui.

– À l'avenir, mon chevalier.

Tout en dînant, nous observons avec émotion le coucher du soleil. Nous parlons astronomie, étoiles et conquête spatiale de longues heures sous la Voie lactée. Nous murmurons presque, jusqu'à nous taire. Je n'ai aucune notion de l'heure, la nuit est tombée, seule la lune nous éclaire. J'ai mis sur mes épaules le plaid bariolé et au chaud, près de lui, l'avenir ne me fait plus peur. Que peut-il nous arriver de pire ? Mourir ? Tout le reste s'arrangera : je finirai par trouver ma voie, vivotant grâce au *Workaway* et quand j'en aurai marre, je pourrai toujours aviser. J'aurai certainement changé, évolué… et Farès aussi. J'espère que nos chemins se suivront, que nous continuerons à avoir les mêmes envies.

– Tu es fatiguée ? demande-t-il doucement.

Dans la clarté de la lune, je distingue ses traits. Je n'ai pas besoin de lui répondre, mon regard suffit. Farès se penche alors, pose une main sur ma nuque et me tire légèrement vers lui.

— Merci, Éléa. Merci, murmure-t-il contre mes lèvres.

Sa bouche prend possession de la mienne et la plage s'éclipse. Farès m'embrasse bientôt avec empressement, tandis que je m'allonge sur le dos. Ses doigts glissent sous mon débardeur, je ne pense pas aux promeneurs éventuels, dont nous n'avons vu aucune trace depuis plus d'une heure. Je me plonge dans cet instant que j'attendais avec impatience et mes mains se faufilent sur sa peau bouillante, suivent les contours de ses muscles. Son ombre se détache sur le ciel étoilé alors qu'il tire doucement sur mon short, je m'efforce de ne pas réfléchir, mais c'est plus fort que moi. Je l'arrête au moment où il saisit les bords de ma culotte en embrassant mon ventre.

— Farès… Je n'ai rien prévu pour ça.

Il se redresse, repousse mes cheveux.

— Ne m'oblige pas à faire un listing, souffle-t-il contre mes lèvres. Je ris.

— Un listing ?

Il s'allonge sur moi, entre mes jambes, mon désir monte en flèche et une pointe de frustration me serre l'estomac. Il passe une main entre nous, descend en territoire conquis, tout en murmurant :

— Tu as une contraception, tu fais le don du sang… j'ai été testé en prison… pourquoi on aurait besoin d'un préservatif ?

Il me mord l'épaule, je plante mes ongles dans sa peau, me cambre alors qu'il se joue de moi.

— À moins que…

Ma respiration est un fiasco et je ne souhaite surtout pas parler d'Arthur ou de qui que ce soit d'autre qu'il soupçonnerait d'avoir été mon amant pendant son absence. Je le pousse doucement pour qu'il se recule et s'allonge sur le dos. Malgré moi, je vérifie qu'aucun voyeur n'en profite, mais nous sommes toujours seuls. Alors, avec malice, je tire sur son pantalon et accepte cette étreinte nocturne, cette union parfaite, sous les astres. Les mains plaquées sur son torse, pendant que je le fais languir, je ne voudrais être nulle part ailleurs qu'à ses côtés. Le bruit des vagues nous accompagne et je renverse la tête en arrière en poussant un soupir lascif. Farès se redresse, je plonge mon regard dans le sien et lui souris avec tendresse. La vie peut être si belle quand on l'accepte telle qu'elle s'offre à nous.

25

Ce jour est certainement à marquer d'une pierre blanche. Je me lève aux aurores, incapable de traîner au lit. Avec un mélange d'appréhension et d'excitation, j'astique la maison de fond en comble pour canaliser mon énergie, sous le regard interpellé de Farès. Pour qu'il ne reste pas dans mes pattes, je l'assigne à la préparation de notre déjeuner, ce qu'il fait avec un petit air malicieux : il comprend très bien ce qui me tracasse.

Lorsque la sonnette retentit, j'ai retrouvé une partie de mon calme, mais mon cœur bat encore la chamade. Je vais pour ouvrir, mais Farès m'attrape dans ses bras pour m'embrasser avec passion, puis sans rien dire, il me relâche pour accueillir lui-même Louis. Anxieuse, je les regarde se serrer la main en échangeant un sourire amical. Je m'approche pour faire la bise à Louis, puis fais les présentations, même s'ils se connaissent déjà sans s'être rencontrés physiquement. Soulagée, j'entraîne Louis sur la terrasse.

– Mais qu'est-ce qui s'est passé ? s'exclame-t-il. Tu as eu la visite de *Silence, ça pousse* ?

Je ris. Ces deux dernières semaines, mon petit jardin s'est transformé. Farès ne s'est plus contenté de tondre la pelouse : il a installé des plantes hautes tout le long de la palissade d'un côté, mis des jardinières avec treillis en bois pour y accrocher des fleurs de l'autre et suspendu un hamac. Il a aussi amélioré la douche extérieure et réparé les fuites de la pergola. Le propriétaire, qui nous a rendu visite hier, était tellement impressionné qu'il a tenu à faire un chèque pour tous les services rendus par Farès sur l'ensemble de ses biens, dont nous gérons toujours les entrées et les sorties des vacanciers.

– J'ai la main verte, dit Farès en nous rejoignant.

– Je n'imaginerais pas ça d'un gars venant du bâtiment, remarque Louis.

– Comme je ne t'imaginerais pas faire du surf avec ton bermuda si je te croisais en costard à Paris.

Tout ça a été dit sans agressivité, les deux hommes se regardent en souriant, a priori heureux d'éprouver leur répartie. Louis porte en effet un bermuda de bain bleu ciel et un polo blanc qui lui donnent un petit côté bobo, très éloigné de Farès, avec son short en jean élimé et son tee-shirt beige sur lequel est dessinée une inscription tribale.

– Farès a trouvé du travail, dis-je pour changer de sujet.

– Ah oui ? se réjouit Louis.

Ce dernier a bien sûr pris de nos nouvelles depuis notre appel, trois semaines plus tôt, mais je suis restée évasive.

– Je remplace un gardien depuis sept jours dans une résidence de vacances à quinze minutes d'ici, explique Farès.

Jusqu'à présent, il n'a pas eu beaucoup d'occasions pour parler de ce nouveau boulot. Je sens qu'il est gêné, appréhende le jugement de Louis, mais je peux compter sur mon ex-petit ami psychologue pour ne pas en penser autant.

– Ça doit t'aller comme un gant si tu es manuel. Et franchement, pour avoir testé des copropriétés avec et sans gardien, tu es sûrement accueilli comme le messie là-bas.

Farès sourit, je m'empresse de dire :

– Oui, c'est un peu ça ! Cela faisait un mois qu'il n'y avait plus personne pour gérer la résidence et les propriétaires qui vivent ici à l'année ont énormément apprécié de retrouver quelqu'un. Farès s'occupe de l'entretien du parc, de nettoyer les parties communes, balayer le parking et de la piscine. C'est ce qui est sur la fiche de poste, mais il en fait bien plus. Les résidents et les vacanciers l'ont déjà pris sous leurs ailes.

– Combien de temps dure ton contrat ?

– Jusqu'à ce que le précédent gardien revienne. Il a eu un accident de la route et des complications. Ça devrait prendre encore un mois, voire plus.

– Génial, si tu y trouves ta place. Le plus important, c'est que ça te plaise !

Louis utilise toujours les bons mots et je vois Farès se détendre. Sans trop d'appréhension, je les laisse pour faire les cafés. Je ne peux pourtant pas m'empêcher de les observer de l'autre côté de la baie vitrée. Ils papotent gaiement et, à leurs expressions, je devine une complicité naissante, mêlée d'un peu de méfiance pour Farès. Je ne pensais pas qu'il serait aussi avenant, lui qui peut se montrer très taciturne quand Arthur passe à la maison pour m'emmener surfer. Je les rejoins et nous nous installons à la table de la terrasse. Farès interroge Louis sur son travail dans une boîte d'événementiel, ses responsabilités, ses projets. Mon chevalier-curieux mène bataille pour comprendre cet univers qu'il ne connaît pas du tout. La conversation se fait simplement, je participe pour éclaircir quelques points, rappeler une anecdote, poser une question. Le téléphone de Farès interrompt notre discussion sur la vie à Pau.

– C'est ma mère, annonce-t-il.

Il se lève et s'éloigne au fond du jardin.

– Elle est venue nous voir le week-end dernier, dis-je.

– Elle est restée ici ? demande Louis en avisant l'intérieur de la maison.

– Oui, nous lui avons laissé la chambre et nous avons campé dans le salon, mais elle était tellement heureuse de retrouver son fils après tout ce temps qu'elle aurait accepté de dormir sur le sol ou dehors s'il l'avait fallu.

– Vous vous êtes bien entendues ?

– Je pense ! Mais je vais devoir apprendre l'arabe pour le savoir. Elle a tendance à parler à Farès juste après avoir interagi avec moi, sur un ton pas toujours plaisant. Il m'a promis qu'elle ne disait rien de méchant et ne critiquait pas, pourtant j'ai du mal à le croire !

– Elle n'a pas été sympa ?

Je hausse les épaules.

– Elle est dure, un peu comme un bulldozer. Même chez toi, tu dois raser les murs pour ne pas te faire écraser… mais c'est étrange, elle sait aussi se montrer très douce et reconnaissante de brefs instants, quand elle embrasse son fils surtout.

– Peut-être est-ce sa façon de se protéger ?

J'acquiesce : c'est également ce que j'en ai déduit. Affalée sur la chaise de jardin, je laisse les souvenirs remonter. C'est drôle, je m'étais construit une image de la mère de Farès un peu stéréotypée : une métisse, petite et forte, recouverte de la tête au pied et voilée. Je ne m'étais pas trompée sur la partie vestimentaire, puisque Farès m'avait prévenue de sur son attachement aux traditions musulmanes. Par contre, Jaïda s'est avérée être grande et légèrement enrobée. Même son dynamisme m'a surprise. Comme elle n'a jamais eu le courage de retourner en Tunisie, d'où elle est originaire, je la croyais du genre passive, à regarder le temps passer en rêvant de jours meilleurs du haut de sa tour HLM. Ce n'était pas complètement faux, mais j'ai aussi découvert une femme qui n'hésite pas à foncer si on lui en donne l'opportunité.

Jaïda, qui angoisse parfois à l'idée d'un simple changement de ligne de bus, n'a pourtant pas rechigné à traverser la France seule en TGV. À aucun moment, elle n'a abordé ses éventuelles peurs et ne s'est plainte du trajet. En la rencontrant, j'ai pu comprendre d'où Farès tenait cette fougue et ce tempérament bien trempé. Jaïda n'y va pas par quatre chemins : elle campe sur ses principes et ses valeurs. Le monde peut bien s'écrouler, il lui en faudra plus que ça pour changer. C'est la raison pour laquelle, malgré toutes ces années ici, elle ne parle toujours pas bien français, signalant ainsi son refus de s'intégrer dans ce pays où elle a l'impression d'avoir été emmenée de force par son mari.

— Elle doit s'inquiéter pour lui, dit Louis.

Je sors de mes pensées, l'interroge du regard. Il observe Farès qui arpente le fond du jardin de long en large, le téléphone collé à l'oreille. La discussion semble légère et joyeuse.

— Il risque vraiment la prison ?

— Si l'instruction n'aboutit pas à un non-lieu cet automne, il sera convoqué pour le jugement. Là, il pourra être relaxé, ce qui paraît peu probable. Sinon, il sera condamné au mieux à du sursis avec une mise à l'épreuve, c'est-à-dire avec l'obligation d'indemniser l'État, les travailleurs non déclarés… au pire, à plusieurs années de prison ferme pour fraude fiscale.

— Ça dépend de quoi ? demande Louis.

— Essentiellement de l'instruction, s'ils parviennent à prouver qu'il n'était pas au courant et qu'il ne pouvait pas l'être, malgré les responsabilités qu'il avait vis-à-vis de la boîte, en tant qu'associé…

Louis m'observe, j'ai un moment de flottement. Les souvenirs des semaines passées m'égratignent le cœur et la menace qui plane sur Farès aussi… Nous jouons à « pile ou face », terme employé par son avocat. J'ajoute, la gorge nouée :

— Farès a une très mauvaise perception de ses origines, à cause des clichés sur les métis qui vivent dans les cités et qui n'arrivent à rien. Même s'il s'efforce de travailler là-dessus, ça serait un coup dur pour lui d'avoir un casier judiciaire.

– Une sorte d'échec social ?

J'acquiesce.

– Il s'en sortira, il a l'air solide, assure Louis.

Je hausse les épaules. Louis a confiance et moi aussi, malgré la peur latente. Nous avons beau nous y préparer, cela ne garantit pas que Farès ne s'effondrera pas si la réponse du juge le renvoie au tribunal. Pourtant, il a beaucoup changé depuis notre pique-nique sur la plage. Il avance, entreprend des choses, construit son avenir en ignorant cette épée de Damoclès, pour avoir assez de force le moment venu. Nous n'en parlons d'ailleurs presque plus, mais je reste vigilante : je surveille son sommeil, lui demande régulièrement s'il a encore des angoisses. Il me dit que « non » et j'ose croire qu'il ne me ment plus.

– Et toi, tu en es où ? questionne Louis.

Je souris.

– Partout et nulle part. J'ai décidé de faire du *Workaway* quelques mois après Boardingmania, j'ai déjà trouvé quelques projets en Europe où je pourrai mettre à contribution ce que j'ai appris dans le salariat. Professionnellement, ça reste assez flou et j'espère que ça m'apportera des réponses sur ce que j'aime vraiment faire. D'un autre côté, tout ce que j'ai vécu ces dernières années et cette épreuve avec Farès m'ont montré que j'avais maintenant quelque chose à transmettre, une sorte d'expérience qui pourrait aider d'autres gens, sans prétention. Alors, je vais sûrement ouvrir un blog pour parler de la souffrance et de la manière dont on peut lui donner un sens. J'imagine qu'au gré de mes voyages et de mes rencontres, je trouverai de nouveaux témoignages à partager, sous forme de vidéos, d'émissions audio… J'ai quelques connaissances en communication et en marketing internet, je devrais réussir à diffuser ce message pour que toutes les personnes qui pourraient en avoir besoin l'entendent.

Louis glisse sa main sur la mienne un bref instant, puis la retire.

– Ne te pose pas la question de la légitimité. Si tu sens au fond de toi que c'est ce que tu dois apporter aux autres, fais-le.

Nous restons silencieux, plongés dans nos pensées. Farès a fini par s'asseoir à l'ombre : adossé à la palissade, il trie les mauvaises herbes autour de lui tout en parlant. Sa mère l'appelle tous les week-ends environ une heure depuis qu'il a repris contact avec elle, une façon de combler le vide laissé par la distance.

– Je ne t'imaginais pas avec ce genre d'homme, lâche Louis dans un souffle.

Je lui jette un coup d'œil inquiet. Est-ce positif ou négatif ? Qu'importe, je n'ai pas besoin de son assentiment.

– On avait l'air si complices ensemble ? demande-t-il en me souriant.

Mal à l'aise, je me lève et récupère les tasses.

– Je n'en sais rien !

Louis m'aide et m'accompagne dans la cuisine. J'ajoute :

– C'est différent avec lui, on ne peut pas comparer.

– Tu as changé. Je crois ne t'avoir jamais vue aussi heureuse et épanouie.

Je le scrute. Dans son dos, Farès raccroche et fait le tour du jardin à la recherche de quelque chose. Louis suit mon regard.

– Farès a déjà essayé de surfer ? questionne-t-il.

– Il n'en a jamais manifesté l'envie.

– Pourtant ça pourrait être sympa pour lui.

– Sûrement.

– Tu veux que je le lui demande ?

Je dévisage Louis et me mets à rougir.

– Tu n'es pas obligé de faire ça…

– Pourquoi ? C'est comme avec Jules !

Je hausse les épaules, Louis frappe dans ses mains, je sursaute.

– Allons voir ce qu'il a dans le ventre !

– Louis !

Mais il m'ignore et regagne la terrasse pour proposer à Farès d'aller surfer. Celui-ci m'adresse un regard inquiet, je hoche la tête en les rejoignant.

– OK, tant que tu n'essaies pas de me noyer.

Louis rit de bon cœur et lui tape sur l'épaule.

– En route alors, aujourd'hui les vagues sont bonnes pour débuter.

J'embarque mon matériel au Penon, Louis et Farès s'équipent à Boardingmania. Patrick, qui s'occupe de la boutique, manifeste un vif enthousiasme à l'idée d'avoir un futur adepte. Il a déjà croisé Farès quelquefois, les midis où ce dernier déjeunait avec moi, mais mon chevalier-timide s'est fait discret et n'a jamais voulu rester pour faire plus ample connaissance. Farès se retrouve donc doublement coincé.

– Faut pas mettre la charrue avec les bœufs, bougonne-t-il en se débattant avec la combinaison.

Sa mauvaise humeur me fait sourire. Il n'aime pas sortir de sa zone de confort et je suis bien contente qu'il y soit obligé, même s'il le fait pour protéger sa virilité devant Louis. Nous embarquons les planches sur la plage, il fait beau, mais il y a beaucoup de vent. J'ai pris plaisir à étaler du stick solaire sur les pommettes de Farès qui ressemble maintenant à un Apache. Il ne le sait pas encore, mais je l'ai pris en photo à son insu.

– Même pas essoufflé, le garçon ! constate Louis alors que nous déposons nos planches face à l'océan.

Farès ne semble en effet pas avoir souffert de l'effort provoqué par nos dix minutes de marche dans le sable. Louis et moi ne pouvons pas en dire autant. Je calme ma respiration en observant les vagues, les courants, l'attitude des autres surfeurs à l'eau. Pendant ce temps, Louis commence à expliquer les premières règles de sécurité à Farès. Je ne compte pas rester là à attendre, alors je dis avant de partir :

– Louis, méfie-toi, Farès est un vrai manchot !

Les deux hommes me dévisagent. Seul Farès fait le lien avec notre balade à la plage cet hiver où j'essayais de lui montrer le *take-off* et où sa maladresse m'avait beaucoup fait rire.

– Excuse-moi, Louis, mais j'ai une revanche à prendre.

Sans attendre une seconde de plus, il se précipite sur moi et me soulève sur son épaule.

– Elle semble assez chaude aujourd'hui, mademoiselle !

Je crie, le souffle coupé, tandis qu'il fonce vers l'eau. Il m'y jette comme un sac à patates, je finis entièrement immergée sous la mousse. J'ai ma combinaison, mais l'eau fraîche se glisse dans le col et me coule le long du dos. Je ressors en riant, mes cheveux emmêlés me recouvrent le visage. Farès m'aide à les repousser et dépose un baiser sur mes lèvres.

– Tu devrais arrêter de te moquer de ton chevalier-manchot si tu ne veux pas avoir des ennuis, dit-il avec un large sourire.

Je l'éclabousse. Des gouttes tombent de ses bouclettes, ses yeux noirs me sondent et un fourmillement me traverse. Deux fossettes creusent ses joues, alors qu'il devine mon trouble.

– Bon, on va tester le body surf, puisqu'on est à l'eau ! s'exclame Louis.

Je l'éclabousse aussi et avant d'en subir les conséquences, je cours sur la plage pour récupérer ma planche. Le plaisir de retrouver les vagues, de faire une avec la nature est toujours grisant. Grâce aux conseils de Patrick et d'Arthur, mon niveau a considérablement augmenté, je sais faire une grande partie des mouvements de base et je travaille maintenant sur des vagues de plus en plus puissantes, selon ce que l'océan m'offre. Je ne suis jamais aussi sereine que dans l'eau, j'aime les moments de calme entre deux sets où, assise sur ma planche, j'observe l'horizon. Tout me paraît alors à portée de main. Mes doutes s'envolent et je passe de longs instants à faire le point, pour renouer avec moi-même. J'entends un encouragement un peu plus loin vers la plage. Depuis quelques minutes, Farès s'entraîne à ramer et à glisser, allongé sur la planche. Il semble bien se débrouiller et cela m'arrache un sourire ému. Louis, de l'eau jusqu'à la taille, applaudit les premiers exploits de mon chevalier-surfeur. Voyant que je les regarde, il me fait un signe de la main et tend un pouce en l'air. Après lui avoir répondu, je reporte mon attention sur le large et les vagues qui arrivent.

En partant de la maison, j'ai envoyé un SMS à Solange pour la prévenir que nous passions l'après-midi au Penon. C'est avec un immense bonheur que je la retrouve après plus d'une heure de session. Nous partageons quelques vagues en discutant de sa nouvelle conquête, un barman à Hossegor d'une quarantaine d'années. Son jeu de séduction touche son maximum, je le vois à la manière dont elle regarde certains surfeurs ou à sa façon de marcher lorsque nous regagnons le sable. Une vraie starlette hollywoodienne, dont je n'ai rien à envier.

Nous improvisons une partie de volley en haut de la plage, loin des touristes agglutinés près de l'eau. Je fais équipe avec Farès, Solange avec Louis, qui joue aussi les commentateurs. Il enchaîne les remarques désobligeantes et les moqueries sur nos compétences sportives. Farès et Solange ne manquent pas de répartie et je ris tellement que je peine à me concentrer. Nous perdons, Solange étant une redoutable adversaire avec ses smashes comme des boulets de canon.

En fin d'après-midi, Solange repart sur Hossegor pour son rancard et Louis lance l'idée d'un barbecue végétarien. Attablés sur ma terrasse, absorbés par nos discussions et engourdis par le rosé, nous ne remarquons pas le soleil qui poursuit sa course jusqu'à disparaître. Le temps ne semble plus avoir d'importance et je profite avec une joie non dissimulée de chaque seconde qui s'écoule. Émue, j'observe les deux hommes à mes côtés : on dirait qu'ils se sont toujours connus et qu'ils renouent avec une jeunesse oubliée. Tard dans la soirée, ils échangent des allusions et des blagues un peu plus vaseuses. Leurs efforts pour ne pas être trop vulgaires devant moi provoquent des détours et des métaphores parfois encore plus drôles. Alors que le sommeil commence à me faire chanceler, ils sont tous les deux éméchés et je les écoute débattre sur les sujets les plus étranges comme le taux de calcium dans la Guinness.

Je souris et soupire en fermant les yeux. Mes souvenirs remontent le temps et l'espace, je me remémore toutes ces angoisses qui me traversaient quelques mois plus tôt après ma rencontre avec Farès. J'ai enfin trouvé comment préserver mes envies, mes valeurs tout en m'adaptant à la présence d'un homme dans ma vie. J'arrive à penser pour moi et dans mon intérêt, sans pour autant négliger celui de l'autre. Ça me paraît tellement simple aujourd'hui : écouter mes émotions, les accepter et ajuster mon comportement. J'admets plus facilement mes torts sans me dévaloriser, j'ose dire ce qui ne me convient pas et imposer certaines limites sans me culpabiliser. Je suis là pour moi, avant tout, et j'apprécie l'amour partagé avec Farès. Je ne m'y perds pas et parviens à prendre du recul lorsque, pour plaire ou satisfaire, j'agis à l'encontre de la personne que je souhaite devenir. Finalement, je vis à deux, tout en sachant me préserver. C'est un sentiment étrange de liberté et de sécurité qui me donne une confiance illimitée en l'avenir.

Épilogue

Hier encore, nous profitions de l'une des dernières journées de l'été indien, avec nos amis, Solange, Arthur et quelques autres. Avec nos deux planches fixées sur le toit de la Mégane, nous avons suivi le groupe à la recherche d'un nouveau spot sur la côte. Nous avons ensuite surfé tout l'après-midi dans le Pays basque et dîné dans un restaurant avec vue sur la plage, la peau et les cheveux toujours salés.

Alors que nous roulons vers Dax sous une pluie battante, je ne peux retenir les souvenirs de notre soirée, semblables à tant d'autres qui ont jalonné notre été : le coucher de soleil sur l'océan, notre balade tardive au bord de l'eau, puis la route du retour avec l'air tiède s'engouffrant par les fenêtres, venant chahuter mes longues mèches, et ma main glissée dans celle de Farès. Mais aujourd'hui, mon estomac se noue, plombé par la peur qui m'étreint. L'atmosphère de l'habitacle est saturée par l'angoisse. Je n'ose plus respirer, plus bouger.

Ce midi, l'association a appelé : un courrier est arrivé pour Farès. Fébriles, nous avons quitté la maison alors que nous préparions le déjeuner. Nous fonçons maintenant vers Dax et Farès roule trop vite sur la chaussée détrempée, mais je ne dis rien. En ce début du mois d'octobre, cette lettre devait finir par débarquer. J'aurais préféré que l'avocat ou le juge nous préviennent par téléphone, rester chez nous pour apprendre cette nouvelle, mais c'est le protocole : seul ce courrier directement adressé à Farès nous apportera la réponse que nous attendons depuis des semaines. Il en est ainsi pour Alain et ses complices, en ce même jour. Je ne me sens pas prête et aux traits tirés de Farès, j'en déduis que lui non plus. La terre tremble tout autour de nous et je prie tout au fond de moi pour que ce que nous avons bâti ne s'écroule pas en une fraction de seconde.

– Tu m'as promis.

Je lève les yeux vers lui. Cela faisait longtemps que je ne l'avais pas vu aussi tendu. Nous entrons à Dax, les essuie-glaces grincent de manière sinistre.

– Je ne changerai pas d'avis.

Je pose une main sur sa cuisse, il soupire. Mon billet pour Berlin est dans une semaine. Je pars travailler avec une famille qui vit sur une péniche et cherche à développer un projet environnemental en ville. Ils ont besoin d'aide pour créer leur site internet, faire la promotion de différents événements organisés prochainement. Ils ont aussi envie de construire un jardin de permaculture collectif dans leur quartier, raison pour laquelle j'ai choisi ce *Workaway*, si jamais Farès pouvait me rejoindre. Je suffoque.

– Ne pleure pas, princesse.

Nous sommes arrêtés à un feu, à une centaine de mètres des locaux de l'association. Il caresse ma joue, m'implore du regard de rester forte pour lui. Je peux ressentir à quel point le stress le ronge, alors je regroupe mes forces et lui souris. Je m'accroche à ce que nous avons vécu cet été, son poste de gardien dans la résidence, son épanouissement. Prenant son travail à cœur, il a bichonné les vacanciers en proposant, en plus de ses tâches quotidiennes, de menus services comme surveiller un chien, dépanner une clim, un déménagement de frigo… Il est devenu la mascotte des résidents et rentrait chaque jour avec des cadeaux, des gâteaux et autres gourmandises. Au sein de cette communauté, pendant plus de deux mois, il a trouvé sa place. La fin de son contrat a été un coup dur et il a dû combler les heures laissées vides, mais il a su rebondir. Il a ainsi entrepris une formation en ligne sur le jardinage bio et la botanique. C'était il y a trois jours, Farès reprenait à nouveau du poil de la bête, et aujourd'hui…

– Viens avec moi.

Il sort de la Mégane et fait le tour pour ouvrir ma portière. Je saisis sa main et ne la lâche plus alors que nous nous dirigeons vers le bâtiment gris. Le souffle court, la voix vacillante, Farès se présente à l'accueil, donne sa pièce d'identité, demande le courrier. La jeune fille, la vingtaine tout au plus, lui indique de signer un document et dépose sur le comptoir la fameuse missive avec le sourire. Farès s'en empare et se détourne pour s'écrouler sur l'un des sièges de la salle d'attente. Je m'assieds près de lui, les jambes en coton. Ses mains tremblent alors qu'il déchiquette l'enveloppe. Il s'apprête à en sortir les papiers, mais il panique et sa respiration se bloque. Il secoue la tête sans pouvoir contrôler l'angoisse qui lui noue la gorge.

– Éléa… je…

– Farès, ouvre cette lettre. N'imagine pas le pire, tu te tortures pour rien.

Je peine à maîtriser mes propres pensées, mais me contiens tant bien que mal. Il opine, extirpe une série de feuilles à en-tête du ministère de la Justice. En dessous de son numéro d'écrou, je lis l'objet du courrier qui valide la raison pour laquelle nous nous tenons là. Farès tourne les pages qui récapitulent les faits qui lui ont été reprochés et les résultats de l'enquête… jusqu'à la dernière. Serrée contre lui, le souffle en suspens, je parcours les lignes à toute vitesse et croise enfin les mots qui scellent son avenir : « *Le réquisitoire de M. le Juge d'instruction, en date du 24 septembre 2019, rend au non-lieu et annule les poursuites, mettant fin à la liberté conditionnelle.* » Je pousse un petit cri de joie, alors que Farès éclate en sanglots. Je saisis son visage entre mes mains et le couvre de baisers.

– Tu es libre, mon chevalier !

Il passe ses bras autour de moi et se réfugie contre ma poitrine. Mon cœur bat la chamade, je plonge mes doigts dans ses cheveux humides, l'étreins avec force.

– Un tout nouvel horizon s'ouvre devant toi, dis-je dans un murmure. Je suis tellement heureuse !

Il se redresse en me souriant et j'essuie les larmes sur ses joues. Il lit à nouveau la lettre, comme s'il n'y croyait pas.

– Partons loin d'ici, lâche-t-il en se levant.

Il attrape ma main et m'entraîne à l'extérieur. Au dernier moment, j'ai le bon réflexe de prendre les clés et de m'installer derrière le volant. Sur le siège passager, Farès rit nerveusement sans pouvoir contrôler ses pleurs de joie. Sa respiration est chaotique tant ses émotions sont fortes. Je sens toutes ses peurs se libérer. Il ouvre la fenêtre malgré la pluie et se penche pour laisser éclater son allégresse en poussant un cri. Je sursaute.

– Ensemble ! s'exclame-t-il en posant ses doigts froids sur ma nuque. Nous sommes libres et nous allons découvrir ces horizons ensemble. Toi et moi.

Il plaque une bise sur ma joue. La route défile sous mes yeux et je réalise à quel point la vie peut changer en une fraction de seconde, positivement ou négativement. Le temps s'écoule et chaque nouvelle minute apporte son lot de possibilités. Chaque pas en avant, chaque décision semble graver nos actes dans le marbre du passé, mais est-ce le cas pour l'avenir ? Tout est si éphémère. Je m'imaginais tellement de choses et j'ai affronté tant de désillusions : ma rencontre avec Farès, ma quête de liberté. Je pensais que d'autres étaient acquises, mais elles m'ont filé entre les doigts. Notre rupture, mon installation à Seignosse et encore le haut de la vague après cette soirée avec Arthur, où je me sentais inatteignable, jusqu'à découvrir Farès devant chez moi. Sur le moment, tout s'est écroulé. Qui aurait cru que nous en arriverions là aujourd'hui ?

Il n'y a pas de fatalité dans la vie : nous ne pouvons pas modifier notre passé, mais rien n'est permanent dans le présent ou l'avenir. Nous détenons les clés de notre vie, car tout tient à notre perception. Bien sûr, nous ne pouvons pas éviter la mort, les coups durs, nous protéger des autres, cependant, nous pouvons choisir comment nous interprétons ces éléments et le sens que nous leur donnons. Seul notre état d'esprit compte et d'un instant à l'autre nous pouvons radicalement changer notre point de vue.

Pendant des mois, j'ai voulu me fixer des objectifs, un sommet… mais c'était stupide. Le bonheur, l'amour, la fortune ne sont pas des choses que l'on doit conquérir et obtenir à tout prix, au risque de se sentir dans l'échec lorsque nous n'y parvenons pas. C'est quelque chose que l'on doit juste essayer d'avoir le plus souvent possible, en vivant au jour le jour, en ayant un point à l'horizon qui nous permet de ne pas dériver. En regardant Farès, la tête reposée sur le siège, les yeux fermés, un sourire aux lèvres, je comprends ce qui nous a aidés à surmonter toutes nos difficultés : nous avons lâché prise. Nous avons accepté de faire de notre mieux, avec l'incertitude du futur. La vie et ses aléas sont comme le mouvement perpétuel de l'océan : on ne peut pas aller contre. À nous de choisir quelles vagues nous souhaitons suivre.

Une petite question

J'ai une petite question à vous poser : est-ce que vous lisez les commentaires sur un livre avant de le choisir ?

Me concernant, j'aime regarder ce qu'ont pensé les précédents lecteurs, même si un avis reste très personnel. Pour autant, si le livre a beaucoup d'avis positifs, cela m'incite davantage à le découvrir que s'il n'a aucun commentaire ou que des mauvais !

J'espère du fond du cœur que si vous êtes arrivé à la fin de l'histoire d'Éléa, c'est que vous l'avez appréciée ! Alors, **accepteriez-vous d'écrire un petit mot sur votre lecture pour encourager de nouveaux lecteurs à la lire à leur tour ?**

Vous pouvez laisser un commentaire sur différents sites, comme Amazon, La Fnac ou Cultura… et ainsi permettre à d'autres personnes d'être inspirées par ce roman. Je vous remercie infiniment !

J'attends de vos nouvelles avec impatience. Si vous souhaitez suivre mon actualité ou me contacter par email, voici quelques infos :

Facebook @leslivresdanaisw / **Instagram** @anaisw_romanciere
Email : contact@anaisw.com

Je suis très proche de mes lecteurs, alors ne soyez pas timide. :-)
Au plaisir de vous lire !
Anaïs W.

Du même auteur

Suivre les vagues, Tome 1 ~ 2019

Juste Puni ~ 2018

L'espoir au corps ~ 2017

Débolis Héyavé ~ 2016

Au-delà des tours ~ 2015

Livres brochés dédicacés disponibles sur AnaisW.com
Livres numériques disponibles sur Amazon ou Kobo

À propos d'Anaïs W.

Née en mars 1988 à Laval, dans la Mayenne, Anaïs W. est une jeune auteure française. Sa passion pour l'écriture naît à l'âge de douze ans et se renforce à l'adolescence, où l'écriture devient une véritable soupape.

Et pourtant, c'est vers la science qu'Anaïs se tourne ; elle décroche un master en virologie et commence en 2015 une thèse sur le VIH. Mais quelques mois après, elle quitte la recherche pour se consacrer à temps plein à sa première passion, dont elle vit aujourd'hui.

Anaïs W. a publié quatre romans. Après deux premiers livres publiés en 2015 et 2016, ses romans L'espoir au corps en 2017, suivi de Juste Puni en 2018, ont connu un véritable succès et ont ouvert un nouveau chapitre dans sa carrière d'auteur.

Ses histoires ont aujourd'hui séduit plus de 10000 lecteurs.